U0089176

古典文學研究輯刊

初　編

曾永義 主編

第27冊

中國古代笑話研究

陳清俊 著

國家圖書館出版品預行編目資料

中國古代笑話研究／陳清俊 著 -- 初版 -- 台北縣永和市：花木蘭文化出版社，2010〔民99〕

目 2+156 面；19×26 公分

（古典文學研究輯刊 初編；第 27 冊）

ISBN：978-986-254-389-4（精裝）

1. 笑話 2. 中國

856.8 99018497

ISBN - 978-986-2543-89-4

古典文學研究輯刊

初 編 第二七冊 ISBN：978-986-254-389-4

中國古代笑話研究

作 者 陳清俊

主 編 曾永義

總編輯 杜潔祥

出 版 花木蘭文化出版社

發行所 花木蘭文化出版社

發行人 高小娟

聯絡地址 台北縣永和市中正路五九五號七樓之三

電話：02-2923-1455／傳真：02-2923-1452

網 址 http://www.huamulan.tw 信箱 sut81518@ms59.hinet.net

印 刷 普羅文化出版廣告事業

初 版 2010 年 9 月

定 價 初編 28 冊（精裝）新台幣 45,000 元

中國古代笑話研究

陳清俊　著

作者簡介

陳清俊：生於 1957 年，臺灣省新竹市人。國立臺灣師範大學國文研究所博士班畢業，現任國立臺北教育大學語文與創作學系副教授。著有《盛唐詩時空意識研究》、《中國古代笑話研究》等書。

提　要

中國古代笑話內容包括名流軼事、里閭笑談、以及向壁虛構的滑稽故事等。其中雖有粗鄙不文之作，但是成功的作品，無不構思穎巧，形式簡潔，可視為中國小說中的「絕句」。就其思想內容而論，大多數的作品以人事為題材，嘲弄人性的貪婪、愚妄，具有針砭人心的功效；至於純屬逗趣的笑話，雖然不能醒世諷俗，卻能博得歡笑，對個人以及社會的功能，亦不可忽視。無論是就文學角度、社會功能、或民俗文化的觀點來考察，古代笑話都具有一定的研究價值。然而，中國古典小說的研究者，卻少有人關注這一園地；因此本書乃以古代笑話為素材進行探討，希望對於中國笑話文學的研究，提供拋磚引玉的作用。

本書首先探討笑話興起的內因與外緣；其次，參考西方美學理論，略探笑話所以引人發笑的原因，進而探究其思想內容與藝術技巧；然後參酌民俗學與社會學的觀點，嘗試由笑話來看中國人的民俗觀念與社會問題，並從多元的角度探討笑話的功能；期能由平面的陳述，沈潛深入笑話的底層，並由文學的、社會的以及民族文化的層面來透視它，藉以忠實評定其存在的意義與價值。

目次

第一章　緒　論

笑是人類特有的表達情感的方式。〔註 1〕自然界中，儘管獅吼虎嘯、鳥歌猿啼，但卻缺乏幽默的笑聲。劉獻廷《廣陽雜記》中說：「馬嘶如笑，驢鳴似哭。」〔註 2〕但馬嘶究竟不是眞笑。眞會笑的鳥獸大概只見於小說之中，《山海經・西山經》翼望之山有善笑的鵸鵌，〔註 3〕〈北山經〉邊春之山的幽鴳，和獄法之山的山貚，〔註 4〕也都深具喜感，見人則笑；《愛麗絲漫遊奇境》裏的赤夏貓更因露齒嘻笑而聞名，牠的笑容，在身體消失之後，仍可以停留於空中許久。〔註 5〕在小說家筆下，這些鳥獸令人倍覺可親，因爲人類的笑聲不再寂寞了。東方朔《神異經・東荒經》中記載：東王公常與玉女投壺，「設有入不出者，天爲之噫噓，矯出而脫悞不接者，天爲之笑。」張華注說：「今天不下雨而有電光是天笑也。」〔註 6〕把閃電當作天笑，眞是絕妙的想像。在情感上，我們願意深信；因爲不論電光代表歡悅或嘲弄，天會笑，人和天便不再永遠隔絕，天人合一的理想才有實現的可能。

人既樂見鳥笑、獸笑、天笑，當然更希望人世間洋溢著笑語。《詩經》讚

〔註 1〕參見：張耀翔《情緒心理》第三章，第 7 頁。

〔註 2〕見：劉獻廷《廣陽雜記》卷第一，第 20 頁。

〔註 3〕《山海經》第二〈西山經〉記載：「翼望之山……有鳥焉。其狀如烏，三首六尾而善笑，名曰鵸鵌。服之使人不厭。」第 23 頁。

〔註 4〕《山海經》第三〈北山經〉記載：「邊春之山……有獸焉。其狀如禺而文身，善笑，見人則臥，名曰幽鴳。其鳴自呼。」第 4 頁。又：「獄法之山……有獸焉。其狀如犬而人面，善投，見人則笑，其名山貚，其行如風，見則天下大風。」第 7 頁。

〔註 5〕見：Lewis Carroll，*Alice's Adventures in Wonderland* 第六章。

〔註 6〕參見：東方朔《神異經・東荒經》，第 1 頁。

美「謔而不虐」〔註7〕的君子，《論語》錄有「割雞焉用牛刀」〔註8〕的戲言；可見說笑原是人類與生俱來的本能，雖是聖人君子，也善於戲謔。因此，莊子寓言，語多詼諧；孟子譬喻，莊諧雜陳；韓非說理，博採笑事；至於《史記》爲俳優立傳，尤多滑稽嘲弄，〔註9〕實已開後世笑話之先聲。

然而諸子、史傳中的滑稽故事、詼諧寓言，大抵爲說理而設，務求在譎奇詼詭之中，寄託嘲諷勸戒之義，並不以引人發笑爲能事。直到後漢邯鄲淳著《笑林》〔註10〕一書，收錄民間笑談、士夫軼聞，其中承襲諸子史傳的一類，固然不離諷諭的本質，但調笑的成分已大爲提高；此外更有不涉理教、純爲逗笑的作品，而由書名可見作者已有意將笑話集結成冊。至此，笑話不再附庸於子史，不再徒然流傳於口吻，而成爲小說中的一支，中國的笑話文學於是正式成立。

笑林之後，歷代都有一定數量的笑話集。晉代有陸雲的《陸氏笑林》。隋代有侯白《啓顏錄》、楊松玢《解頤》和《笑苑》〔註11〕等書。

唐代有朱揆纂《諧噱錄》、高懌《群居解頤》、劉訥言《俳諧集》、何自然《笑林》及《會昌解頤》等書。

宋代見於著錄的笑話集更多，計有蘇軾《艾子雜說》、范正敏《遯齋閑覽》、呂居仁《軒渠錄》、天和子《善謔集》、周文玘《開顏錄》、朱暉《絕倒錄》、徐慥《漫笑錄》、羅燁《醉翁談錄》、《籍川笑林》、刑君實《拊掌錄》、《笑海叢珠》、《笑苑千金》、路氏《笑林》、南陽德長《戲語集說》、錢易《滑稽集》、《林下笑談》、《悅神集》、陳曄《談諧》、《蘇黃滑稽帖》、《東坡問答錄》以及《醉翁滑稽風月笑談》等書。元代有《增新群書類要事林廣記》、仇遠《稗史・志詼篇》以及《群書通要・滑稽類》等。

明代笑話集大爲盛行，計有潘塤《楮記室・戲劇部》、耿定向《權子》、李贄《山中一夕話》、陸灼《艾子後語》、屠本畯《艾子外語》、又《憨子雜俎》、

〔註7〕《詩經・國風・衛風・淇奧》第三章：「有匪君子，如金如錫，如圭如璧。寬兮綽兮，倚重較兮；善戲謔兮，不爲虐兮。」

〔註8〕見：《論語・陽貨》第四章。

〔註9〕詳見：本書第二章，第二、三兩節。

〔註10〕《隋書・經籍志》小說家著錄後漢邯鄲淳《笑林》三卷。清馬國翰《玉函山房輯佚書》、周樹人《古小說鉤沈》均曾輯佚。二本內容大體相同，唯鉤沈本較輯佚本多三則。淳爲漢末魏初人，故或作魏邯鄲淳。

〔註11〕《隋書・經籍志》小說家錄有《笑苑》四卷，不著撰者姓名。下舉笑話書目，凡單舉書名者，作者大都亡佚。

姚旅《露書・諧篇》、劉元卿《應諧錄》、徐渭《諧史》、謝肇淛《五雜俎》、郭子章《諧語》、浮白齋主人《雅謔》、浮白主人《笑林》、張夷令《迂仙別記》、郎瑛《七修類稾・奇謔類》、江盈科《談言》、又《雪濤諧史》、郁履行輯《謔浪》、鍾惺《諧叢》、趙南星《笑贊》、潘游龍《笑禪錄》、馮夢龍編《笑府》、又《廣笑府》和《古今譚概》、起北赤心子彙輯《新話摭粹・詼諧及諧謔類》、醉月子《精選雅笑》、《諧藪》、《續笑林》、《解頤贅語》、《胡盧編》、《噴飯錄》、《笑海千金》、《時尚笑談》、《華筵趣樂談笑酒令》、單宇《菊坡紀謔》、《四書笑》、陳沂《善謔錄》、胡侍《笑資》、王薇《滑稽雜編》、陳禹謨輯《廣滑稽》、屠本畯《五子諧策》、徐㓐《諧史續》、許自昌《捧腹編》以及胡文煥《諧史粹編》等書。

清代笑話集現有張貴勝纂《遣愁集》、《三山笑史》、趙吉士編《寄園寄所寄》、咄咄夫輯《笑倒》、趙恬養增訂《解人頤新集》、石成金《笑得好》、黃圖珌《看山閣閑筆》、毛煥文增補《萬寶全書・笑談門》、方飛鴻《廣談助・諧謔編》、獨逸窩退士《笑笑錄》、小石道人《嘻談錄》、遊戲主人《笑林廣記》、程世爵《程氏笑林廣記》以及俞樾《一笑》等行世。〔註12〕

以上林林總總的笑話書內容包括名流軼事、里閭笑談、以及向壁虛構的滑稽故事。作品大抵用嘲弄戲謔的語調來批判人性的貪嗔愚儒，用詼諧逗趣的筆法來調侃人生的嚴肅艱澀；除諷刺的目的外，以表現「機智、敏慧、巧思、妙語爲主，幽默雋永、要言不煩。」〔註13〕每每一針見血，令人不禁拊掌解頤，可視爲文學園地中的甘草。楊家駱《中國笑話書・序》中認爲：笑話「在小說中，猶韻文之有絕句、小令」値得治文學史者加以重視；然而晚近小說史的作者，大體上承襲周樹人《中國小說史略》的資料，對於中國笑話的認識常止於《笑林》、《解頤》、《啓顏錄》數種而已；並將這類作品的產生歸於魏晉清談，尙未眞正深入探究其起源和流衍。

其實笑話的研究可以上溯到劉勰的《文心雕龍》。《文心・諧隱篇》說：「諧之言皆也。辭淺會俗，皆悅笑也。」頗能切中笑話淺白、逗趣、能取悅大眾的特色。然而，劉勰本著載道思想的傳統，稱美「意在微諷」的作品，對「無益時用」的俳說、笑書〔註14〕則提出「空戲滑稽，德音大壞」的批評。

〔註12〕以上著錄的笑話集，詳見楊家駱編《中國笑話書》書錄。
〔註13〕見：楊家駱編《中國笑話書・序》卷首上，第2頁。
〔註14〕《文心雕龍・諧隱》:「魏文因俳說以著笑書」注云:「魏志文帝紀未言其著笑

這種觀點，顯然只重視諷刺的意涵，認爲捨離諷諫，笑話便沒有存在的價值，忽視了笑有宣洩鬱結，滌淨人心的作用。

《文心》之後，歷代笑話集的作者與編者，在蒐羅、整理這些諧讔作品時，當然有自己獨到的見解。這些意見，在明清笑話書序中保存最多。明郭子章《諧語・序》將笑話分爲「口諧倡辯」和「談言微中」兩類。後者的目的固然在於「批龍鱗於談笑、息蝸爭於頃刻」；前者卻「無益于理亂、無關于名教」，純爲調笑而作；由此可見郭子章的笑話觀已經比劉勰更爲廣廓。趙南星《笑贊・題詞》認爲笑話可以解頤，可以談名理、通世故，又有助於染翰舒文；肯定笑話在娛樂效果外，具有人生哲理和文學的價值。馮夢龍《廣笑府・序》更演繹一種滑稽的人生觀，他認爲經書子史、詩賦文章、聖王忠良、乃至於儒道仙佛，都沒有意義；推翻了所有的道德及價值標準，他說：「不笑不話，不成世界」，亦即古往今來的世界，不過是笑話一場罷了！這種論點，強調人生顛倒空幻的一面，認爲沒有眞實之地可以立足，充滿一種玩世的色彩，亦有其特定的時代意義。〔註 15〕清代石成金以笑話爲醒世諷俗的工具，他在《笑得好・序》中說：「予乃著笑話書一部，令讀者凡有過愆偏私、矇昧貪癡之種種，聞予之笑，悉皆慚愧悔改，俱得成良善之好人。」他把笑話當作教訓、啓蒙的教本，如佛家的《百喻經》一般，特重笑後所隱藏的意義。清末掀聃叟序《笑林廣記》，則慨歎世人「難逢開口笑」，而笑話能使人間「盡成歡笑場」。這又從另一方面立論，強調笑話有引人發笑的功能，對世道人心大有助益。以上略述明清笑話書序中較特出的觀點，這些觀點對中國笑話的研究，當然極具參考價值，但是一如詩話文話，這種印象式的評語，若不進一步剖析、舉證，終究只是零星的意見，並不能曲盡中國笑話的全貌。

民國以來，東西方文化往來頻繁，文學的視野也因而大爲開展。民國七年北京大學成立歌謠研究會，十一年，發行《歌謠週刊》，〔註 16〕全國各地紛

書，裴松之注最爲富博，亦未言及，隋志不著錄，諸類書亦無引之者，未知何故？」《文心雕龍注》卷三，第 275 頁。

〔註 15〕然而若順此而發展，人生彷彿沒有前途可言；若不能遊戲人間，則只有自我毀滅一途。《史記・滑稽列傳・索隱》說滑稽「能亂同異」，實不可不愼。

〔註 16〕《歌謠週刊》於民國 11 年 12 月 17 日創刊，先後共出刊 150 期，前後由周作人、常惠、顧頡剛、魏建功、董作賓等主編。本以刊載歌謠作品和發表研究歌謠文章爲主；其後擴大收集的範圍，舉凡童話、寓言、笑話、英雄故事、地方傳說、唱本、謎語、諺語和歇後語等都在徵集之列；此外，兼載關於方言及民俗的論著，對中國民俗研究功不可沒。民國 59 年冬，東方文化書局在

紛響應，〔註 17〕蔚成研究民俗學與俗文學的風潮，笑話也因而受到重視。從此，中國笑話的研究進入一個嶄新的階段。林蘭、鍾敬文等人致力於徵集民間口耳相傳的趣事，並加以整理；徐文長、呆女婿、巧舌婦的故事，〔註 18〕遂在民間笑話中脫穎而出。另一方面，周作人的《苦茶庵笑話選》〔註 19〕與《明清笑話四種》，〔註 20〕胡山源的《幽默筆記》，〔註 21〕王利器的《歷代笑話集》，〔註 22〕以及世界書局《中國笑話書》，〔註 23〕也都選錄蒐集了歷代筆記小說中諧謔的作品，對古代笑話的整理貢獻頗大。

然而，這些工作都只是文獻資料的保存，還不算眞正的研究。眞正針對笑話做研究的當首推婁子匡，他曾仿《印歐民間故事型式表》，〔註24〕將《巧女和獃娘的故事》〔註 25〕作了一次型式研究的試探；又進而將古今笑話依類型而集結成《笑話群》，透過分析的工作，將同型笑話的流衍清晰的呈現出來。但書中只是平面的敘述，並沒有依據型式分析進一步歸納出中國笑話的主題

臺影印重刊。

〔註 17〕北大歌謠研究會及風俗調查會，可以說是中國民俗學運動的發軔者，其後中山大學成立民俗學會，並出版《民間文藝》、《民俗週刊》；廈門、福州、汕頭、揭揚、浙江、鄞縣、杭州也都相繼設立民俗學會，於是民俗學與俗文學的研究，蓬勃發展，蔚成一股風潮。參見：譚達先《中國民間文學概論・附錄》，第 465 頁。

〔註 18〕林蘭在二、三十年代主編的民間笑話有徐文長故事、新仔婿故事、呆女婿故事、巧舌婦故事以及民間趣事等，北新書局出版。

〔註 19〕周作人《苦茶庵笑話選》，選錄明馮夢龍《笑府》、咄咄夫《笑倒》以及清石成金《笑得好》三書。

〔註 20〕《明清笑話四種》錄有明趙南星《笑贊》、馮夢龍《笑府》、清陳皋謨《笑倒》和石成金《笑得好》等四書；周作人編訂，香港太平書局出版。又見於東方文化供應社《民俗叢書》第七冊，題婁子匡校纂。

〔註 21〕《幽默筆記》乃彙輯古今筆記中幽默文字而成，全書共分 34 類，書末附有書目提要，以備參考。內容以詼諧雋永者爲主，純粹的雅言雅事和低級趣味的作品概不選錄。

〔註 22〕《歷代笑話集》，未見。

〔註 23〕《中國笑話書》，卷首附中國笑話書 77 種書錄，及佚書待訪書錄，卷末附錄《文心雕龍・諧隱》及趙旭初〈中國笑話提要〉。

〔註 24〕《印歐民間故事型式表》，雅科布斯撰，楊志成、鍾敬文譯。民國 17 年 3 月，中山大學民俗學會出版。

〔註 25〕《巧女和獃娘的故事》錄有巧女故事 29 則，獃娘故事 21 則。附錄〈巧女和獃娘故事的探討〉，將巧女系的故事分成善處事型、善說話型和善理解型，獃娘的故事則分爲做錯事型與講錯話型。每型之下，又分數式；每式之下，都列舉故事的綱要。詳見原書附錄，第 129 頁。

傾向與藝術特質。此外，齊如山〈談整理笑話〉、陳紀實〈漫談中國的笑話文學〉以及戚宜君的〈古典文學的幽默面〉對笑話的起源、分類和文學價值都提出了一些看法，不過因爲只是漫談，並未眞正作深入、系統的分析。龔鵬程〈新編笑林廣記〉的萬言長序，〔註 26〕則對俳優與笑話的密切關係曾多所舉證；對中國笑話的編纂，極力推崇知識分子的貢獻；並將猥褻笑話的產生與目的做一理性的分析；但由於書序本身的限制，畢竟不能暢所欲言。至於汪志勇〈古代笑話研究〉，雖偏重「古代笑話的分類與其社會性」，但爲了顧及篇幅而力求簡略，「文章的重點也就遜色多了。」（汪氏語）是故，若不否定笑話爲中國小說的一支，對中國笑話作縱深的研究，實有其必要。

然而，歷代在朝野中流傳的笑話不知凡幾，今天所保存下來的書面資料，實在說，只是冰山頂尖的一角，並不能將中國笑話豐富、深廣的面貌完全呈現出來。再者，書錄上記載的笑話集有許多已經散佚，有的則夾雜在一般的筆記小說中，若要一一鉤稽，並非易事。至於仍流傳在民間的笑話，當然與古代笑話有血脈相連的關係，可是廣爲徵集的工作，並非一人之力所能完成。這是笑話研究的根本困難。

再說，笑話之中實「包含了複雜的文化層面，由樸素的笑到纖巧的笑之間，具有不同的文化層次。文化層次低的只能接受樸素的笑，他們的笑是卑俗的、粗野的，帶著高度的原始的氣息；而文化層次高的，他們不願接受這些，他們寧願接受細緻的、精巧的滑稽，接受一個巧妙的雙關語，一些機智與幽默。」〔註 27〕除此之外，笑話被接受與否往往與聽者、讀者的社會背景、心理背景有密切的關係。因此有些在古代能引人噴飯的笑話，現代人卻不覺得有任何可笑；酒席上流行的笑話，放在其他場合來說，也不見得都好笑。要從這許多複雜的因素中，抽繹出客觀的原則來鑑別笑話的成功與否，又談何容易？而且，笑話大都是經過長期口傳，然後才寫定的，他們隨口頭的流傳而增刪變異，有時一則笑話中卻含有不同地方乃至不同時代的痕跡，時空的界限，往往並不明確，若要據以研究民俗風尙和社會問題，亦須要特別謹愼從事。然而，眞正的困難源自於前人研究成果的不足；試圖墾拓一個全新的園地，建立堂廡，恐怕難免愚妄之譏！

〔註 26〕〈新編笑林廣記・序〉，原闕撰者姓名。今收在龔鵬程、張火慶合著的《中國小說史論叢》，題爲龔鵬程撰。

〔註 27〕見：姚一葦《美的範疇論》第五章〈論滑稽〉，第 257 頁。

基於以上所述，本文權且割捨民間口傳的笑話，將研究範圍界定在清代以前的笑話集；一方面由史書及歷代藏書目錄所著錄的諧讔書目著手，一方面參考近人編纂的古代笑話集，儘量求研究素材的完備。

就全文的結構而言，首先，探討笑話興起的內因與外緣。其次，將參考西方美學理論，試探笑話所以引人發笑的原因，並將笑話看作一獨特的文體，論其特殊的體製與風格，進而探究其思想內容與藝術技巧。然後參酌民俗學與社會學的觀點，嘗試由笑話來看中國人的民俗觀念與社會問題，並由多元的觀點探討笑話的功能。期能由平面的陳述，沈潛深入笑話的底層，並由文學的、社會的以及民族文化的角度來透視它，藉以忠實評定其存在的意義與價值。〔註 28〕

〔註 28〕參見：龔鵬程《新編笑林廣記・序》，第 21 頁。

第二章　古代笑話的來源

馬幼垣在〈中國職業說書的起源〉中，開宗明義說道：「文學史家普遍存著一種願望，在研究一種傳統時，都想儘量追源究始，其動機或基於稽古的興趣，或基於民族的自尊，或基於對眞理的追求，或爲這幾種動機的綜合。」〔註 1〕然而，除此之外，探討一種文體的起源，實有助於掌握該文體的特性，從而對其性質、內涵有更明確的了解。因此，在此首先研究笑話的來源。古代笑話最原始的來源乃是家庭里巷間的笑談，但是若將它視爲一種文體，便不容忽視先秦寓言，滑稽戲以及清言集對它的影響了。

第一節　里閭笑談

笑固然是人類的本能，但是人既生而爲人，便有無窮的慾望，慾望不能滿足，遂生無窮的煩憂；現實生活的重負扼殺了人類歡愉的笑聲。《莊子・盜跖篇》說：「人上壽百歲、中壽八十，下壽六十，除病瘦死喪憂患，其中開口而笑者，一月之中，不過四五日而已矣。」正因爲笑聲難得，是故在日常生活中，人們常以打趣來博君一笑。吳世昌〈打趣的歌謠〉中說：「在平靜快樂的生活中，生命力充實而閒暇，無須顧慮到生存問題，對於目前的事物，除了滿足以外，還要想法子美化它，以求感情上弛散一本來已經弛散的，或者故意使它緊張一下，再讓它弛散。在艱難悲苦的環境中，則以打趣來暫時忘卻目前，重現生命中在某種態度下可能的歡樂。」〔註 2〕而笑話正是一種打趣的藝術，且看下面的例證：

侯白好俳諧，一日，楊素與牛宏退朝，白語之曰：「日之夕矣。」素

〔註 1〕見：馬幼垣著《中國小說史集稿》，第 183 頁。
〔註 2〕見：吳世昌〈打趣的歌謠〉，《歌謠週刊》第 2 卷第 4 期。

曰：「以我牛羊（牛楊）下來耶？」（《諧噱錄》）

石曼卿隱於酒，謫仙之才也。然善戲，嘗出游報寧寺，馭者失控，馬驚，曼卿墮馬。從吏遽扶掖升鞍，市人聚觀，意其必大詬罵。曼卿徐著鞭，謂馭者曰：「賴我是石學士也。若瓦學士豈不破碎乎？」（《捫掌錄》）

司馬溫公在洛陽閒居時，上元節，夫人欲出看燈。公曰：「家中點燈，何必出看？」夫人曰：「兼欲看游人。」公曰：「某是鬼邪？」（《軒渠錄》）

這種家常的玩笑、調侃，雖然時有諷刺的道德意味，以及和命運開玩笑的人生哲學，但大多數是專爲打趣而打趣，可視爲「生命的剩餘，借此作一種精神上的鬆散，其作用正和游戲、運動是身體的鬆散一樣。」〔註 3〕朱光潛《文藝心理學》中認爲：藝術與游戲「都是無實用目的的自由活動，而這種自由活動都是要跳脫平凡而求新奇，跳脫有限而求無限，都是用活動本身伴著的快感來排解呆板現實所生的苦悶。」〔註 4〕笑話正是一種游戲成分極濃的藝術，在說笑中，擺脫了刻板的思想軌迹，心靈自由馳騁縱恣；在笑聲中，生活遂盈溢著生趣。因此家居生活中，友朋聚會之時，相互調笑原是人之常情。雖然這種家庭里巷間的玩笑，未必能演成完整的笑話，卻正是笑話最原始的來源。

《漢書・藝文志・諸子略》記載：「小說家者流，蓋出於稗官，街談巷語，道聽塗說者之所造也。孔子曰：『雖小道，必有可觀者焉，致遠恐泥。是以君子弗爲也。』然亦弗滅也。閭里小知者之所及，亦使綴而不忘，如或一言可采，此亦芻蕘狂夫之議也。」班固這段話對小說的作者、功用、限制以及集結成冊的因由，與應當對待的態度，都作了精要的評述。《隋書・經籍志》完全因襲漢志的觀點，但是它所著錄的書目，已較漢志增加《笑林》、《笑苑》、《解頤》等諧謔作品。此後，《舊唐書・經籍志》、《新唐書・藝文志》、《宋史・藝文志》以及《明史・藝文志》等，都將笑話書歸於小說之列。笑話既屬於小說的一支，推究其來源，當然亦不外是「街談巷語，道聽塗說」罷了。今以《笑林》中的笑話爲例：

太原人夜失火，出物，欲出銅鎗，誤出熨斗，便大驚惋。語其兒曰：

〔註 3〕同註2，第2頁。
〔註 4〕見：朱光潛《文藝心理學》第十二章〈藝術的起源與游戲〉，第195頁。

「異事！火未至，鎗已被燒失脚。」（《藝文類聚》卷七十三）

甲買肉，過入都厕，挂肉著外。乙偷之，未得去，甲出覓肉，因詐便，口銜肉云:「挂著外門,何得不失？若如我銜肉著口,豈有失理？」（《太平御覽》卷八百六十二）

甲與乙鬭爭，甲嚙下乙鼻。官吏欲斷之，甲稱乙自嚙落。吏曰：「夫人鼻高耳口低，豈能就嚙之乎？」甲曰：「他踏床子就嚙之。」（《太平廣記》卷二百六十二）

以上幾則笑話，記載人群中可笑的瑣事，仍保有民間野性、素樸的風貌，正是起於里閭之間，道聽塗說的諧趣作品。然則，笑話最原始的根源乃人性中詼諧的本能。因為我們有詼諧的天性，故能以遊戲的心情相互打趣，於是身邊瑣細的言行，以及一切可喜、可愕、可嗤、可鄙的事，都可以成為引人發噱的笑話了。

第二節　先秦寓言

笑話既起於家庭里巷間的戲謔，又取資於書傳典籍中的寓言。寓言的產生，《莊子・天下篇》曾說：「以天下為沈濁，不可與莊語，以卮言為曼衍，以重言為眞，以寓言為廣。」因為春秋戰國時代，本是中國歷史上最大的變局之一，國與國互相攻伐，唯力是尚，諸子百家，遂各以其說，取合諸侯，然而人君喜怒無常，若要批其逆鱗，恐怕不免有殺身之禍。是故，先秦諸子常借重寓言來寄託微言大義，並增加說服力。因此，在先秦載籍中寓言的體裁即已成熟。由於寓言有「強烈的現實主義精神，誇大的表現方法，矛盾尖銳的故事情節，個性突出的人物形象，精警活潑的語言、生動簡潔的對話等等，對後代小說乃至於散文和小品文的影響很大。」〔註5〕劉葉秋《歷代筆記概述》更強調：「先秦諸子中短小精悍、寄意深刻的寓言，也為魏晉南北朝小說起了一定的示範作用，像魏邯鄲淳的《笑林》所寫的諷刺幽默的小故事，顯然是寓言的支流。」可見笑話實承繼了先秦寓言的諷刺精神，及其特殊的體製；而實際上，在先秦寓言中，已可發現部分成熟的笑話，再由後世笑話集對先秦寓言的採擷，更可以肯定兩者間密切的關係。

〔註5〕見：譚達先《中國民間寓言研究》第六章〈寓言對文學發展的影響〉，第92頁。

一、先秦寓言中的笑話

（一）《孟子》中的笑話

在《論語》中，已經有類似於笑話的作品。〈先進篇〉：「子畏於匡，顏淵後。子曰：吾以女為死矣！曰：子在，回何敢死？」孔子的話含有焦急關切之意，顏淵的回答，則表示弟子愛惜生命侍奉夫子的決心；然而他們的問答，同時也流露出一種劫後餘生的幽默感，頗有笑話的意趣。

《孟子》中，幽默之作更多。劉大杰《中國文學發展史》中評論孟子的哲理散文說：「《孟子》中的文章，能給我們波瀾壯闊、辭鋒犀利的美感。如〈梁惠王〉的言仁義，〈滕文公〉的闢楊墨，〈告子〉的辨性善，〈離婁〉的法先王，都是氣勢縱橫文采美麗的文章。他行文的主旨，雖都很嚴正，然而偶爾舉例取譬之時，時時露出一種幽默，使人得到輕鬆的歡樂與會心的微笑。如牽牛過堂、齊人妻妾諸段，實在是巧妙，而又是無上的滑稽與諷刺。」以下便羅列數則《孟子》中滑稽諷刺的寓言：

> 宋人有閔其苗之不長而揠之者，芒然歸，謂其人曰：「今日病矣！予助苗長矣！」其子趨而往視之，苗則槁矣。（〈公孫丑上〉）
>
> 今有人日攘其鄰之雞者，或告之曰：「是非君子之道。」曰：「請損之，月攘一雞，以待來年，然後已。」（〈滕文公下〉）
>
> 齊人有一妻一妾而處室者，其良人出，則必饜酒肉而後反，其妻問所與飲食者，則盡富貴也。其妻告其妾曰：「良人出，則必饜酒肉而後反，問其與飲食者，盡富貴也，而未嘗有顯者來。吾將瞷良人之所之也。」蚤起，施從良人之所之，徧國中無與立談者。卒之東郭墦間之祭者，乞其餘，不足，又顧而之他，此其為饜足之道也。其妻歸，告其妾曰：「良人者，所仰望而終身也，今若此。」與其妾訕其良人，而相泣於中庭，而良人未之知也，施施從外來，驕其妻妾。（〈離婁下〉）

上面三則寓言中，「揠苗助長」在闡明集義養氣須循序漸進，不可躐等，如果操之過急，恐怕難免落得成事不足、敗事有餘的下場。譚達先在《中國民間寓言研究》中，認為這則寓言「批評了以主觀願望代替客觀法則的荒唐。」第二則寓言，朱熹注云：「知義理之不可而不能速改，與月攘一雞何以異哉！」指出本篇的寓意在於：知錯則斷然改正，聞善則決然實行，不容有絲毫猶疑假借。反之，對月攘一雞的君子則作了溫和的嘲弄。「齊人妻妾」章，可以說是一篇精鍊的社會小說，透過故事的發展，諷刺了不擇手段、苟求富貴的人。這三篇寓言，仔細品味，都含蘊幽默、詼諧的成分，所以常被看作笑話的先聲。〔註6〕然而，在《孟子》書中，這三則寓言承載著嚴肅而又複雜的寓意，並不能使讀者眞正開懷一笑。以下再看〈萬章上〉第二章：

> 昔者有饋生魚於鄭子產。子產使校人畜之池，校人烹之。反命曰：「始舍之，圉圉焉！少則洋洋焉！攸然而逝。」子產曰：「得其所哉！得其所哉！」

這一篇蘊涵了「君子可以欺之以方」的意義，表面上雖然顯出子產易受蒙蔽的愚昧，骨子裏卻讚美誠信待人的美德。不過若從原文中抽離出來，當子產欣嘆魚兒「得其所哉」的同時，知情的讀者却不禁聯想到魚已在老饕腹中安身，兩相對比，不禁爲之莞爾。無論就結構、技巧或趣味來說，都已經是一篇上好的笑話了。

（二）《莊子》中的笑話

《史記·老莊申韓列傳》中有言，莊子「著書十餘萬言，大抵率寓言也。」不容否認的，莊子確是中國最偉大的寓言家。他摒棄典雅莊重的言辭，行文以荒唐謬悠，恣縱瑰奇的寓言卮言爲主。李奕定《中國歷代寓言選集》認爲《莊子》書中「無處不寄寓著三二只趣味雋永、味同諫果的寓言。」其中也有笑話風格的作品。〈天運〉記載：

> 西施病心而矉其里，其里之醜人見而美之，歸亦捧心而矉其里。其里之富人見之，堅閉門而不出，貧人見之，挈妻子而去走。

這則寓言的意涵，譚達先認爲：「它教育了人們：看人物或事物，必須先看到它的本質，如果只看到表面的現象，知其然而不知其所以然，必流於形式主義。」〔註7〕而就在「效顰」的舉止中，便流露出一種滑稽感，貧人富人的反應，更增加了戲劇性，足以引人一粲。雖然篇中不採用對話的形式，和後世笑話仍有一段距離，但卻可視爲笑話的前身。

〔註6〕參見：周作人編訂《明清笑話四種》引言，及婁子匡、朱介凡編著的《五十年來的中國俗文學·笑話篇》。

〔註7〕見：譚達先《中國民間寓言研究》第四章〈寓言的藝術特點及幾個常見的傳統形象〉，第62頁。

（三）《韓非子》中的笑話

韓非的散文素以「深刻明切」〔註 8〕見稱，然而他深知「說難」，所以行文多用譬語、寓言，其中尤以〈說林〉、〈內外儲說〉等篇最爲著名。《文心・諸子篇》讚美韓非子散文「著博喻之富」，可謂確當。以下舉出韓非書中可以列入笑話林中的寓言：

> 有獻不死之藥於荊王者，謁者操之以入。中射之士問曰：「可食乎？」曰：「可！」因奪而食之。王大怒，使人殺中射之士。中射之士使人說王曰：「臣問謁者，曰：『可食』，臣故食之。是臣無罪而罪在謁者也。且客獻不死之藥，臣食之，而王殺臣，是死藥也，是客欺王也！夫殺無罪之臣，而明人之欺王也，不如釋臣。」王乃不殺。（〈說林上〉）
>
> 衛人有夫妻禱者，而祝曰：「使我無故，得百束布。」其夫曰：「何少也？」對曰：「益是，子將以買妾。」（〈內儲說下〉）
>
> 鄭縣人有得車軛者，而不知其名，問人曰：「此何種也？」對曰：「此車軛也！」俄又復得一，問人曰：「此是何種也？」對曰：「此車軛也。」問者大怒曰：「曩者曰車軛，今又曰車軛，是何眾也？此女欺我也。」遂與之鬬。（〈外儲說左下〉）
>
> 鄭人有且置履者，先自度其足而置之其坐。至之市，而忘操之。已得履，乃曰：「吾忘持度。」反歸取之。及反，市罷，遂不得履。人曰：「何不試之以足？」曰：「寧信度，無自信也。」（〈外儲說左上〉）

以上數則寓言，〈不死之藥〉與〈買履信度〉都收錄於周文玘《開顏錄》中。如果拋開它們在原文中的作用，〈衛人妻〉可看作妒婦的典型，「鄭人」二則爲愚夫的代表，至於〈不死之藥〉一篇，又見於《戰國策》卷十七，與〈難勢・鬻矛與盾〉都是利用事理之矛盾弔詭以引人入勝。張華《博物志》卷六有一篇類似的記載：

> （君山）有道與吳包山潛通，上有美酒數斗，得飲者不死。漢武帝齋七日，遣男女數十人至君山，得酒，欲飲之。東方朔曰：「臣識此酒，請視之。」因一杯致盡。帝欲殺之。朔乃曰：「殺朔若死，此爲不驗；以其有驗，殺亦不死。」乃赦之。

明浮白齋主人《雅謔》又將這則記載改寫如後：

〔註 8〕詳見：劉大杰《中國文學發展史》第三章，第 79 頁。

漢武帝時，有貢不死之酒者。東方朔竊飲焉。帝怒，欲殺之。朔曰：「臣所飲，不死酒也。殺臣，臣必不死；臣若死，亦不驗。」帝笑而赦之。

東方朔既喝了「不死酒」，如果藥效當眞，必定殺他不死；如果竟然殺得死他，不死酒便不足珍貴，也就不用殺他了；這正是邏輯上的兩難式，在似是而非或似非而是的語言中，製造滑稽感，但是在荒唐滑稽中，又往往有至理存焉！〔註 9〕韓非〈不死之藥〉的性質與此雷同。

（四）其他典籍中的笑話

《孟子》、《莊子》和《韓非子》之外、《晏子》、《尹文子》、《呂氏春秋》、《列子》〔註 10〕等書也都有一些精采而又詼諧的寓言。例如：

晏子使楚，以晏子短，楚人爲小門于大門之側，而延晏子。晏子不入，曰：「使狗國者，從狗門入；今臣使楚，不當從此門入。」儐者更道從大門入見楚王。王曰：「齊無人耶？」晏子對曰：「臨淄三百閭，張袂成陰，揮汗成雨，比肩繼踵而在，何爲無人？」王曰：「然則子何爲使乎？」晏子對曰：「齊命使各有所主，其賢者使使賢王，不肖者使使不肖王，嬰最不肖，故直使楚矣。」

晏子將至楚，楚聞之，謂左右曰：「晏嬰，齊之習辭者也。今方來，吾欲辱之，何以也？」左右對曰：「爲其來也，臣請縛一人，過王而行。王曰：何爲者也？對曰：齊人也。王曰：何坐？曰：坐盜。」晏子至楚，王賜宴子酒。酒酣，吏二縛一人詣王。王曰：「縛者曷爲者也？」對曰：「齊人也。坐盜。」王視晏子曰：「齊人固善盜乎？」晏子避席對曰：「嬰聞之：橘生淮南則爲橘，生于淮北則爲枳。葉徒相似，其實味不同。所以然者何？水土異也。今民生長於齊，不盜；入楚，則盜；得無楚之水土使民善盜耶？」王笑曰：「聖人非所與熙也。寡人反取病焉！」（《晏子春秋・內篇雜下》）

本篇充分表露出晏嬰的機智、捷辯，生動巧妙的譬喻使楚王自取其辱，《開顏

〔註 9〕詳見：姚一葦《美的範疇論》第五章〈論滑稽〉，第 235 頁。

〔註 10〕汪惠敏〈先秦寓言的考察〉中說：「《列子》一書爲魏晉間人僞作，今已確知；然僞作者旨在模仿先秦筆法，且書中的寓言，往往重覆出現其他書之中，作者似乎不可能憑空僞造。筆者以爲仍可列於先秦子書範圍。」今據汪氏之意見，酌錄《列子》書寓言。

錄》及明郭子章《諧語》都曾著錄；後世笑話中敏於應對、相互問難者大抵類於此。世人每據此稱美晏子的辯才無礙，然而楚王的反應實亦値得注意。「王笑曰：『寡人反取病焉！』」楚王這一笑，容有些許尷尬，但能如此自我解嘲，亦可見其胸懷大度，正是一種幽默的人生觀。

再看下面的例子：

> 齊人有欲得金者，清旦被衣冠往鬻金者之所，見人操金，攫而奪之。吏搏而束縛之，問曰：「人皆在焉，子攫人之金，何故？」對曰：「殊不見人，徒見金耳！」（《呂氏春秋・去宥》）
>
> 莊里丈人字長子曰盜，少子曰毆。盜出行，其父在後追呼之：「盜！盜！」吏聞，因縛之。其父呼毆喻吏，遽而聲不轉，但言「毆！毆！」吏因毆之。幾殪。（《尹文子・大道下》）
>
> 燕人生於燕，長於楚，及老而還本國。過晉國，同行者誑之，指城曰：「此燕國之城。」其人愀然變容。指社曰：「此若里之社。」乃喟然而歎。指舍曰：「此若先人之廬。」乃涓然而泣。指壠曰：「此若先人之冢。」其人哭不自禁。同行者啞然大笑曰：「予昔紿若，此晉國耳。」其人大慙。（《列子・周穆王》）

「齊人攫金」又見於《列子・說符篇》，把利令智昏者貪婪的心境刻劃入微，後世諷刺財迷心竅的笑話，即本此而發展。「盜毆二子」透過姓名諧音，引發一場誤會，頗有喜劇感。至於「燕人還歸」可謂善騙笑話的鼻祖，其中騙人者並沒有其他目的，只是源於開玩笑的心理，尋人開心罷了。單獨來看確是笑話的本色。

總之，先秦典籍中寓言的體裁已逐漸確立，可視為風格特殊的文體。重新檢視這些寓言，其中具有詼諧戲謔特質的作品，若從正文中摘錄出來，即是一篇風趣雋永的笑話了。

二、笑話與先秦寓言的關係

（一）就體製而言

汪惠敏在〈先秦寓言的考察〉〔註 11〕中說：「寓言必須是一則短小精悍的故事。故事求其簡短明白，除人、物的必要動作和對話可稍詳盡外，對故事的

〔註 11〕本文收錄於《文學評論》第五集。

背景，人物形態的描寫，都可採取簡略的寫法。」這個特色，幾乎可以完全適用於笑話。試舉《艾子雜說》中〈艾子好飲〉爲例：

艾子好飲，少醒日，門生相與謀曰：「此不可以諫止，唯以險事休之，宜可誡。」一日，大飲而噦，門人密抽彘腸致噦中，持以示曰：「凡人具五臟方能活，今公因飲而出一臟，止四臟矣，何以生耶？」艾子熟視而笑曰：「唐三藏猶可活，況有四耶？」

這則笑話有人物、有對話、有情節，的確是短小精悍的故事。全文的主題在勸艾子戒酒，是故門生與門生，門人對艾子，以及艾子與門人的應答都在主題上打轉，絕無閒筆。對於故事的背景與人物形態的描寫只有「艾子好飲，少醒日」和「一日，大飲而噦」兩句，可謂簡潔精當。

然而笑話雖具有故事性，實際上卻以諧謔的對話爲主，因此有的笑話沒有情節，沒有背景的描繪，只單純地記錄對話而已。例如《笑府》中的〈說大話〉：

甲曰：「家下有鼓一面，每擊之聲聞百里。」乙曰：「家下有牛一隻，江南吃水，頭直靠江北。」甲搖頭曰：「哪有此牛！」乙曰：「不是這一隻牛，怎漫得這一面鼓。」

這類的笑話當然不具備完整的故事結構，沒有開端、沒有發展、也缺少結尾，但是仍可視爲故事的一環。若依顏崑陽《莊子的寓言世界》所論，則寓言本有「設問」一體，行文完全以對話爲主，而不敘說事件經過，〔註 12〕正和這類笑話相吻合。由此可見笑話在體製上，無論是一則短小精悍的故事，或是純粹的對話，都不離先秦寓言的範圍。

（二）就主題與題材而言

先秦寓言的題材甚爲廣泛，其中不乏借飛禽、走獸、魚鼈、昆蟲、神仙、鬼怪而立言者，但仍以人事的題材居多；而笑話所欲著眼的正是可鄙可笑的人事現象，是故取擷於先秦寓言的題材所在多有。例如莊子「笑顰」的寓言，便是後代模仿他人言行笑話的始祖。試以下面的笑話爲例：

有屠牛者過宰豬者之家，其子欲諱宰豬二字，回云：「家尊出亥去了。」屠牛者歸，對子述之，稱贊不已。子亦穎悟，次日，屠豬至，其子

〔註 12〕詳見：顏崑陽《莊子的寓言世界》，第 134 頁。

亦回云：「家父往外出丑去了。」問幾時歸？答曰：「出盡丑自然回來了。」(《笑林廣記・謬誤部》)

細看這則笑話正是東施效顰的翻版。屠牛者之子鸚鵡學舌般的賣弄乖巧，結果卻弄巧成拙。顏崑陽《莊子的寓言世界》曾解析「東施效顰」說：「世俗的價值觀念，往往只重形式，而不顧內涵。所以，不能隨質以成文，徒然執著於固定的形式，而反生鄙陋。」這也可以是「出醜」笑話的寓意。「模仿失敗」的主題，古今如出一轍。再比較下面的寓言與笑話：

麗之姬，艾封人之子也，晉國之始得之，涕泣沾襟。及其至於王所，與王同筐牀，食芻豢，而後悔其泣也。(《莊子・齊物論》)

有出嫁者哭問嫂：「此禮何人所制？」嫂曰：「周公。」女將周公大罵。及滿月歸寧，問嫂周公何在？嫂云：「尋他做甚？」女曰：「欲製一鞋謝之耳。」(《笑府》)

莊子「麗姬悔泣」的寓言，寄託著「人對於所不知之時空，往往會懷有恐懼之心。人因不知死後情境，是以懼死。」〔註 13〕的寓意。但由另一個角度來看，所寫的正是一個女子婚前婚後微妙的心理變化。寓言中的女子由「涕泣沾襟」而後「悔其泣」；笑話中的女子則由「將周公大罵」到「欲製一鞋謝之」，雖然處理的方式不一，精神卻有相通之處。

《韓非子・內儲說下》記載著兩則紅杏出牆的寓言：

燕人，其妻有私通於士，其夫早自外而來，士適出。夫曰：「何客也？」其妻曰：「無客。」問左右，左右言無有，如出一口。其妻曰：「公惑易也。」因浴之以狗矢。

燕人李季好遠出，其妻私有通於士，季突至，士在內中，妻患之。其室婦曰：「令公子裸而解髮直出門，吾屬佯不見也。」於是公子從其計，疾走出門，季曰：「是何人也？」家室皆曰：「無有。」季曰：「吾見鬼乎？」婦人曰：「然。」「爲之奈何？」曰：「取五姓之矢浴之。」季曰：「諾。」乃浴以矢。一曰浴以蘭湯。

這兩則燕人的故事，可以說是紅杏出牆笑話的來源。篇中對淫婦的凶狡與癡夫的愚昧，都作了深刻的批評。明人江盈科《雪濤諧史》有一則精采的笑話：

〔註 13〕見：顏崑陽《莊子的寓言世界》，第 200 頁。

> 有痴夫者，其妻與人私。一日，撞遇奸夫于室，跳窗逸去，止奪其鞋一只，用以枕頭，曰：「平明往質于官。」妻乘其睡熟，即以夫所著鞋易之。明日夫起，細視其鞋，因謝妻曰：「我錯怪了你，昨日跳出窗的，原來就是我。」

同型的笑話還見於趙南星《笑贊》和馮夢龍《笑府》，笑話中的癡夫由先秦到明代，歷經千載仍昏瞶如昔，所幸淫妻雖仍狡獪，然而兇威已斂，否則恐怕又不免狗屎臨身了。

〈外儲說左下〉，還有一則「縱鼈飲水」的寓言：

> 鄭縣人卜子妻之市，買鼈以歸。過潁水，以爲渴也，因縱而飲之，遂亡其鼈。

《史記・滑稽列傳・褚少孫補傳》，淳于髡失鵠，詐稱「縱鵠飲水」的故事和此則相似。後世描寫呆女婿種種愚蠢的行爲，即有「放鴨下水」的情節，應是由此脫胎而出的。

笑話之中又有諷刺昏忘的一型，陸灼《艾子後語》中記載：

> 齊有病忘者，行則忘止，臥則忘起。其妻患之，謂曰：「聞艾子滑稽多知，能癒膏肓之疾，盍往師之？」其人曰：「善。」於是乘馬挾弓矢而行。未一舍，內逼，下馬而便焉。矢植於土，馬繫於樹。便訖，左顧而覩其矢曰：「危乎，流矢奚自？幾中乎予！」左覿而覩其馬，喜曰：「雖受虛驚，乃得一馬。」引轡將旋，忽自踐其所遺糞，頓足曰：「踏卻犬糞，污吾履矣。惜哉！」鞭馬反向歸路而行。須臾抵家，徘徊門外曰：「此何人居？豈艾夫子所寓邪？」其妻適見之，知其又忘也，罵之。其人悵然曰：「娘子素非相識，何故出語傷人？」

故事中的主角不但忘了自己的弓矢、忘了自己方便之事，甚至將妻子一併忘卻，真可謂善忘到家。在《列子》中，可發現這則笑話的影子。

> 宋陽里華子中年病忘，朝取而夕忘，夕與而朝忘，在途則忘行，在室則忘坐，今不識先、後不識今；闔室毒之。(《列子・周穆王》)

《艾子後語》的描寫，實則即是「今不識先，後不識今」的具體化，透過細節的刻劃，將病忘的情狀表露得淋漓盡致。然而《列子》中還詳載華子求醫的過程，以及他由昏忘而清醒時的懊惱。他認爲忘我時，無所謂存亡得失，哀樂好惡；一旦有我，則人生的憂患、情緒的起伏，千頭萬緒，逼上心頭，欲求須臾之忘，已不可得矣。由此看來，笑話中昏忘的人，未嘗不是人生的大幸呢！

除上面所列舉的例證之外，尹文子「盜毆二子」以姓名爲戲謔的題材，在笑話也屢見不鮮。因爲先秦寓言的主題本就包羅萬象，其題材自然也多采多姿，笑話因襲典籍中已有的素材，加以搓揉變化、賦予新的情節與風貌，其間若斷若續的關係，仍可一一鉤稽。

（三）就性質而言

李奕定〈漫談寓言〉中強調寓言在於「暴露人類的特徵抑弱點」、「微具諷刺性、啓示性和透悟性」，〔註 14〕試以諸子寓言爲證，《莊子・齊物論》云：

> 狙公賦芧，曰：「朝三而暮四。」眾狙皆怒。曰：「然朝四暮三。」眾狙皆悅。

莊子藉猿猴惑於「朝三暮四」與「朝四暮三」諷刺人們常被名相所迷惑，不能掌握實情，於是情緒隨著惑人的名相而擺搖不定。所謂「名實未虧，而喜怒爲用」是也。又如《韓非子・五蠹篇》：

> 宋人有耕者，田中有株，兔走觸株、折頸而死。因釋其耒而守株，冀復得兔不可復得，而身爲宋國笑。今欲以先王之政，治當世之民，皆守株之類也。

韓非認爲一切典章、制度都要因應時代需求而生，今日既不同於往日，古法必難治今人；是故主張因時制宜，「論世之事，因爲之備」。「守株待兔」即是順著這個理路而發展。藉著宋人的愚昧、貪惰，批評執古不化、不知變通的人。

先秦寓言大都具有這樣的精神，是故譚達先在《中國民間寓言》中評論道：「先秦寓言，還構成中國文學最早的諷刺文學的傳統。」而笑話中諷刺的一類，正與這個傳統遙相契合。試以下列笑話爲例：

> 有甲欲謁邑宰，問左右曰：「令何所好？」或語曰：「好公羊傳。」後入見，令問：「君讀何書？」答曰：「惟業公羊傳。」試問：「誰殺陳他者？」甲良久對曰：「平生實不殺陳他。」令察謬誤，因復戲之曰：「君不殺陳他，請是誰殺？」於是大怖，徒跣走出。人問其故，

〔註 14〕見：李奕定《中國歷代寓言選集・漫談寓言》，第 10 頁。

乃大語曰：「見明府，便以死事相訪，後直不敢復來，遇赦當出耳。」（《太平廣記》卷二百六十引《笑林》）

一師晝寐，及醒謬言曰：「我乃夢周公也。」明晝其徒效之，師以界方擊醒，曰：「汝何得如此！」徒曰：「亦往見周公耳。」師曰：「周公何語？」答曰：「周公說昨日並不曾會尊師。」（《笑府》）

有一王婆，家富而矜誇，欲題壽材，乃厚贈道士，須多著好字面，爲里黨光。道士思想並無可稱，乃題曰：「翰林院侍講大學士國子監祭酒隔壁王婆婆之柩」（《笑得好》）

首則笑話在挖苦攀援富貴而又不學無術的人；次則透過對比的手法嘲弄蒙師晝寢；第三則表面上在調侃王婆的矜誇，實際上卻爲中國人好面子、好攀關係的習性痛下針砭。這些笑話讓我們看清人性中虛僞、矯飾的弱點，的確具有諷刺性和啓示性。像這樣的例子，在中國笑話書中可謂俯拾皆是。是故，劉葉秋在《歷代筆記概述》中說：「軼事筆記小說中的笑話一類，如魏邯鄲淳的《笑林》，隋侯白的《啓顏錄》，又是由先秦諸子中諷刺性的寓言演化而來。」

綜合本節所論，先秦寓言中既有笑話存在，而部分笑話又可視爲寓言，實則已說明了寓言和笑話之間有相互含攝的關係。無論就體製、主題與題材或性質來分析，都可見笑話深受先秦寓言的哺養。陳紀實〈漫談中國的笑話文學〉中說：「笑話和寓言，手法和目的都是一樣，只是笑話較易使人發笑，寓言未必會令人發笑。」他將兩者的分別歸結於詼諧成分的多寡，可謂精到。我們可以說笑話減輕了寓言中哲理的重負，而繼承其短小的故事結構、諷刺的精神和誇張的手法、而後賦予更多的滑稽嘲弄。雖然先秦寓言不必是笑話的唯一來源，但就文體來說，卻顯然對笑話有不容忽視的影響。

第三節　科諢與滑稽戲

中國古典戲劇以歌舞，講唱來搬演故事，以倫理教化和喜慶娛樂爲目的。〔註 15〕爲了達到娛樂大眾的目的，戲劇中每每穿插著諧謔的言行，來博取觀眾的歡笑。不但以滑稽逗笑爲主的滑稽戲如此，一般的戲劇也慣用喜劇成分來調節全場的氣氛。滑稽戲及一般劇中的科諢，既含有滑稽戲謔的性質，單獨來看，往往即是一篇篇笑話。以下便試探笑話與中國戲劇之關係。

〔註 15〕參見：曾永義《中國古典戲劇論集》，第 9 頁。

一、先秦優戲

中國俳優的起源，據王國維《宋元戲曲考》第一章所載，應當定在春秋時代。《國語》中記載晉優施說里克，終使驪姬殺太子申生，而立奚齊。《左傳・襄公二十八年》則有「觀優至於魚里」的紀錄。《史記・滑稽列傳》更詳細敍述楚優孟與秦優旃的言行。王國維認爲俳優是後世戲劇的重要來源之一，其功能在於以調謔來娛樂觀眾。〔註 16〕康來新在《從滑稽到梨香院》中進一步說：「優和後世戲劇發展成熟的演員是否完全一致，我們暫且不論，但他們的裝腔作勢、調笑諷刺卻類似以後的丑。」由此可知，俳優實以滑稽的動作和詼諧的言詞來耍笑，這些突梯滑梯的言動，可視爲後代滑稽戲及科諢的前身，同時也是笑話重要的資源。

然而正如周貽白《中國戲劇發展史》中所說：「古代俳優的活動情形，除了與君權有關的諷諭和譎諫，被人認爲可嘉，偶然記載一兩則外，其優戲的形式，在古籍中沒有人提起過這回事。」是故，要了解優戲的情況，唯有由太史公筆下，想見其一二。

〈滑稽列傳〉記載：楚莊王的愛馬因肥病而死，莊王下令群臣爲馬服喪，並準備用大夫之禮來安葬牠。優孟聽到這則消息：

> 入殿門，仰天大哭。王驚而問其故。優孟曰：「馬者王之所愛也。以楚國堂堂之大，何求不得，而以大夫禮葬之，薄，請以人君禮葬之。」王曰：「何如？」對曰：「請以彫玉爲棺，文梓爲槨，楩楓豫章爲題湊，發甲卒爲穿壙，老弱負土，齊趙陪位於前，韓魏翼衛其後，廟食太牢，奉以萬户之邑，諸侯聞之，皆知大王賤人而貴馬也。」王曰：「寡人之過一至此乎！爲之奈何？」優孟曰：「請爲大王六畜葬之，以壠竈爲槨，銅歷爲棺、齎以薑棗，薦以木蘭，祭以粳稻，衣以火光，葬之於人腹腸。」

優孟以進爲退的說詞，終於使莊王改變心意，在前後兩段話強烈對比下，激盪著詼諧的逸趣，可說是「以談笑諷諫」的典型。再看秦優旃的故事：

> 始皇嘗議，欲大苑囿，東至函谷關，西至雍陳倉。優旃曰：「善，多縱禽獸於其中，寇從東方來，令麋鹿觸之足矣。」始皇以故輟止。

〔註 16〕王國維《宋元戲曲考一》：「要之巫與優之別：巫以樂神，而優以樂人；巫以歌舞爲主，而優以調謔爲主。」可見優是以調謔來樂人的藝人。

二世立，又欲漆其城，優旃曰：「善，主上雖無言，臣固將請之。漆城雖於百姓愁費，然佳哉！漆城蕩蕩，寇來不能上。即欲就之，易爲漆耳，顧難爲蔭室。」於是二世笑之，以其故止。

優旃順著人主的願望而進言，巧妙地暴露出這些欲求的荒謬，在談笑中點醒君主，爲蒼生請命，可說是厥功至偉。又因其言詞幽默詼諧，是以侯白《啓顏錄》中即曾著錄，可視爲一則含有諷諭意味的笑話。

當然，這種詼諧的應對，本是人人都有的本能，然而要製造出眞正幽默雋永的笑話，非有絕高的天資不可，俳優基於職務上的需求，自然更深諳此道。太史公說優旃「善爲笑言」，雖然笑言不全是笑話，但是笑話自在其中。日人內田道夫在《笑海叢珠・序》中說：從前宮庭之中，有稱爲倡優侏儒的滑稽伶人，他們以滑稽的言語和動作，提供笑於宮庭，以笑來緩和宮庭生活的緊張，這就成爲素朴戲曲的起源，他們也是素朴笑話的創作人了。〔註 17〕由這一段話可清楚地看出笑話和俳優的關係。

二、唐宋金滑稽戲

秦之後，漢代有角觝戲、傀儡戲、晉有參軍戲、南北朝有代面、踏搖娘。至唐，除承繼前代的戲曲之外，尙有所謂滑稽戲。王國維《宋元戲曲考》首章有言：「唐代歌舞戲之發達雖止於此，而滑稽戲則殊進步。此種戲劇優人恆隨時地而自由爲之，雖不必有故事，而恆託爲故事之形，惟不容合以歌舞。」可見滑稽戲是不雜歌舞、不重演技，而具有簡單情節的短劇。以下錄高彥休《唐闕史》所錄的李可及滑稽戲：

咸通中，優人李可及者，滑稽諧戲，獨出輩流。雖不能託諷匡正，然智巧敏捷，亦不可多得。嘗因延慶節緇黃講論畢，次及倡優爲戲。可及乃儒服險巾，褒衣博帶，攝齊以升講座。自稱三教論衡，其隅坐者問曰：「既言博通三教，釋迦如來是何人？」對曰：「是婦人。」問者驚曰：「何謂也？」對曰：「《金剛經》云：敷坐而坐。若非婦人，何煩夫坐然後兒坐也？」上爲之啓齒。又問曰：「太上老君何人也？」對曰：「亦婦人也。」問者益所不喻，乃曰：「《道德經》云：吾有大患，是吾有身，及吾無身，吾復何患？倘非婦人，何患乎有娠乎？」上大悅。又問：「文宣王何人也？」對曰：「婦人也。」問者曰：「何

〔註 17〕參見：《民俗叢書六・宋人笑話》，本節序文乃據朱鋒節譯文略加刪修而成。

以知之？」對曰：「《論語》云：沽之哉，沽之哉，吾待善賈者也。倘非婦人，待嫁奚爲？」上意極歡，寵賜甚厚。翌日，授環衛之員外職。

羅錦堂〈中國戲曲之演變〉〔註 18〕一文中評論：「此乃不以歌舞爲主，而以言語爲尙。」「係利用經典字音之相同而逞其詭辯之能也。」的確，這則故事並沒有任何託諷之意，完全是藉著同音字，挖空心思製造詼諧效果來引人發噱，頗有笑話的趣味。笑話集《群居解頤》即錄有此則滑稽戲。

唐以後，滑稽戲盛行於五代，《五代史・伶官傳》記載後唐莊宗雅愛戲曲，常加入伶人演戲的行列，甚至還以「李天下」當作自己的優名，可見當時戲劇的盛況。鄭文寶《江南餘載》卷上有一則諷刺貪官的滑稽戲：

徐知訓在宣州聚斂苛暴，百姓苦之，入覲、侍宴。伶人戲作緑衣大面若鬼神者，傍一人問誰。對曰：「我宣州土地神也。吾主人入覲，和地皮掘來，故得至此。」

這齣戲到了趙南星《笑贊》中，變成爲這樣的一則笑話：

王知訓帥宣州，入覲，賜宴。伶人戲作一神，或問何人？答言：「吾是宣州土地。」問：「何故到此？」答言：「王刺史入覲，和地皮捲來。」

《笑林廣記》中也有相似的一則，只不過省略了人名罷了！龔鵬程〈重編笑林廣記序〉云：「我們可以猜想，伶人針對這個主題（貪官）應如何諷刺，一定構思甚久，才會有如此新奇的譏嘲。」而在兩相比較下，更可以肯定笑話與滑稽戲血肉相連的關係。

宋代的滑稽戲又稱作雜劇，內容大體和唐代相同。〔註 19〕故呂本中《童蒙訓》說：「作雜劇者，打猛諢入，卻打猛諢出。」吳自牧《夢梁錄》卷二十「伎樂條」說：雜劇「大抵全以故事，務在滑稽。」試舉數則宋人滑稽戲爲證：

宋高宗時，饔人瀹餛飩不熟，下大理寺。優人扮兩士人，相貌各異，問其年，一曰甲子生，一曰丙子生。優人告曰：「此二皆合下大理。」高宗問故？優人曰：「餃子餅子皆生，與餛飩不熟者同罪。」上大笑，赦原饔人。（劉績《霏雪錄》）

〔註 18〕該文收錄於羅錦堂《錦堂論曲》一書中。
〔註 19〕參見：王國維《宋元戲曲考二：宋之滑稽戲》。

> 壬戌省試，秦檜之子熺、姪昌時、昌齡皆奏名，公議籍籍，而無敢輒語。至乙丑春首，優者即戲場，誤爲士子，赴南宮。相與推論知舉官爲誰。指侍從某尚書某侍郎當主文柄。優長者非之曰：「今年必差彭越。」問者曰：「朝廷之上，不聞有此官員。」曰：「漢梁王也。」曰：「彼是古人，已死千年，如何來得？」曰：「前舉是楚王韓信，彭越一等人，所以知今爲彭王。」問者嗤其妄，且扣厥指，笑曰：「若不是韓信，如何取得他三秦？」四座不敢領略，一鬨而出。秦亦不敢明行譴罰云。（《夷堅志丁集》）

> 韓侂胄用兵既敗，爲之鬚髮俱白，困悶不知所爲。優伶因上賜侂胄宴，設樊遲、樊噲，旁有一人曰樊惱。又設一人揖問遲：「誰與你取名？」對以夫子所取。則拜曰：「此聖門之高弟也。」又揖問噲曰：「誰名汝？」對曰：「漢高祖所命。」則拜曰：「眞漢家之名將也。」又揖惱曰：「誰名汝？」對以「樊惱自取。」（葉紹翁《四朝聞見錄戊集》）

這三齣戲或設言解救含冤的饔人，或譏諷宰相濫取親人，或嘲弄權臣庸碌誤國，劇中用表演的方式、諧聲的技巧、曲折而又巧妙地將主題烘托出來，而其精神不外滑稽諷刺。第一、二則末尾，觀眾的反應本不屬於原劇，若加以刪略，即是精采深刻的笑話。至於第三則已是成熟的笑話形式了。

事實上，在後世的笑話集中它們都以更洗煉的面貌出現：

> 一貴官設席，庖丁煎餅子欠熟，撻之繫獄。翌日，復置酒張樂，人欲爲庖丁解救，因扮一術士推命，又扮老人請算八字。術士曰：「尊庚貴甲？」老人曰：「丙子生。」術士連叫：「不好，不好。」老人曰：「才說一個年頭，又無時日，便道不好！」術士曰：「昨日甲子生的送在獄中未放，何況你是丙子生的？」座客俱大笑。貴官悟其言，遂釋庖丁。（《廣笑府》）

> 宋壬戌科，秦檜之子熺、侄昌時、昌齡，一榜登第。時人憤恨，追問今歲知貢舉爲誰？一士答曰：「是韓信。」人爭辨其非。士笑曰：「若主考非韓信，如何乃取三秦？」（《雅謔》）

> 或問樊遲之名誰取，曰：「孔子取的。」問樊噲之名誰取，曰：「漢高祖取的。」又曰：「煩惱之名誰取？」曰：「這是他自取的。」（《笑林廣記・譏刺部》）

前後對比之下，更能明白笑話如何吸收滑稽戲，如何刪其繁瑣，擇取精要，淡化其史實的意味，直接達到滑稽嘲弄的效果。

《夢粱錄》卷二十「伎樂條」又載：「雜劇中，末泥為長，每一場四人或五人，先做尋常熟事一段，名曰艷段。次做正雜劇，通名兩段。末泥色主張，引戲色分付，副淨色發喬，副末色打諢，或添一人名曰裝孤。……凡有諫諍或諫官陳事，上不從，則此輩妝做故事，隱其情而諫之，於上顏亦無怒也。又有雜扮，或曰雜班，又名經元子，又謂之拔和，即雜劇之後散段也。頃在汴京時，村落野夫罕得入城，遂撰此端。多是借裝為山東、河北村叟以資笑端。」由此可知雜劇的結構分為艷段、正雜劇和散段三部分。在正雜劇中副淨副末是重要角色，《宋元戲曲考・七》：「發喬者，蓋喬作愚謬之態，以供嘲諷；而打諢，則益發揮之以成為一笑柄。」發喬、打諢所創造出來的笑柄，由於經過苦心的經營，又由於出自滑稽能手的點化，頗能深中人心，激發笑聲；其中必有不少言詞，只要忠實記錄下來便可納入笑話之林。

所謂雜扮以村老野夫作為嘲弄的對象，確實的劇情現在已不得見，但是在笑話集中卻不乏類似的記載。例如明劉元卿《應諧錄》的「漢村三老」：

> 漢村三老，皆款啓寡聞之甿也，終生未履城市。甲老偶經一過，歸向二老誇所睹聞。二老歆動，約舂糧往游。行間，甲老顧謂丙老曰：「至彼，慎勿妄語，取市子姍笑，須聆吾指。」比至郭，忽聞鐘聲，乙老詫曰：「此何物，叫號如是？」甲老曰：「上鳴鐘也。」丙老曰：「而我抵舍，當市鐘肉啖之。」甲老曰：「嘻，誤矣！鐘乃搏（摶）泥為質，而火煅成者，安可啖耶？」甲老蓋偶見范鐘之具，而未實見鐘云。夫竊膚末之見，而輒嘵嘵然欲以開示人，將率天下而瞽也。

笑話中把鄉鄙之人孤陋寡聞，對文明世界一知半解的情形刻劃入微。三老的言談舉止，實則就是一齣諷刺劇，或許正是由雜扮流衍下來的作品。

此外據陶宗儀《輟耕錄》二五所載，金院本共分十一類，其中有「打略拴搐」及「諸雜砌」兩類。宋人笑話集《笑海叢珠》卷一的標題是「集南北諢砌笑海叢珠」，《笑苑千金》卷四的標題作「新編古今砌話笑苑千金」其中「諢砌」「砌話」與金院本中的「雜砌」顯然有意義上的關連。胡士瑩《話本小說概論》第三章說「戲劇中也有使用砌話的。這種砌話，是一種短小精悍的獨特形式，具有辛酸的諷刺性，也可以是喜劇性。」胡氏對戲劇中砌話的

描述，完全適用於笑話，更可見笑話和戲劇間有相當程度的交錯關係。〔註20〕

三、元明戲劇的科諢

笑話和戲劇的關係始終不絕如縷，除了先秦倡優、唐宋金人的滑稽戲之外，元人雜劇和明人傳奇中的科諢對笑話也有相當的貢獻。明王驥德《曲律》第三十五「論插科」中說：「插科打諢，須作得極巧，又下得恰好。如善說笑話者，不動聲色而令人絕倒，方妙。大略曲冷不鬧場處，得淨丑間插一科，可博人哄堂，亦是戲劇眼目。」可見科諢實在是戲劇中不可或缺的要素，少了它，不免會有冷場出現；是故淨、丑常在劇中穿梭往來，調劑全場氣氛。科諢的製作，須極盡敏慧與巧思，始能妙趣橫生、令人絕倒；其技巧、功能和笑話並無兩樣。所不同的，科諢須顧及全劇的情節、人物性格的完整，而且往往前後有埋伏照應的關係。笑話則偏重孤立事項的描寫，表現人生某個可笑的片段，但兩者實可互相轉化。例如關漢卿《感天動地竇娥冤》第二折：

> （淨扮孤引祗候上，詩云：）我做官人勝別人，告狀來的要金銀；若是上司當刷卷，在家推病不出門。下官楚州太守桃杌是也。今早升廳坐衙，左右，喝攛廂。（祗候么喝科）（張驢兒拖正旦卜兒上，云：）告狀！告狀！（祗候云）拿過來。（做跪見，孤亦跪科，云）請起。（祗候云：）相公，他是告狀的，怎生跪著他？（孤云：）你不知道，但來告狀的，就是我衣食父母。

如果我們將這一部分略作調整，刪去其戲劇的形式，可以如《廣笑府》一般，改寫如後：

> 優人扮一官到任，百姓來告狀，其官與吏大喜曰：「好事來了。」連忙放下判筆，下廳深揖告狀者。隸人曰：「他是相公子民，有冤來告，望相公與他辦理，如何這等敬他？」官曰：「你不知道，來告狀的，便是我的衣食父母，如何不敬他？」

〔註20〕除了戲劇之外，宋代說話藝術也講究「使砌」。胡士瑩《話本小說概論》第三章第一節認爲《笑苑千金》「其第四卷題：新編古今砌話笑苑千金卷之四，是宋元時人集的砌話，至今尚有傳本。這些砌話是古今說話人的智慧的結晶，而後來的說話人也正是從這些砌話中汲取資料來逗人發笑和進行諷刺的。」若據胡氏的意見，則《笑苑千金》中所謂的砌話，實和說話藝術有密切的關係。此外，說話藝術中有說諢話、說諢經，其性質亦含滑稽逗笑的成分，然其話本今已不傳，不知是否與笑話有關。

馮夢龍《廣笑府》這一則〈衣食父母〉顯然出自《感天動地竇娥冤》。改寫後，活生生便是一則諷刺貪官的笑話了。歷代編纂笑話的人，必定不乏類似這樣的改作；然則科諢亦是笑話取材的寶藏。

明代還有一種過錦戲，劉若愚《明宮史》木集「鐘鼓司」有言：「過錦之戲，約有百回，每回十餘人不拘，濃淡相間，雅俗並陳，全在結局有趣，如說笑話之類，又如雜劇故事之類。各有引旗一對，鑼鼓送上，所裝扮者備極世間騙局俗態，并閨房拙婦騃男，及市井商匠刁賴詞訟，雜耍把戲等項。」當然這種戲劇無論就規模、腳色來看，都比簡短的笑話複雜許多；但是，戲中所裝扮的人物、所表演的騙局俗態，都是笑話中常見的，而其「結局有趣」的特色，更和笑話相同。

總而言之，笑話和戲劇都具有娛樂大眾的目的。笑話以引人發笑為能事，而中國戲劇中，從古代宮庭的優戲到唐宋金的滑稽戲、明代過錦戲，以至於雜劇傳奇中的科諢，都以滑稽嘲弄、詼諧逗趣為務。其性質、原理和技巧與笑話大體雷同。笑話中嘲弄挖苦的對象，也顯然深受戲劇的影響。雜扮中的村落野夫，過錦戲中的拙婦騃男以及刁賴商匠，正是笑話中常見的角色。在先秦寓言中，笑話承繼了諷刺的傳統；在戲劇中，笑話也擷取了諷喻的精神，但是同時更充實了耍笑逗樂的娛樂成分。陳紀瀅〈幽默在中國〉〔註21〕中說：「中國人經常把幽默放在戲劇裏。反之又從戲劇裏演繹出幽默。」的確，戲劇中少不了逗笑的情節和言語；而劇作家和伶人基於職務所需，以絕穎的天資、細心地經營，化平淡為新奇，創作出耐人尋味的笑柄；這些具有專業水準的笑料，自然成為笑話吸收、模仿的重要資源了。

第四節　清談與清言集

一、笑話集和清談的關係

中國第一本笑話書《笑林》成書於漢魏之間，由於在內容上大都是記載詼諧言行的簡短故事，與《世說新語》有部分雷同，是故治小說史者，往往將笑話集和清言集共同論述，並認為魏晉清談風氣，是產生這類人事小說的背景。

清談風氣的形成，可追遡到漢末的清議，以李膺、李固為主的清流人物，批評時政、指摘當道，蔚成一股龐大的勢力，以致為朝廷所嫉恨；其後經過兩

〔註21〕該文收錄於林語堂等著《幽默與東西方文學》一書中。

次黨錮之禍，讀書人不敢再放言政治，於是轉入清談。劉修士〈魏晉思想論〉，論及魏晉清談的成因說：「因政治環境的惡劣，東漢高人逸士開始了談論取樂的風氣。三國時代軍閥政治的建立，縱橫家大得其勢，於是言語辭令為時人所注重，跟著惠子公孫那一派的論辯亦為時人所學習所研究。因為儒學衰微、玄學興起，那種重德性輕言語的觀念，便失去了力量，加以玄學的哲理，比起儒家所講的那些平淺的倫理道德來較為玄妙神秘，適合於談論的資料。因為這種種原因，直接的或是間接的，促成了魏晉清談的發展。」〔註22〕

由於清談中頗為注重人物品評，每以一言一行判定人物的高下，因此名流文士的雅言逸事流傳甚廣；又因為清談特別講究談辯的技巧，所以清談中頗多巧妙的諷刺、風趣而又機智的對白，記錄下來便是一則則賞心悅目的趣談。周樹人《中國小說史略》指出：清談既為「世之所尚，因有撰集，或者掇拾舊聞，或者記述近事，雖不過殘叢小語，而俱為人間言動。」又說：「記人間事者已甚古，列禦寇、韓非皆有錄載，惟其所以錄載者，列在用以喻道，韓在儲以論政。若為賞心而作，則實萌芽於魏而大盛於晉，雖不免追隨俗尚，或供揣摩，然要為遠實用而近娛樂矣！」周氏所謂「為賞心而作」及「遠實用而近娛樂」的作品，包括《語林》、《世說》、《笑林》、《啓顏》等書，其中《笑林》、《啓顏》是笑話集的代表，《語林》、《世說》則是清言集的典型，兩類作品都受清談風氣的影響。

二、笑話集和清言集的關係

據《隋書・經籍志》所載，《笑林》為後漢給事中邯鄲淳所撰，可見漢末已有笑話專集。至於清言集，則在晉以後才盛行，南朝劉義慶的《世說新語》是集大成之作。《世說新語》的內容廣博，從〈德行〉到〈仇隙〉共分卅六篇〔註 23〕；其中〈言語〉、〈任誕〉、〈俳調〉諸篇中已有不少類似笑話的作品。是故《中國小說史略》中稱《笑林》「舉非違，顯紕繆，實《世說》之一體。」然而若推究其時代，《笑林》遠在《笑林》之前，周氏之說，實待商榷。更何況《笑林》中早有名流軼事存焉。例如《太平御覽》卷八六五所錄：

> 姚彪至武昌遇風，與沈浙江渚守風。糧用盡，遣人從彪貸鹽百斛。彪得書不答，敕左右倒鹽百斛著江水中，曰：「明吾不惜，惜所與耳。」

〔註22〕見：劉修士〈魏晉思想論〉，賀昌群、容肇祖等著《魏晉思想》，第183頁。
〔註23〕三十六篇之數，依楊勇《世說新語校箋》。

葉慶炳在《漢魏六朝小說選・姚彪條下》云:「《笑林》爲我國笑話集之濫觴,人所共知。就此則文字觀,實亦啓《笑林》《新語》之類志人小說之濫觴。」范煙橋《中國小說史》也認爲《笑林》:「以雋言妙言資笑噱,爲《世說》之權輿。」其說較周氏爲允當。

《世說》之類的清言集既和笑話集同受清談的影響,雖然其性質不以詼諧要笑爲能,但卻有不少可以採入笑話書的妙語趣事。例如晉《裴子語林》載有鍾雅和祖士相調戲的事:

> 鍾雅語祖士言:「我汝潁之士,利如錐;卿燕代之士,鈍如槌。」祖曰:「以我鈍鎚,打爾利錐。」鍾曰:「自有神錐,不可得打。」祖曰:「既有神錐,自有神槌。」(《藝文類聚》卷二十五引)

隋侯白《啓顏錄》即錄有此則。又如《郭子》中所載:

> 梁國楊氏子,年九歲,甚聰慧,孔君平詣其父,父不在,乃呼兒出。爲設果,有楊梅,孔指示兒曰:「此貴君家果。」兒應聲答曰:「未聞孔雀是夫子家禽。」(《藝文類聚》卷九十一引)

孔君平以楊梅來調侃楊氏,純是無稽之談。楊氏子以「未聞孔雀是夫子家禽」反過來調侃了孔氏。所謂「出乎爾者,反乎爾者」,其中的機智、巧思令人驚嘆!《世說・言語篇》亦曾著錄。此外,《世說》中還有許多詼諧之作:

> 嵇、阮、山、劉在竹林酣飲,王戎後往;步兵曰:「俗物已復來敗人意!」王笑曰:「卿輩意亦復可敗邪?」(〈俳調〉第四則)

> 張吳興年八歲虧齒,先達知其不常,故戲之曰:「君口中何爲開狗竇?」張應聲答曰:「正使君輩從此進出。」(〈俳調〉第三十則)

這類的作品,本就以互相打趣,戲謔爲主,完全是應機而作,巧言妙答之中,蘊含著靈光乍顯的機趣,置入笑話書中都是絕好的作品。明浮白齋主人《雅謔》即錄有〈出入狗竇〉一則:

> 張吳興,聰穎不凡,年八歲虧齒,先達戲之曰:「子口中何爲開狗竇?」張應聲答曰:「正使君輩從此中出入耳!」

前後相較,除了更動了幾個字眼外,結構、對話全是《世說》的翻版,可見清言集中確有笑話存在。

然而,更值得注意的是,隋唐的笑話集,除了眞正的笑話外,還夾雜了純粹的清言、逸事。雖然我們可以說這原是《笑林》以來的傳統，但《世說》自宋成書，梁劉孝標爲之注，歷代爲士林仰重，自是小說家所取擷的寶藏，對隋唐笑話書自然也有一定的影響。試以唐朱揆《諧噱錄》所錄爲例：

郝隆七月七日，出日中仰臥，人問其故，答曰：「我曬書。」

桓豹奴是王丹陽外甥，形似其舅，桓甚諱之。宣武云：「不恆相似，時似耳；恆似是形，時似是神。」桓逾不說。

顧長康噉甘蔗，先食尾，人問所以，云：「漸至佳境。」

這三個例子，都取自《世說・俳調篇》，嚴格來說，並非笑話，可視爲魏晉清談的流風餘韻。這類作品在笑話中出現，可以說明自《笑林》以至於《諧噱錄》，雖然已經有意識地將笑話集結在一起，但是由於對笑話的概念並不明確，以致選錄的標準頗不一致，這種現象可視爲任何文體初期發展的必然現象。

由以上的敍述可知笑話集和清言集的興起，無論就時代而言，或者就其遠實用近娛樂的性質來看，都和講究語言藝術的清談有密切的關係。笑話集和清言集之間更有相當微妙的聯繫，一方面《笑林》可視爲《世說》等志人小說的先聲；但另一方面，清言集已由附庸蔚成大國，俳調、紕謬類的作品，反而成爲笑話集採錄的對象，甚至一些純粹的清言也混入笑話群中。若比較兩者間以人事爲主的內容、簡短的篇幅、故事的體製，就更能了解清言集和笑話集所以能互通有無的原因了！

結　語

笑話的根源在於人與生俱有的詼諧戲謔的本性，日常生活中，彼此互相打趣，正是調劑生活的良方；而「當人們自覺地運用這些有趣的事件做爲談話的材料時，笑話即已成型。」〔註 24〕這種素樸的笑話，並非文人雅士刻意的創作，而是人幽默本能的流露，其特性是口傳的、是民間的。史書中〈藝文志〉或〈經籍志〉將笑話歸於小說之列，更可見其「街談巷語、道聽塗說」的本來面貌。然而，笑話由口傳而寫定，其間不免經過文人的增刪潤飾，甚至有純粹的文人創作，自然也就吸收了其他文體的特色。就體製而論，先秦寓言與魏晉清言，都是簡短的故事或對話，是故和笑話之間，容易有吸收、

〔註 24〕見：龔鵬程《新編笑林廣記・序》，第 4 頁。

轉化的關係；先秦寓言諷刺的精神與題材，清言中論辯的語言藝術對笑話也都有相當的啓示。唯就文體的精神而論，笑話卻更近於滑稽戲。滑稽戲不論是純爲逗笑，或別有諷喻，都要能博人一粲，它所以能引人發笑，並不在於諷刺，而在於含有一種滑稽感；而滑稽感的有無也正是區辨笑話與非笑話的標準。至於滑稽感的成因，以及人發笑時心理複雜的反應，下章將有進一步的說明。

第三章　古代笑話的藝術特色

載籍中的笑話既然是一種獨特的文體，便有其獨具的形式和內容；然而不論笑話的主題與內容爲何，以能引發滑稽之感，惹人發笑爲要。是故要了解笑話，首先必須探究滑稽與笑的奧秘，〔註 1〕進而追尋笑話如何在其特殊的體製下，運用巧妙的手法，塑造人物、製造高潮，達到滑稽嘲弄的目的。

第一節　論笑與滑稽

朱光潛《文藝心理學》第十七章說：「笑的原因甚多，像呵癢所引起的笑，幾乎純粹是生理的；小兒的嬉笑由於歡樂；見朋友時的笑由於表示親善。」此外，又有逢迎上司的諂笑，仇人狹路相逢的冷笑，應酬時勉力擠出的乾笑，以及女性賣弄風情的媚笑等等。然而，這些笑都與笑話無關。笑話之所以使人發笑，乃是因爲作品中含有諧謔的成分，足以令人產生滑稽之感，此一滑稽感經由笑而發散。因此笑話所引發的乃是一種滑稽的笑。〔註 2〕以下便進一步探討笑與滑稽的理論，以期能眞正掌握笑話的特質。

一、滑稽是一種拙醜

滑稽一詞在中國出現甚早，《史記・滑稽列傳》司馬貞索隱曾作詳細的解

〔註 1〕笑常與機智、幽默或滑稽等名詞同時出現。法人唐尼美亞在〈幽默與機智的分別〉中，對幽默與機智的性質分辨頗爲詳細，並認爲它們的共同效果即是笑。王夢鷗《文藝美學・意境論》則將幽默與滑稽區分爲不同的兩個層次。本節所論，則採用姚一葦《美的範疇論》第五章〈論滑稽〉的觀點，以「滑稽」涵蓋機智與幽默。

〔註 2〕參見：姚一葦《美的範疇論》第五章，第 256 頁、260 頁。

釋；〔註 3〕然而司馬貞的解說偏重於弔詭、詼諧、與機智的語言，較美學範疇中所謂的滑稽意義要爲狹窄。王夢鷗《文藝美學・意境論》中認爲：「滑稽一詞的觀念，一面與笑接近，但它不即是笑，而是我們平常說『想笑』的想，所以也是一種意境。」姚一葦《美的範疇論》第五章〈論滑稽的藝術〉說：「所謂滑稽，乃指此類藝術品可以使吾人愉悅，使吾人發笑，或者說可以使吾人產生一種滑稽感。」由這兩段話可以知道，滑稽並不等於笑，藝術上的滑稽是屬於作品所呈現的一種意境。至於所謂的「想笑」、「可以使吾人發笑」亦即亞理士多德所說的「可笑」。

亞氏《詩學》第五章〈論喜劇〉有言：「關於喜劇，如前所述，係模擬惡於常人之人生。此間所謂『惡』並非指任何一種的罪過，有其特殊的意義，是爲『可笑』。『可笑』爲醜之一種，可以解釋爲一種過失或殘陋，但對他人不產生痛苦或傷害。」〔註 4〕這幾句話本是爲喜劇而立論，但也正是笑話的寫照。笑話所描繪的大都是人生的負面，形貌上的殘陋、性格上的缺失，人事上的不諧都是笑話最常見的題材。這些可笑的人事現象，經過藝術手法的處理之後，讀者對笑話中人不致產生強烈的同情或厭惡，反而會忍俊不住。例如咄咄夫《笑倒》：

> 有走柬借牛于富翁者，富翁方對客，諱不識字，僞啓緘視之。對曰：「知道了。少停我自來也。」

看完這一則笑話，讀者對富翁不識字的煩惱並不起憐憫，反而因他自認是牛而產生一種滑稽的快感。

英人霍布斯承襲亞氏的觀點，並認爲笑是源於一種「突然的榮耀」。他說：「突然榮耀乃是一種能造成所謂笑的臉相的情感，其起因或係由於他們自身的某些突然行爲使自己愉樂，或係見及他人某種醜陋的事情，相形之下而使他們突然地讚美自己。」〔註 5〕他認爲笑中含有讚美自己，鄙夷他人的成分，

〔註 3〕《史記・滑稽列傳》司馬貞索隱：「滑，謂亂也；稽，同也。以言辯捷之人，言非若是，說是若非，能亂同異也。楚辭云：將突梯滑稽，如脂如韋。崔浩云：滑，音骨；稽，流酒器也。轉注吐酒，終日不已，言出口成章，詞不窮竭，如滑稽之吐酒。故揚雄〈酒賦〉云：鴟夷滑稽，腹大如壺，盡日盛酒，人復籍沽是也。又姚察云：滑稽猶俳諧也。滑，讀如字；稽，音計也。以言諧語滑利，其知計疾出，故云滑稽也。」

〔註 4〕見：亞里士多德撰、姚一葦箋註《詩學箋註》第五章，第 62 頁。

〔註 5〕見：Thomas Hobbes，*Leviathan*（Encyclopedia Britannica INC. 1952）第一部第六章，第 63 頁。中譯參考姚一葦《美的範疇論》第五章，第 242 頁。

而鄙夷的原因則在於「某種醜陋」。因此王夢鷗《文藝美學・意境論》曾說：「滑稽實即是反乎美的醜。滑稽與醜，在常識判斷中原為一物，如同我們所見滑稽的丑角，莫不醜；說別人滑稽的行動，同時亦可稱之為出醜。」由此可見，笑話所呈現的意境，即是一種無傷大雅的拙醜。

二、笑是緊張的弛緩

康德在其《判斷力批判》一書中，對發笑時的情緒反應，以及會使人發笑的事物都有精到的解說。他說：「引起活潑的捧腹大笑的事物之中，一定有某種的不合理的成分(是故它對於悟性本身看不出有若何的滿足)。笑乃某種緊張的期待的突然化為消失時所產生之情感。此種確為悟性所不喜之轉化卻可以造成刹那間的間接快感。」〔註6〕康德的觀點可用趙南星《笑贊》之例來說明：

> 醫者至人家，為病人診脈時，天大雨。醫者曰：「一家都了不得！」有問者曰：「如何診一人脈，說一家都了不得？」醫者曰：「這等大雨，淹壞田苗，一家如何了得？」
>
> 贊曰：此醫甚苦，本不知脈，而既為醫，不得不診脈，其實無心診脈也。

在這個例子中，聽者的情緒隨醫師的話而緊張，而後又隨著他的解答而驟然鬆弛。由於醫師矛盾悖理的言行，製造了緊張的假像，在眞相大白之時，遂產生滑稽感，令人不禁失笑。

王夢鷗《文藝美學・意境論》闡述康德的觀點說：「滑稽正是康德所說的『突然變小』或『緊張的弛緩』。緊張為悲壯之特色，滑稽雖欲促進緊張，或故作悲壯，但其目的則在弛緩那種緊張。它使合理的要求與悖理的無價值的要素相對照，使我們於緊張之中自行洩氣，又因癡與幻的自意識，突被掃除，乃勃發驟然的快感。」由這段話，更可以明白笑話中矛盾悖理的情事，正是產生滑稽感的原因，而「緊張的弛緩」與「突然變小」的理論，確實可以解釋許多笑話引人發笑的現象。

三、笑是人性的宣洩

人莫不嚮往自由，但身為社會的成員，便須受到風俗禮法、道德宗教的規範，長輩、上司或權威人士的約束；於是自由的本性受到抑制，情緒不能

〔註6〕見：姚一葦《美的範疇論》第五章，第243頁。

肆無忌憚發洩。在這樣的情形下，笑常是人性的一個宣洩口。

佛洛伊德在〈機智及其潛意識的相關性〉一文中，將有趣的事物分為機智、滑稽與幽默三種，他並將機智分為「無傷的機智」與「傾向的機智」兩類。所謂無傷的機智較淺顯、純淨，其中不含意計或哲理，僅僅是藉著文字的離合、雙關、或重覆等技巧以引起遊戲的快感。〔註7〕這類的機智，中國笑話中數量頗多。例如敦煌寫本《啓顏錄・嘲誚篇》記載：

> 北齊徐之才後封西陽王，尚書王元景嘗戲之才曰：「人名之才，有何義理。以僕所解，當是乏才。」之才即應聲嘲元景姓曰：「王之為己（字），在言為諓、近犬便狂，加頸足而為馬，施角尾而成羊。」元景遂無以對。

徐王二人，彼此以姓名相嘲，充分顯露文字遊戲的特色；其中的敏慧與巧思，令人欣歎。這樣的嘲戲，若在宴席間道來，必能引人發笑，可以說是「不虐之謔」。

至於傾向的機智，正如夢一樣，是潛意識中的慾望浮到意識中求滿足。他認為人性主要的傾向有「猥褻」與「仇意」兩種。黃色笑話是滿足猥褻傾向的最好例證，仇意傾向則在攻訐、諷刺中得到滿足。〔註8〕以下各舉一例為證：

> 玉帝私行，見夫婦行房者，召土地問之。答曰：「造人。」問一年造幾個？答曰：「一個。」曰：「既如此，何消得這等忙？」（《笑府》）
>
> 兩人相詬於途。甲曰：「你欺心！」乙曰：「你欺心！」甲曰：「你沒天理！」乙曰：「你沒天理！」一道學聞之，謂門人曰：「小子聽之，此講學也。」門人曰：「相罵何稱講學？」曰：「說心說理，非講學而何？」曰：「既講學，何為相罵？」曰：「你看如今道學先生哪個是和睦的？」（《笑府》）

「造人」篇透過玉帝與土地神的應答，巧妙地嘲笑了世人的貪淫多慾；但這樣的題材同時也令讀者、聽者在笑中宣洩了猥褻的意念。「道學相罵」旨在攻訐道學家不和睦的怪現象。依理而言，道學家精於心性之學，所謂存天理、去人欲，本該是最有道德修養的人；然而可笑的是：道學家之間常不能相容。這則笑話可以視為對道學家的反抗，也可當作對道學的逃避，正是仇意機智的例證。

〔註 7〕見：Sigmund Freud，*Wit and Its Relation to the Unconscious*：A. A. Brill，*The Basic Writings of Sigmund Freud*（Random House INC. 1938）

〔註 8〕同註七引書，第 693、695、699 頁。

朱光潛《文藝心理學》第十七章說：「性慾傾向和仇意傾向都是和禮俗、制度相衝突的，在平時很難直接出現，一出現就要被意識的『檢查作用』壓抑下去。這種壓抑的支持須耗費不少的心力。在詼諧中我們採用一種取巧的辦法，將性慾傾向和仇意傾向所用的語言或動作，以遊戲態度出之，使傾向可發洩，而同時又不至失禮、違法，受社會的制裁。」可見經由詼諧的笑話，除了可以獲得遊戲的快感外，還可以得到傾向的滿足；亦即在笑聲中，平素被壓抑的本性得到了解脫。

四、由對比產生嘲弄〔註9〕

由前面的敘述可知，滑稽是一種卑瑣的拙醜；然而滑稽的形成卻由於對比的形式。〔註10〕這裏所謂的對比，有其廣義的意涵，包括語言的對比、情境的乖訛、人物的襯托、乃至於情感形式的轉換等等。王夢鷗《文藝美學・意境論》曾闡述溫特的理論說：「人類的感情本由快與不快、興奮與消沈、緊張與弛緩三種形式構成其全體，而幽默或滑稽的成因，都是這些對照形式感情之驟然轉換而來。」姚一葦《藝術的奧秘》第七章更認為：「有關滑稽的無論那一種說法均係自對比中產生；這一對比係起於笑者與被笑的對象之間。」以喜劇言，即觀眾與劇中人的對比；就笑話言，則是讀者和笑話中人的對比。

笑話由對比產生滑稽，而令讀者發笑；但就作者而言，通過對比藝術所傳達的意念卻是「嘲弄」。嘲弄的對象可以是人，可以是事，可以是社會、禮俗，也可以是命運、人生。今以石成金《笑得好》為例：

> 一廟中塑一老君像在左，塑一佛像在右。有和尚看見，曰：「我佛法廣大，如何居老君之右？」因將佛像搬在老君之左。又有道士看見，曰：「我道教極尊，如何居佛之右？」因將老君又搬在佛之左。彼此搬之不已，不覺把兩座泥像都搬碎了。老君笑與佛說：「我和你兩個本是好好的，都被那兩個小人搬弄壞了。」

這是一則相當巧妙的笑話，其中蘊含著多重的對比形式，「佛法廣大」與「道教極尊」是語言的相對；和尚與道士的言行是情節的烘襯；就人物言，老君

〔註9〕參見：姚一葦《藝術的奧秘》第七章〈論對比〉，第198～199頁。姚氏說：「對比是藝術的重要形式之一：自對比所傳達出來的意念，我稱之為『嘲弄』或『嘲弄的』。」至於嘲弄的意涵「可以是機智的、幽默的、譏笑的、愚弄的、諷刺的、諷諫的，……或其中某幾項之和，或專指其中的某一項。」

〔註10〕參見：姚一葦《藝術的奧秘》第七章，第214頁。

像與佛像、道士與和尚、老君與佛是三組對比；就情境言，和尚道士的紛爭與老君和佛的和諧是對比；老君和佛的無恙，與老君像和佛像的毀損也是對比；此外，老君的話表面上指神像的毀損，實則指二教的爭執，表裏兩層意涵自然也是對比。作者利用這種種交織錯綜的對照形式，嘲弄了好搬弄是非的小人，也嘲弄了佛老的相是相非。對讀者而言，泥像被搬碎後，老君與佛的出現是意料之外的；而老君巧妙的雙關語更別具逸趣，令人不禁爲之莞爾。然而在笑的當兒，讀者實已透過作品，領會了作者嘲弄之意。

綜合以上所論，笑話所以惹人發笑，乃是由於作品中含有滑稽的性質。所謂滑稽，可以視爲一種與悲壯相對的意境，是一種無傷大雅的拙醜，由於滑稽的醜只是一些卑瑣的愚昧與過失，或是尷尬和挫折，因此經過藝術手法處理之後，不但不致於令人厭惡或同情，反足以產生快感。滑稽的快感來自於作品的矛盾、悖理，以及語言、人物、情境、情感乃至於心理的對比所產生的意外感；但另一方面卻不時隱含著情慾和仇意的宣洩，以及情緒的解放等複雜的因素。滑稽感是讀者發笑的主因，然而就在笑中，讀者認同了作者對人事的嘲弄。

第二節　古代笑話的體製

本節所論笑話的體製，乃是指笑話外在的形式而言。西人威爾森《笑話論》一書中，歸納前人研究的成果，認爲笑話在形式上由弛緩、衝突、不諧、雙元化等原理所構成，〔註 11〕在上一節論笑與滑稽中，對這些理則已有所說明，此處不再詳論。本節所要討論的，乃是笑話更外在的形式，其意義與一般所謂的體裁類近。

一、以對白爲主的軼事體筆記小說

笑話是小說的一支，小說原出於「街談巷語，道聽塗說者之所造。」〔註 12〕桓譚《新論》認爲：「小說家合殘叢小語，近取譬論，以作短書，治身理家，有可觀之辭。」〔註 13〕可見小說的體製原是「殘叢小語」的形式。劉葉秋《歷

〔註 11〕參見：Christopher P. Wilson，*Jokes*（Academic Press 1979）第一章〈笑話的形式原理〉。

〔註 12〕見：《漢書・藝文志・諸子略序》。

〔註 13〕見：《文選》卷三十一，江淹〈擬李都尉從軍詩〉李善注引。

代筆記概述》第一章說：「後人總稱魏晉南北朝以來，殘叢小語式的故事集爲筆記小說。」〔註 14〕然則，所謂筆記小說，除篇幅簡短的特色外，實具有故事的成分。馬幼垣與劉紹銘在〈綜論中國傳統短篇小說的形式〉一文中，更進一步說明：「筆記小說之言簡意賅，一如其名，其作用不外以最短之文字記錄一件傳聞或個人經驗發生之經過。……一個有代表性的筆記小說，由於其簡短形式的限制，因此也直接限制了人物的多寡與性格的發展。不消說，細節的描繪，也同時受到約束。通常來說，一篇筆記小說，不會容得下一個以上的情節。當故事發展到高潮時（如果有的話），也就是故事接近結束的時候。」這一段話，對筆記小說的內容與形式，都作了明確的說明。然而筆記小說又可粗分爲志人和志怪兩類，由於笑話以記錄人物片斷的言行爲主，偶而亦有簡單的故事情節，可列爲軼事體筆記小說的旁支。〔註 15〕

笑話既含有一般軼事體筆記小說的特色，但是又和軼事不盡相同。因爲笑話既以話爲名，實際上亦以話爲主。對白本是一篇笑話的精神所在，背景的描寫，故事情節的安排，都是爲襯托對白的可笑而設。以《笑林》爲例：

> 漢司徒崔烈辟上黨鮑堅爲掾。將謁見，自慮不過，問先到者儀。適有答曰：「隨典儀口唱。」既謁，讚曰：「可拜。」堅亦曰：「可拜。」讚者曰：「就位。」堅亦曰：「就位。」因復著履上座，將離席，不知履所在。讚者曰：「履著腳。」堅亦曰：「履著腳。」也。（《太平御覽》卷四百九十九）

「隨典儀口唱」原指隨著司儀的指示行事，然而鮑堅誤解爲隨著司儀而唱念，於是便造成了荒謬的錯誤。全篇的重點在他的「口唱如儀」，其餘的描述僅作爲襯托之用。

然而，笑話集中也有少部分的作品沒有對白，通篇都是敍事。例如《笑林》所載：

> 人有和羹者，以杓嘗之，少鹽，便益之。後復嘗之向杓中者，故云鹽不足。如此數益升許鹽，故不鹹，因以爲怪。（《太平御覽》卷八百六十一）

〔註 14〕劉葉秋《歷代筆記概述》分筆記爲三類，第一是小說故事類，第二是歷史瑣聞類，第三是考據辨證類。其中小說故事類又稱筆記小說。

〔註 15〕劉葉秋《歷代筆記概述》第二章即將邯鄲淳《笑林》、侯白《啓顏錄》與《世說》同列於小說故事類（筆記小說）的軼事部分。

這類的作品形式上是殘叢小語式的簡略故事，雖然也記載可笑的人事，但純是作者的敘述，和以對白爲主的笑話實有差別，並非成熟的笑話。

笑話中引用詩文的情形頗爲常見，然而純粹的詩文與笑話體製不同，並不宜列入笑話之林。以《啓顏錄》二則爲例：

> 敬白社官三老等：切聞政本于農，當須務茲稼穡，若不雲騰致雨，何以稅熟貢新？聖上臣伏戎羌，愛育黎首，用能閏餘成歲，律呂調陽。某人等並景行維賢，德建名立，遂乃肆筵設席，祭祀蒸嘗，鼓瑟吹笙，弦歌酒讌，上和下睦，悅豫且康，禮別尊卑，樂殊貴賤，酒則川流不息，肉則似蘭斯馨，非直菜重芥薑，兼亦果珍李柰，莫不矯首頓足，俱供接杯舉觴，豈徒戚謝歡招，信乃福緣善慶。但某乙某索居閑處，孤陋寡聞，雖復屬耳垣牆，未曾攝職從政，不能堅持雅操，專欲逐物意移，憶內則執熱愿涼，思酒如骸垢想浴，思食則飽沃烹宰，某乙則飢厭糟糠，欽風則空谷傳聲，仰惠則虛堂習聽，脫蒙仁慈隱惻，庶有濟弱扶傾，希垂顧答審詳，望咸渠荷滴歷，某乙即稽顙再拜，終冀勒碑刻銘，但知悚懼恐惶，實若臨深履薄。(《太平廣記》二百五十二)

> 唐宋國公蕭瑀不能射，太宗賜射，俱不着垛。歐陽詢作詩嘲曰：「急風吹緩箭，弱手取強弓。欲高番復下，應西還更東。十回俱着地，兩手並擎空。借問誰爲此，多應是宋公。」(《類說》卷十四)

這兩篇都是用詼諧的筆調來行文，「千字文乞社」利用千字文的成詞聯綴成篇；「射不著垛」以歐陽詢的諧趣詩爲主，詩前交代作詩的緣由，正如一般詩序。兩篇作品一是文，一是詩，和笑話的形貌顯然不同。是故，若肯定笑話是以對白爲主的軼事體筆記小說，則詼諧的詩文與單純的笑事都不能算是典型的笑話。

二、結尾出人意表爲通篇主眼

笑話所以引人發笑，既源於對比所產生的意外感，當意外感產生，也正是全篇的高潮所在；是故，成功的笑話常在這時刹住筆勢，令讀者的情緒不得不由笑中宣洩。結局有趣，是所有笑話的特色；然而，笑話既以對白爲主，其結尾也大都以對白收束。以下舉江盈科《雪濤諧史》三則作比較：

> 一琴師于市中鼓琴。市人以爲琵琶月琴之類也，聽者環堵。久而聞

琴聲冲淡，皆不懌，以次散去。惟一人不去。琴師曰：「爾非知音者乎？」其人答曰：「這閣琴桌子是我家的。」

有僧道醫人同涉，中流遇風，舟楫危甚。舟人叫僧道曰：「兩位老師，各祝神祇止風如何？」僧咒曰：「念彼觀音力，風浪盡消息。」道士咒曰：「風伯雨師，各安方位，急急如律令。」醫亦咒曰：「荊芥、薄荷、金銀花、苦楝子。」舟人曰：「此何爲者？」答曰：「我這般都是止風藥。」噫！庸醫執療病往往如此。

一說客慣打抽豐，凡所遇郡縣官，能以諛詞動之，致其欣悅。一日謁某縣令，輒諛云：「公善政，不但百姓感恩，聞境内群虎，亦皆遠徙。」言未畢，有告狀者泣言：「昨夜被虎傷人，又損羊畜。」縣令目說客曰：「公謂虎皆遠徙，非欺我乎？」說客答曰：「這是過山虎，他討些吃的，也就要去。」令大笑。

以上三篇笑話結尾的形式各不相同，第一則以笑話中人的對白收束，二、三則在對白之後，改用講述者的口吻加以評論，或描寫當時聽者的反應。就笑話而言，第一則方是正格，二、三則是變體；若將其篇末的「噫！庸醫執療病往往如此」、「令大笑」刪去，非但無損於原作，反而更能顯出笑話的精神。因爲講述者多餘的描寫，或分散了讀者的注意，或宣洩了讀者的情緒，全篇所醞釀的氣氛往往大爲削弱。

由上可知：笑話的體製乃是以對白爲主的軼事體筆記小說，其題材以人事爲主，篇幅短小，故事情節簡略，人物單純，背景著墨不多，一篇之中以對白爲重心，而結尾的對白常出人意表，是全篇的精神所在。由這個角度來衡量，純由作者講述的笑事，或者單純的詼諧詩文，由於不採取對白的形式，都不是眞正的笑話。

第三節　古代笑話的寫作技巧

笑話在簡短的篇幅中，要能製造滑稽，達到嘲弄的效果，需要極高度的技巧。技巧的優劣，直接影響到作品的成敗，許多所謂的笑話，神氣索然，即是手法不夠圓熟的緣故。如前所說，滑稽源於對比，對比可以說是笑話最基本的藝術形式，然而在實際的作品中，表現的方式是極爲多樣性的，以下便介紹笑話中最常用的寫作技巧，以見其藝術成就。

一、誇飾

誇飾是笑話最常見的表現手法。王充《論衡・藝增篇》說：「俗人好奇；不奇，言不用也。故譽人不增其美，則聞者不快其意；毀人不益其惡，則聽者不愜於心。」他認為人性是好奇的，唯有透過誇飾的手法，才能令人愜心快意。笑話為了製造「笑果」，每每利用卡通、漫畫的手法，抓住事物的特色，任意加以擴大或縮小，使所要描繪的人事現象更為鮮明突出，和平常的人生對比之下，滑稽之感便油然而生。笑話中最明顯的誇飾見於吹牛、誇嘴之類的作品，類說本《啓顏錄》記載：

> 漢武帝置酒，命羣臣為大言，小者飲酒。公孫丞相曰：「臣弘驕而猛，又剛毅。交牙出吻聲又大，號呼萬里嗷一代。」餘四公不能對。東方朔請代大對。一曰：「臣坐不得起，仰迫於天地之間，愁不得長。」二曰：「臣跋越九州，間不容趾，并呑天下，欲枯四海。」三、四曰：「天下不足以受臣坐，四海不足以受臣唾。」「臣噎不緣食，出居天外臥。」上曰：「大哉！弘言最小，當飲。」

這是一場吹牛比賽的記錄，根據這一則記載，誇嘴原是君臣飲宴時的餘興節目，東方朔將區區的身體，誇成天地不容，確可當得「大哉」兩字。

此外，笑話中對於人性貪、嗔、愚、癡的描寫，也常應用誇飾的手法，例如《笑府》中有一則「要錢不要命」的笑話：

> 一人溺水，其子呼人急救。父於水中探頭曰：「是三分銀子便救，若要多，莫來。」

即將溺斃的人，只肯花三分銀子救自己性命，眞是鄙吝已極，在手法上屬於縮小性的誇飾。在對比之下更誇大了貪吝的性格，達到了高度的諷刺效果。

再以《笑府》的「贊馬」來印證：

> 一杭人有三婿，第三者甚獃。一日，丈人新買一馬，命三婿題贊，要形容馬之快疾，出口成文，不拘雅俗。長婿曰：「水面擱金針，丈人騎馬到山陰，騎去又騎來，金針還未沉。」岳丈贊好。次及二婿曰：「火上放鵝毛，丈人騎馬到餘姚，騎去又騎來，鵝毛還未焦。」再次輪到三婿，獃子沈吟半晌，苦無搜索，忽丈母撒一響屁，獃子曰：「有了！丈母撒個屁，丈人騎馬到會稽，騎去又騎來，孔門猶未閉。」

篇中三個女婿各逞巧思，金針未沈、鵝毛未焦，乃至於孔門未閉，都是以具體的描繪誇飾「馬行之快疾」；形象鮮明活潑，在雅俗相較之下，令人倍覺可笑。

以上的例子，誇飾的對象包括時間、空間、物象和人情，手法則分擴大和縮小兩類，幾乎包含了所有的誇飾現象。〔註16〕《文心・夸飾》強調要「夸而有節，飾而不誣」，然而笑話卻不受此限。任何荒唐不合理的情事，在笑話中都是合理的。其大如鴨的蚊子（《笑林廣記・貪吝部・吃人》）、霹靂般的屁聲（《笑府・呆婿》）、找不到自己的僑吏（《應諧錄・僧在》）、跌成三段的古井（《笑府・說謊》），都足以證明笑話有更大的自由來應用誇飾的手法，可以任憑想像之所及來摹情寫物。笑話因誇飾而生色，誇飾的技巧也因笑話而得以發揮得淋漓盡致。

二、烘托

所謂烘托法，乃是將性質同近的事件與人物並列在一起，相互比較，或由側面運筆，著意渲染，曲折婉轉地使主體或主旨充分顯露，正如繪畫時以綠葉扶持牡丹，以雲彩襯托明月一般。〔註17〕笑話中，應用同型人物相互烘托的手法比比皆是，《艾子雜說》記載：

> 艾子之鄰，皆齊之鄙人也。聞一人相謂曰：「吾與齊之公卿皆人而稟三才之靈者，何彼有智，而我無智？」一曰：「彼日食肉，所以有智；我平日食麤糲，故少智也。」其問者曰：「吾適有糶粟錢數千，姑與汝日食肉。」試之數日，復又聞彼二人相謂曰：「吾自食肉後，心識明達，觸事有智，不徒有智，又能窮理。」其一曰：「吾觀人腳面前出，甚便；若後出，豈不爲繼來者所踐！」其一曰：「吾亦見人鼻竅向下甚利；若向上，豈不爲天雨注之乎？」二人相稱其智。艾子歎曰：「肉食者，其智若此。」（陽山顧氏文房本）

本篇的主旨可用「肉食者鄙」四字概括。但作者並不正面陳述，而借艾子之口，捏造故事，寫鄉人的庸愚；然而又不直寫其愚，反寫其智；其智不過如此，其愚可知。這是利用反諷的手法，烘托出主題。在人物方面，兩個不知名的鄰人都是反面的角色，更見彼此的鄙陋。再看《笑府》的「賣弄」：

> 一親家新置一床，窮工極麗。自思：好床不使親家一見，枉自埋沒。

〔註16〕參見：黃慶萱《修辭學》上篇，第十一章〈夸飾〉。

〔註17〕參見：譚達先《中國民間文學概論》第三章第一節之九〈烘托〉。

> 乃假裝有病，偃臥床中，好使親家來望。那邊親家做得新褲一條，亦欲賣弄，聞病欣然往探。既至，以一足架起，故將衣服撩開，使褲出現在外，方問曰：「親翁所染何症，而清減至此？」病者曰：「小弟的賤恙，卻像與親家的心病一般。」

按：《應諧錄》中有題爲〈同病〉的故事，其結構大體雷同，但文字較爲文雅，兩親家俱稱名姓，然而趣味略遜。這一則笑話中，兩個親家，一個怕好床「枉自埋沒」，而「偃臥在床」；一個爲了賣弄新褲而「欣然往探」；他們的舉止、言語和心態，相近得那麼可笑，就在這兩個人物互相烘托之下，自誇闊氣的主題，完全表露無遺。

《笑海叢珠・身體門》有〈問路石人〉的笑話：

> 昔有近覷，迷路。見路旁古墓邊有石人，前去問之。先是有烏鴉立于石人頭上，見人來飛去。其人問路於石人，石人不聲。其人曰：「我問你路，不說與我。你落了頭巾，我亦不說與你。」

這是一則嘲笑近視的作品，篇中並不明言其人近視的深淺，而完全由他自己的言行來表達。「問路於石人」是第一層；以烏鴉爲頭巾，是第二層；這兩層謬誤聯結在一起，其效果不只是相加，而是相乘，就在言行的烘托下，一個活生生的大近視眼便在讀者眼前了。他自以爲是的口氣，對知情的讀者來說，更倍覺好笑。笑話中對同一人物，用多重的筆法來烘托，能蘊蓄滑稽的效果，而達到引人發噱的目的。以下更錄三則以見其餘：

> 村居者命其僕曰：「使你入城！」未及說了，其僕飛往城中。行至縣門前，縣官正追錢糧，里長十人，一人未到，九人就倩此僕頂名查點，縣官各責十板。回到村中，主人問曰：「你至城中何幹？」其僕學說縣官打了十板之事。主人笑曰：「獃子！」僕曰：「難道那九個都是獃子？」（《笑贊》）

> 一人問翁何姓，曰：「姓張。」少焉再問，翁復告之。至第三問，翁慍曰：「已說了姓張，如何屢問？」其人便云：「這位李老官人值得就慍？」（《笑府》）

> 一庸醫娶妻生男女二人。一日，醫死了人的兒子，遂以子賠之；又醫死了人的女兒，復以女賠之，只剩一妻在家，淒涼不堪。忽有人敲門請看病，醫問看何人，答曰：「敝房。」醫對妻哭曰：「不好了！

又有人看上了你了。」(《明清笑話四種・笑得好》)

第一則中，僕人不問青紅皀白飛奔入城，是第一重荒謬，無故代人受打是第二重荒謬，不明白自己獃在何處，反而理直氣壯地反詰，更是獃氣十足。第二則三問三忘，最後更張冠李戴，也是多重的烘托。第三則的大前提是子賠子、女賠女、妻賠妻，庸醫在賠盡子女之後，一聽要醫人之妻，便油然而生喪妻之痛，眞是巧妙地點出庸醫對自己的「自信」。三則笑話一層、一層又一層地寫來，將主題明晰、深刻地刻鏤無遺，在形式上更有峯廻路轉而又脈絡相通的意趣，實已達烘托手法的極高成就。

三、映襯

映襯是對比藝術最直接的表現，其作法乃是將互相矛盾、對立的觀念或事實並列出來，在兩相比較之下，使兩者之間的差異更爲鮮明，〔註 18〕從而達到嘲弄的目的。笑話中除了語言外，在人物的塑造、情節的安排上也常使用映襯的手法。《笑苑千金》有一則笑人貪食的作品：

昔有一廟，凡人有所求，大王皆順其情而不逆之。一日有人立羊頭，愿以求晴者。又有立豬頭，愿以求雨者。二人皆得卜。大王謂夫人曰：「晴乾喫羊頭，雨下喫豬頭。」

晴雨本是相對的天氣，一人求天晴，一人求天雨，這是在情節上的對立；然而貪食的大王卻含糊籠統，羊頭、豬頭照單全收，於是矛盾的現象更趨尖銳，也增添了作品的趣味性。

再看《雅謔》中的〈巧妓〉：

三楊學士當國時，有一妓名齊雅秀，性最巧慧。眾謂之曰：「汝能使三位閣老笑乎？」對曰：「我一入就令笑也。」一日被喚進見，問何以來遲，對曰：「在家看烈女傳。」三公聞之，果大笑。乃戲曰：「我道是齊雅秀，乃是臍下臭。」即應聲曰：「我道三位老爹是武職，原來是文官。」三公曰：「毋狗無禮。」又答曰：「我是毋狗，三位老爹公猴也。」

在這些應對中，武職與文官（諧聞官）、毋狗和公猴（諧公侯）兩相對襯；至於妓女看烈女傳，正如以貞烈形容娼妓，乃是行爲與本質相互矛盾的反襯。

〔註 18〕參見：黃慶萱《修辭學》上篇，第十五章〈映襯〉。

此外，目的與手段相衝突或不相稱，也是映襯的一種，例如《笑林》記載：

某甲夜暴疾，門人鑽火。其夜陰暗，不得火。催之急。門人忿然曰：「君責人亦大無道理，今闇如漆，何以不把火照我，當得覓鑽火具。」（《太平御覽》卷八百六十九引）

這則故事中，「鑽火」是目的，「把火照我，當得覓鑽火具」則是手段，兩者之間顯然是自相牴觸的，當然絕無實現的可能。由於人物言行的自相矛盾，便顯得十分可笑。

最後舉《春在堂全集・一笑篇》中人物相互映襯的例子：

甲性遲緩，乙性躁急，相遇於途，各低頭而揖。甲揖畢而起，已失乙所在。回顧，則乙在其後呼甲曰：「君尚在此歟？吾適往十里亭送客而歸也。」

甲乙兩人的性格，在篇中恰是絕妙的映襯，乙從十里亭送客而返，甲方始作揖而起，融合誇張與映襯的手法，躁急者更顯其急，遲緩者益見其緩，緩急相映成趣，人物的形象於是栩栩動人。此外如懦夫與悍婦、巧婦與拙夫，也都是笑話中應用映襯手法來刻劃人物的典型。

四、反覆

在修辭上有所謂「類疊」與「排比」。類叠指「同一個字詞語句，接二連三反覆地使用著。」〔註19〕排比意指「用結構相似的句法，接二連三地表出同範圍性質的意象。」〔註20〕在此我們用「反覆」一詞，類疊與排比的手法，乃至於前後重覆類近的對話、情節都在討論之內。先看《嘻談錄》的〈五大天地〉：

一官好酒怠政，貪財酷民，百姓怨恨。臨卸篆，公送德政碑，上書「五大天地」。官曰：「此四字是何意？令人不解。」眾紳民齊聲答曰：「官一到任時，金天銀地；官在內署時，花天酒地；坐堂聽斷時，昏天黑地；百姓含冤的，是恨天怨地；如今交卸了，謝天謝地。」

文中從「金天銀地」到「謝天謝地」，連續排比了五個短句，將貪官種種醜態以及百姓的心聲表達得痛快淋漓。對「好酒怠政，貪財酷民」的官吏實是絕大的諷刺，充分發揮排比的力量。

再舉《艾子雜說・觀人誦佛經》來看反覆的手法如何製造滑稽的效果：

〔註19〕參見：黃慶萱《修辭學》上篇，第二十二章〈類疊〉。
〔註20〕參見：黃慶萱《修辭學》上篇，第二十四章〈排比〉。

艾子一日觀人誦佛經者有曰：「咒咀諸毒藥，所欲害身者，念彼觀音力，還著於本人。」艾子喟然歎曰：「佛，仁也。豈有免一人之難，而害一人之命乎！是亦去彼及此，與夫不愛者何異也。」因謂其人曰：「今爲汝體佛之意而改正之，可乎？」則曰：「咒咀諸毒藥，所欲害身者，念彼觀音力，兩家都沒事！」（五朝小說大觀本《艾子雜說》）

篇中利用反覆的手法而使兩段經文互相映襯，對比之下，更見得艾子見解的獨到。然而「兩家都沒事」一語，淺白俚俗，和典奧的經文相較之下，更令人不禁失笑。

最後，再以《笑府》中的〈呆女婿〉爲例：

一壻有呆名，舅指門首楊竿問曰：「此物何用？」壻曰：「這樹大起來，車輪也做得！」舅喜曰：「人言壻呆，妄也。」及至廚下，見碾醬擂盆曰：「這盆大起來，石臼也做得。」適岳母撒一屁，曰：「這屁大起來，霹靂也做得。」

「大起來也做得」的句式反覆了三次，卻有每下愈況之意。喜劇中常以重覆的情節，類似的對話前後照應，在相同的形式下，內容稍作改動，以產生喜劇的效果，笑話亦是如此。

五、雙關

在中國笑話中，雙關法採用得極爲廣泛。其作法乃是應用詞語諧音或多義的原理，配合特殊的語言情境，使同一個詞語、句子具有雙重的含義。笑話中雙關的情形可分爲字音的雙關、詞義的雙關與語意的暗示三種。〔註21〕字音與詞義的雙關，方式較爲簡單，極易分辨，《笑林廣記·古艷部·田主見雞》云：

一富人有餘田數畝，租與張三者種，每畝索雞一隻。張三將雞藏于背後，田主遂作吟哦之聲，曰：「此田不與張三種！」張三忙將雞獻出。田主又吟曰：「不與張三卻與誰？」張三曰：「初聞不與我，後又與我，何也？」田主曰：「初乃无稽（雞）之談，後乃見機（雞）而作也。」

譚達先《中國民間文學概論》第三章認爲這個笑話：「全篇中，就由於巧妙地採用了諧音法，對比了富翁前後矛盾的可笑，並突出了他的貪圖實物、毫無

〔註21〕參見：黃慶萱《修辭學》上篇，第十六章〈雙關〉。

情義的醜態。前後兩次採用了『雙關法』，都各盡其妙。」這是字音的雙關。再看《諧噱錄・堯典》：

> 有人將虞永興手寫《尚書》典錢。李尚書選曰：「經書那可典？」其人曰：「前已是堯典、舜典。」

在這個例子中，典當的是《尚書》，詰難的人是「尚書」，用來作為典當論據的還是《尚書》。〈堯典〉、〈舜典〉兩個《尚書》中的篇名，透過一詞多義的雙關，變成堯舜二聖典當的口實，通篇充滿了機辯的趣味。

然而在笑話中更重要的是語意上的暗示，前面所提到的〈艾子之鄰〉就是一個例子。明浮白齋主人《笑林・青盲》也是語意雙關的應用：

> 一青盲人涉訟，自訴眼瞎。官曰：「一雙青白眼，如何作瞎？」答曰：「老爺看小人是清白的，小人看老爺是糊塗的。」

青盲人的回答，表面上意指官老爺誤認他是「青白眼」，但另一方面卻強烈地暗示自己的清白無辜和官老爺的昏昧糊塗。這是用語意的雙關來嘲諷的實例。但笑話中更有一種指桑罵槐、言近旨遠的雙關：

> 一長老新住山，升座說法，許四山禪和子參問。有禪僧十人來謁放參。十人中有八人是福州人，二僧是饒州人。長老一見大喜曰：「一堂都是福人。」卻不曾說著饒僧。其饒僧從大眾中出。合掌頂禮：「啓覆堂頭大和尚，饒人也不是弱漢。」（《笑苑千金》卷之四）

> 顏淵、子路與伯魚三人私議曰：「夫子惟翳，故開口不脫乎字。」顏子曰：「他對我說：回乎！其庶乎！」子路曰：「他對我說：由，誨汝知之乎！」伯魚曰：「他對我說：汝為周南召南矣乎！」孔子在屏後聞之，出責伯魚曰：「回是個短命的，由是個不得好死的也罷了！你是我的兒子，也來嘲我。」（《笑府》）

> 一猴死見閻王，求轉人身。王曰：「既要做人，須將身上的毛拔去。」即喚小鬼拔毛。才拔一毛，猴叫痛極。王笑曰：「你一毛也不肯拔，如何也想要做人？」（《明清笑話四種・笑得好》）

三個例子的重點全在末句。可以想見這類笑話的製作，必定先有末句的意念，然後才編排故事，層層推衍。「饒人不是弱漢」，在表達得饒人處且饒人，能饒人才是英雄好漢的意念；〈翳子答嘲〉，借孔子之口來調侃奚落自己的人；〈一毛不拔〉，則用來挖苦吝嗇的人。在這些笑話中，故事只是幌子，雖然說得煞有其事，卻不是重點所在。末句語意的暗示，已經超越笑話故事本身，直接指向聽笑話的人，彷彿是笑話中人與聽者對話一般。雖然雙關的技巧並不能使主旨更深刻，但是由於雙關的巧妙應用，笑話有了更活潑、更豐富的生命。

六、化形

所謂化形，是指將字形離合增損的文字遊戲。雖然這種變化字形的手法，不見得能符合構字的原理，但在拆合、拼湊之中，巧思自見，頗有遊戲的趣味。〔註22〕以下便列舉數則利用變化字形而互相嘲笑的例子：

徐之才又嘗宴人客時，有盧元明在座，戲弄之才姓云：「徐字乃未入人。」之才即嘲元明姓盧字，曰：「安乇爲虐，在丘爲虛，生男成虜，配馬成驢。」元明嘿然，一座歡笑。（敦煌寫本《啓顏錄》）

隋朝有一人姓馬，一人姓王，二人嘗聚宴談笑。姓馬者遂嘲王字曰：「王是你，元來本姓二，爲你漫走來，將丁釘你鼻。」姓王者即嘲馬字曰：「馬是你，元來本姓匡，拗你尾子東北出，背上負王郎。」遂一時大笑。（敦煌寫本《啓顏錄》）

東坡嘗舉坡字問荊公何義，公曰：「坡者，土之皮也。」東坡曰：「然則，滑者水之骨乎？」荊公默然。（《調謔編》）

這些例子中，有的把字分解，如徐爲未入人，王爲丁二，坡爲土皮；有的分解之後，取其中一部分配上其他的字，如虍配男而成虜；有的直接和他字相配，如盧馬成驢；還有的就原字而隨意變化，如匡字變成馬。這類的笑話主要的趣味都建立在字的離合與增損之上，構思務須新奇穎巧，才能引人入勝，雖然不是上乘之作，亦當聊備一格。

笑話中還有專門利用錯別字來逗笑的，其中有因字形而誤的，有音近而誤的，附錄一則於此，以見其餘。

二蒙師死，見冥王，一係讀別字者，一係讀破句者，勘畢，別字者罰爲狗，破句者罰爲豬。別字者曰：「請爲母狗。」王曰：「何也？」曰：「《禮記》云：臨財母狗（毋苟）得，臨難母狗（毋苟）免。」（《笑府》）

〔註22〕參見：黃慶萱《修辭學》上篇，第八章〈析字〉。該章原分「析字」爲「化形析字」、「諧音析字」及「衍義析字」三類，此處僅取「化形」一類。且將「化形析字」中的「借形」歸於「字音雙關」。

七、反諷

反諷的定義是：「與說者本意相反的言辭；是指桑罵槐；是表面的讚賞，其實責罵；或表面責罵，其實讚賞；是戲謔和嘲笑。」是「表象與事實的對比」。〔註23〕一般而言，又可分爲言辭的反諷與場景的反諷兩類。優孟諫葬馬，優旃諫漆城，表面上順著人主的意思，大加附和，實際上卻表示了反對的意見，兩者都是言辭反諷的實例。另以《笑贊》一則爲例：

> 王安石向蘇東坡言：「楊子雲大賢，其仕王莽校書投閣之事，必後人誣枉，〈劇秦美新〉亦好事者所爲。」東坡說：「正是，我也有些疑心，只怕漢朝沒個楊子雲。」

東坡的回答，顯然是戲謔之言，但却又流露出鄭重之意，語氣中自有一股幽默的氣韵，眞是極平淡而又極高明的言辭反諷。

至於場景的反諷乃是「事與願違的矛盾事實。例如扒手的錢被人扒了；郎中的假藥害死自己的兒子；或者越幫越忙等等。」〔註24〕以《笑府・葡萄架倒》爲例：

> 有一吏懼內，一日被妻抓破面皮。明日上堂，太守見而問之。吏權詞以對，曰：「晚上乘涼，被葡萄架倒下，故此刮破了。」太守不信曰：「這一定是你妻子抓破的，快差皂隸拿來！」不意奶奶在後堂潛聽，大怒，搶出堂外。太守慌忙謂吏曰：「你且暫退，我內衙葡萄架也要倒了。」

太守嘲笑衙吏懼內，神氣活現地要抓拿他的悍妻，卻不料自家的悍妻趕來，太守原來也是懼內的。王夢鷗《文藝美學・意境論》說：「從此例的構造上看，即含有二個行動，前者嘲笑他人而自鳴得意，是構成觀者之錯誤判斷（以爲他是非懼內的），後者即錯誤判斷之突然破滅。這裡的苦惱，可稱爲尷尬的苦惱。」然而就通篇笑話的構思而言，乃是場景的反諷。《笑得好・驅鬼符》也是場景反諷的典型：

> 一道士被鬼迷住，竟將濕泥塗滿身面。道士高喊救命。旁人聞知，忙來啐臉救活。道士感激曰：「貧道承救命大恩，今有驅鬼符一道奉謝。」

道士以驅鬼爲職，反被鬼迷；以救人爲務，反被人救；被人救後，卻要以不

〔註23〕見：顏元叔主譯《西洋文學術語叢刊・反諷條》，第326頁。
〔註24〕參見：黃慶萱《修辭學》上篇，第十七章〈倒反〉。

能救自己的驅鬼符來贈送救自己的人，眞是絕大的反諷。

八、仿諷

西人邦德在其所著的《英文仿諷詩》一書中說：「模擬嘲諷（仿諷）在於刻意使用或模仿嚴肅事物或文體，藉形式與內容不調和而產生滑稽悅人的效果。」〔註 25〕陳望道在《修辭學發凡》中認爲「仿擬」是「爲了滑稽嘲弄而故意仿擬特種既成形式」他所說的仿擬實際上也即是仿諷。仿諷在笑話中以兩種形式出現，一種是模擬典雅的詩文，來寫平凡卑瑣的小事，這是昇格仿諷；另一種是將本來嚴肅的人物、論題，用戲謔的筆調來調侃，這是低貶仿諷。首先看昇格仿諷的例子：

> 一士死見冥王，王忽撒一屁，士即拱揖進辭云：「伏維大王，高聳尊臀，洪宣寶屁。依稀絲竹之音，仿佛麝蘭之氣。」王大喜，命牛頭卒引去別殿，賜以御宴。至中途，士顧牛頭卒，謂曰：「看汝兩角彎彎，好似天邊之月；雙眸炯炯，渾如海外之星。」卒亦甚喜，扯士衣曰：「大王御宴尚早，先在家下吃個酒頭子去。」（浮白主人《笑林》）

屁頌可謂音韻鏗鏘，對仗工穩，文辭雅馴，頗得頌體神氣；然而以如此典雅的文體來頌屁，正如殺雞用牛刀一般，正是昇格仿諷的典型。

至於低貶的仿諷，我們以下面兩則笑話作範例：

> 夫子責宰予以朽木糞土，宰予不服，曰：「吾自要見周公，如何怪我？」夫子曰：「日間豈是夢周公時候？」宰予曰：「周公也不是夜間肯來的人。」（《笑府》）

> 蒙師講《孟子》中「塡然鼓之，兵刃既接，棄甲曳兵而走」三句，曰：「鼕鼕鼕，殺殺殺，跑跑跑。」（《笑倒》）

孔子一向被尊爲至聖先師，《論語》則是中國重要的經典，更是儒家思想的本源。《論語》中「夢周公」乃是聖人對自己向道之心的惕厲；「朽木糞土」則是孔子對弟子嚴正痛切的指責，兩者都有其嚴肅的主題。然而在笑話中，這些題材都成爲戲弄的話題，而我們所看到的孔子，只是一個愛和學生抬槓的老師罷了。再談蒙師講《孟子》，《孟子》的文辭，一向是辭鋒犀利，氣象萬千；試想：當戰鼓擂動，兩軍衝鋒上陣，刀劍相交，戰敗的一方如潮水般湧

〔註 25〕參見：顏元叔主譯《西洋文學術語叢刊》，「模擬嘲諷」條，第 525 頁。

退，場面是何等壯闊；然而在蒙師的說解下，全無戰場氣息，倒像是地痞流氓，一言不和，拔刀相見，力弱者見情勢不妙，便溜之大吉一般。在莊嚴、隆重與低俗、輕佻的對比下，遂產生詼諧嘲弄的意趣。

九、擬人

朱光潛在《文藝心理學》第三章認爲「擬人作用」是「把人的生命移注於外物，於是本來祇有物理的東西可具人情，本來無生氣的東西，可有生氣。」在實際的寫作上，即是使動植飛潛、土石物品具有人類的思想、情感、言語和動作。笑話中採用擬人法的作品雖不及寓言，但卻也有一定的數量：

> 蜘蛛結大網，既就，蠅與蚊共議：「此人設心不良，不若共拜爲母，輪番供給。」一日，值蚊當覓食，誤閉入妓者帳中。蠅奉母命訪得之。聞其聲嗡嗡然，乃于帳外低喚曰：「第二的，你便在此樂地嗡得好，娘肚皮已餓得七八了。」（浮白主人《笑林》）

> 雕鳥哺雛，無從得食，摟得一貓，置之巢中，將吃以飼雛。貓乃立噉其雛，次第俱盡。雕不勝怒，貓曰：「你莫嗔我，我是你請來的。」（《雪濤諧史》）

〈蜘蛛結網〉在嘲諷迷戀妓女、不顧母親死活的不孝子；〈雕鳥哺雛〉則在形容貪食的惡客，兩篇都是以虛構的故事、語意雙關的手法來表現主題。其中蠅與貓的口吻則是擬人的手法。再看《笑得好初集．痲雀請宴》：

> 痲雀一日請翠鳥、大鷹飲宴。雀對翠鳥曰：「你穿這樣好鮮明衣服的，自然要請在上席坐。」對鷹曰：「你雖然大些，卻穿這樣壞衣服，只好屈你在下席坐。」鷹怒曰：「你這小人奴才，如何這等勢利？」雀曰：「世上那一個不知道我是心腸小、眼眶淺的麼？」

這一篇借著痲雀認衣不認人的故事，透過三隻鳥擬人的對話，批判世人以貌取人、敬衣不敬人的勢利眼。翠鳥毛色鮮明可愛，大鷹毛色灰褐，痲雀心腸小，眼眶淺，都符合三者本身的特性，順著物性來比擬人事的現象，更覺生動、貼切，是成功的擬人作品。

十、引用

笑話雖只是遊戲筆墨，但隨著教育程度、文化修養的異同，其中亦頗有雅俗之分。流傳於士林的笑話，每每援引經書子史作爲談笑之助。平素行文所謂的引用，乃是借重權威來增強文章的說服力；爲了達到這個要求，引用時以不失原意爲原則，而且必須訴之於合理的權威，否則引《論語》說佛法，引《道德經》闡述禮義，難免扞格不入。然而笑話卻不然，笑話中引用故典或成語，常是斷章取義，別有會心，不以說理取勝，而以情趣見巧。以《雅謔》中〈不知令〉爲例：

> 飲酒行令，座客有茫然者。一友戲曰：「不知令，無以爲君子也。」其人怒曰：「不知命，何爲改作令字？」答曰：「《中庸》注曰：命，猶令也。」一座絕倒。

按：《論語・堯曰》第三章「孔子曰：不知命，無以爲君子也。不知禮，無以立也。不知信，無以知人也。」笑話中引用《中庸》第一章注，改動《論語》原文，以切合當時的情境。但是原文中天命之命，卻成爲酒令之令，當然不能證成不知酒令便不能成爲君子，可是由於引用十分機巧，對熟悉四書的人，遂有打破樊籬，自由恣縱的快感。

其次以《雪濤諧史》爲例：

> 李文正西涯，請同鄉諸貢士飲。一貢士謂他處有酒約，先辭。文正戲曰：「《孟子》兩句：東面而征西夷怨，南面而征北狄怨。此作何解？」客謝不知，須臾湯至。文正曰：「待湯爾！」乃大笑而別。

按：《孟子・梁惠王下》第十一章，孟子引書曰：「湯一征，自葛始，天下信之。東面而征，西夷怨；南面而征，北狄怨；曰：『奚爲後我。』民望之若大旱之望雲霓也。」李西涯引東征南征兩句，暗藏「民望湯若大旱之望雲霓」，然後由盼望又化爲「等待」，至於「湯」字更由人名變成物名，完全是猜謎的手法，構思不可謂不巧妙。

最後再舉《笑倒》中的〈兩夫〉來說明：

> 丈夫欲娶妾。妻曰：「一夫則一婦耳。取妾見於何典？」夫曰：「《孟子》曰：齊人有一妻一妾。」妻曰：「若然，我亦當再招一夫。」夫曰：「何也？」曰：「豈不聞《大學》序云：河南程氏兩夫。」

按：《孟子》「齊人有一妻一妾」已見本文第二章第二節。又朱熹《大學章句・序》云：「於是河南程氏兩夫子出，而有以接乎孟氏之傳。」篇中的夫妻各引經傳作爲娶妾招夫的證據，詞鋒相對，辯才無礙；但「河南程氏兩夫」非特斷章取義，實際上更是割裂原句；然而笑話卻不以此爲忤，反由此而見其機辯與才情。總之，笑話中引用經史子集，或明引，或暗引，或全引，或略引，各逞機鋒以服人之口，滿足人好奇之心，實是引用的特例。

以上共論述了笑話中十種寫作技巧。實際上，任何成熟的文體大都囊括了重要的修辭與謀篇的手法。本節僅擇取笑話中重要的技巧來作介紹，這十種寫作手法看似各自獨立，但仍可以用「對比」精神來匯通。誇飾是平凡與新奇的對比，烘托是直婉的對比，映襯是正反的對比，反覆是前後的對比，雙關是表裡的對比，化形是零整的對比，反諷是現象與本質的對比，仿諷是雅俗的對比，擬人是物我的對比，引用是古今的對比。在笑話中這些手法常常融合無間，交相出現，因此產生了豐富、多樣的形貌，達到了逗笑與嘲弄的目的。

第四節　古代笑話的人物類型

人物是笑話中不可或缺的要素，由於笑話以記載可笑的人事爲主，是以反面的人物是笑話中主要的角色；又由於笑話所描述的只是一個單一的事件，人物在其中常是類型的，具有概括性。一篇笑話中常使用對比來突出人物的性格，人物對比的種類有四，一是正面人物與正面人物對比，如王元景與徐之才；二是正面人物與反面人物對比，如巧女婿與獃女婿；三是反面人物與反面人物對比，如性緩者與性急者；四是人物自身的對比，如「見雞而作」的田主。〔註26〕毛宗崗《綉像全圖三國志演義》第四十五回總評說：「文有正襯，有反襯。寫魯肅老實以襯孔明之乖巧，是反襯也。寫周瑜乖巧以襯孔明之加倍乖巧，是正襯也。譬如寫國色者，以醜女形之而美，不若以美女形之而覺其更美；寫虎將者，以懦夫形之而勇，不若以勇夫形之而覺其更勇。」毛氏所說的正襯和前節所討論的人物烘托法雷同，凡正面人物相互對比或反面人物相互對比，都屬於這一類。至於毛氏所謂的反襯，與人物映襯法雷同，凡正反人物的對比，以及人物自身的對比屬之。然而若就古代笑話中的人物來分類，其中的角色大體可分爲史傳人物與虛構人物兩大類。以下便分別加以論述。

一、史傳人物

《明清笑話四種》引言評論《笑贊》時認爲：「裏邊的並不全是純粹笑話，因爲有些名人如王安石蘇東坡的乃是史傳上的笑談，即使有的也出於虛構，

〔註26〕關於對比的四種類型，參見：貫文仁〈西施、無鹽——在對比中塑造人物〉，《古典小說大觀園》。

但既然說得有名有姓，當然要算是別一種類了。」然而如前所述，笑話源於人詼諧的本能，其所描述的對象是可笑的人事活動，如果純就知名與否來論斷，則不免偏狹，更不能適合古代笑話集的實況。如《中國小說史略》所著錄的笑話書計有邯鄲淳《笑林》、侯白《啓顏錄》、何自然《笑林》、楊松玢《解頤》、呂居仁《軒渠錄》、沈徵《諧史》、周文玘《開顏集》、天和子《善謔集》以及東坡《艾子雜說》等。其中楊松玢《解頤》與何自然《笑林》已不可見，其餘的笑話集見於羣書之中，除《笑林》之外，所收錄的大都是眞實人物的笑話。因此，筆者認爲凡是以對話爲主的軼事體筆記小說，其中若含有可笑的性質，且能引起滑稽之感的，無論是眞人實事的記載，抑或是完全虛構的情事，都可以算是笑話。事實上，史傳中的笑談，以及風雅之士的詼諧語，在早期的笑話書中佔相當重要的地位，而其中的人物可以稱爲史傳人物。

笑話中出現的史傳人物很多，孔子、顏淵、宰予、優旃、東方朔、鄧艾、徐陵、侯白、狄仁傑、蘇軾、王安石、米芾等等，都曾是笑話中的主要角色。然而關於史傳人物的笑話，又可分爲眞實的與虛構的二種。例如《善謔集》中記載：

> 三國時，先主在蜀，嚴酒禁，凡有釀具者皆殺。一日，簡雍侍先主登樓，見一少年與婦人同行，白先主曰：「彼將行奸，何不執之？」先主曰：「何以知之？」曰：「彼有淫具，何故不知？」先主悟其旨，大笑，乃緩酒禁。

這一則笑話出自《三國志》卷三十八〈簡雍傳〉：

> 時天旱禁酒，釀者有刑。雍與先主遊觀，見一男女行道，謂先主曰：「彼人欲行淫，何以不縛？」先主曰：「卿何以知之？」雍對曰：「彼有其具，與欲釀者同。」先主大笑，而原欲釀者。

天和子《善謔集》的記載既本諸史傳，雖然經過改寫，仍然有歷史上的眞實性；正如本書第二章有關楊素與侯白的戲謔，應是眞實的史傳故事。

至於假託史傳人物所編造出來的笑話，以《謔浪》卷三〈彌堅彌遠〉爲例：

> 史丞相彌遠用事，選者改官，多出其門。一日，制閫設宴，優人扮顏回、宰予。予問曰：「汝改乎？」曰：「回也不改。」回曰：「汝何獨改？」予曰：「鑽，遂改。汝何不鑽？」回曰：「非不鑽，而鑽彌

> 堅耳！」予曰：「鑽差矣，何不鑽彌遠？」爲之哄堂。

按：本篇出自《齊東野語》卷十三所載的滑稽戲。然而構思比原作更巧，行文亦較簡潔。全篇假託顏回與宰予的應答來諷刺史彌遠的濫用職權。篇中暗用《論語》的典故有三處：一是〈雍也〉的「回也不改其樂」，二是〈陽貨〉的「鑽燧改火，期可已矣。」三是〈子罕〉的「仰之彌高，鑽之彌堅」；由於引用巧妙，加上雙關手法的成功，確是一則趣味雋永的笑話。篇中顏回、宰予的對話，正如論「仿諷」中，夫子與宰予關於晝寢的論辯一般，都是利用史傳人物所虛構出來的。

仁興堂刊《笑海叢珠》書葉上說：「樂然後笑，人不厭其笑。優旃、方朔、東坡、佛印之徒，莫不以此遊戲人生，則亦人生樂事也。」的確，東方朔、蘇軾都是有名的詼諧大師，笑話中有不少關於他們的記載；此外笑話中最著名的史傳人物當是侯白，以下便以他們作爲史傳人物的代表，試看笑話如何和史傳人物相結合。

東方朔，漢武帝時人，《漢書》卷六十五本傳稱他是「滑稽之雄」。在論「誇飾」時，曾舉《啓顏錄・命群臣爲大言》一例，說明他誇大的本領；此處再以《雅謔・彭祖面長》爲例：

> 漢武帝對群臣云：「相書云：鼻下人中長一寸，年百歲。」東方朔忽大笑，有司奏不敬。朔免冠云：「不敢笑陛下，實笑彭祖面長。」帝問之，朔曰：「彭祖年八百，果如陛下言，則彭祖人中長八寸，面長一丈餘矣。」帝亦大笑。

這是一則聯想力豐富的作品，其中充滿迭宕的趣味，東方朔「忽大笑」是於不可笑處見出可笑。「實笑彭祖面長」，則如天外飛來一筆，令人莫知所以，懸疑的效果於焉而生。在「人中長一寸，年百歲」的大前提下，經過他一推論，彭祖非有一張丈餘的長臉不可，否則如何配得起八寸長的人中？只不知這一則笑話是眞實的記載，或是向壁虛構的故事，因爲正如《漢書・東方朔傳》贊所說：「朔之詼諧，逢占射覆，其事浮淺，行於眾庶，童兒牧豎莫不眩燿，而後世好事者，因取奇言怪語，附著之朔。」〈彭祖面長〉的笑話或許便是穿鑿附會的「奇言怪語」吧！

侯白的《啓顏錄》是古代重要的笑話書，但對於《啓顏錄》的記載卻眾說紛紜。《舊唐書・經籍志》卷下小說家錄有《啓顏錄》十卷，侯白撰；《新唐書・藝文志》卷三、焦竑《國史・經籍志》卷四下亦同；宋陳振孫《直齋書錄解題》卷十一小說家類有:「《啓顏錄》八卷，不知作者。雜記詼諧調笑事。唐志有侯白《啓顏錄》十卷，未必是此書。然亦多有侯白語，但訛謬極多。」《宋史・藝文志》小說家則作《啓顏錄》六卷，不著撰者姓名。由以上書錄來看，《啓顏錄》的卷數由十卷而八卷而六卷；作者由侯白而不知名，或許正是《啓顏錄》一書亡佚過程的寫照。就今日所殘存的《啓顏錄》來看，敦煌寫本、類說本、廣滑稽本都有以侯白爲主的戲謔：

> 侯白常共數人同行，過村之中，村中一家正有禮席，人客聚集。侯白即至門云:「白等數人皆是音聲博士，聞有座席，故來相過。」此家大喜，即引入對座，與飲食。食飽，主人將箏及琵琶、尺八與白，令作音樂，侯白云:「白等並不作此音聲。」主人問云:「客解作何音聲？」白云:「並解吹勃邏廻。」主人既嗔且笑，發遣而回。(敦煌寫本)

> 隋侯白機辯敏捷，嘗與楊素並馬，路旁有槐樹，憔悴欲死。素曰:「侯秀才理道過人，能令此樹活否？」曰:「取槐子懸樹枝即活。」素問其說，答曰:「《論語》云：子在，回何敢死。」(類說本)

前面一則笑話描述侯白闖席騙食的經過，娓娓道來，頗有異峯突起之妙。第二則寫侯白與楊素間的調笑，就筆法而言，若是侯白所作，似不應自述爲隋侯白，或許是後人補記。篇中楊素存心出題來爲難侯白，然而侯白卻應聲而解。按:「子在，回何敢死。」出自《論語・先進》，侯白以夫子之子爲槐子之子，又以回字諧槐字，在言辭上保存槐樹一命，是無理而妙的作品。由以上兩則來看，其內容正如《中國小說史略》第七篇所說:「蓋上取子史之舊文，近記一己之言行，事多浮淺，又好以鄙言調謔人，誹諧太過，時復流於輕薄矣。其有唐世事者，後人所加也；古書中往往有之，在小說尤甚。」

《隋書》卷五十八〈陸爽傳・附傳〉:「侯白，字君素，好學有捷才，性滑稽，尤辯俊。舉秀才，爲儒林郎。通侻不恃威儀，好爲誹諧雜說，人多愛狎之，所在之處，觀者如市。」笑話中的侯白好詼諧戲謔，聰明機辯，正可作爲史傳的注腳；而史傳對侯白的刻畫，或許正是後人補綴侯白語的根據。

東坡是中國偉大的詩人、詞人和散文家，《宋史・本傳》說他「雖嬉笑怒罵之辭，皆可書而誦之。」劉大杰《中國文學發展史》第十九章認爲這是因爲「他胸懷開闊，氣量洪廣，以順處逆，以理化情，形成他那種豪爽明朗的性格，達觀快樂的人生觀，和文學上那種豪放不羈的風格。」由於他的文詞豪放不羈，不避詼諧笑罵，是以有名的《艾子雜說》即題爲「東坡居士艾子雜說」。然而據

《直齋書錄解題》卷十一著錄「艾子一卷，相傳爲東坡作，未必然也。」由此可知宋人已懷疑其可靠性，然既見於《直齋書錄》，宋時已有此書，殆無疑義。

笑話中記載東坡的軼事頗多，王世貞曾編纂蘇軾詼諧語爲《調謔篇》，此外散見於其他笑話書中的東坡笑話也有不少。以下舉二例加以說明：

> 東坡與溫公論事。公之論，坡偶不合。坡曰：「相公此論故爲鱉厮踢。」溫公不解其意曰：「鱉安能厮踢。」坡曰：「是之謂鱉厮踢。」（《調謔編》）

> 秦少游辯虱從垢膩生，請質于高明者，不然，甘罰餺飥一席。佛印辯虱从綿絮生，不然，願罰冷淘一席。各私囑東坡，求勝其說。既相會，質難不已，坡曰：「當是垢膩成身，綿絮成脚，先吃冷淘，後吃餺飥。」（《廣笑府》）

東坡以「鱉厮踢」比喻溫公之強加論難，形象鮮明有趣，結尾以不說明來說明，含蓄不露，可謂恰到好處，愈咀嚼，愈有滋味。至於〈冷淘餺飥〉更可見他和友朋間的戲謔，其結構、手法與論映襯時所舉的〈大王順情〉大體雷同。笑話中的東坡詼諧風趣，妙語如珠，他和佛印的鬥智，充滿機趣，成爲士林所傳誦的美談。

由以上的例證可知，以史傳人物爲主角的笑話，無論是眞實或虛構的，都能達到詼諧逗趣的效果，若將此類作品剔除，中國古代笑話無疑會大爲遜色。史傳人物在笑話中有其獨特的人格風貌，雖然不能據此來論證歷史人物，但是笑話仍相當程度地反應了世人對這些人物的觀點，同時也對他們的言行、性格作了某種角度的詮釋。

二、虛構人物

史傳笑談是與歷史人物相關的記載，雖然可列入笑話之林，但仍然保有濃厚的《世說》色彩，和以虛構人物爲主的笑話，其意趣仍有所不同。至於笑話中的虛構人物主要可分成類型人物、神仙鬼怪和動植物三類。

（一）類型人物

笑話中最重要的角色是類型人物。所謂類型人物又稱作扁平人物，「他們依循著一個單純的理念或性質而被創造出來。」〔註27〕由於這類人物只著重一種

〔註27〕見：佛斯特著、李文彬譯《小說面面觀》第四章〈人物（下）〉，第59頁。

性格的描寫，而將人性其他的部份摒棄，是故人物即是該種性格的化身，可以泛指所有同類的人，最能達到嘲弄的目的。以《廣笑府・死後不賒》爲例：

> 一鄉人極吝致富。病劇，牽延不絕氣，哀告妻子曰：「我一生苦心貪吝，斷絕六親，今得富足。死後可剝皮賣與皮匠，割肉賣與屠户，割骨賣與漆店。」必欲妻子聽從，然後絕氣。既死半日，復蘇，囑妻子曰：「當今世情淺薄，切不可賒與他！」

這是一個典型的守財奴笑話，貪吝是笑話中人的唯一性格，爲了錢財，他可以「斷絕六親」，甚至在斷氣之後，還不忘記回來叮嚀莫將自己賒給他人。篇中所謂的「鄉人」並非特指某一個人，而是守財奴的化身，具有普遍性與概括性。

再看下面兩則笑話：

> 昔有人畏妻。其友人教以畫妻之像掛于密室，每日早起以水噀之，指之曰：「不怕你！不怕你！」其妻聞之，怒，欲打其夫。夫云：「我禱祝未了，尚不曾說下句，汝何怒？」妻曰：「下句如何說？」答曰：「不怕你，不怕你，更怕誰？」(《笑苑千金》卷一)

> 有避債者，偶以事出門，恐人見之，乃頂一笆斗而行。爲一債家所識，彈其斗曰：「所約如何？」姑應曰：「明日。」已而雨大作，斗上點擊無算，其人慌甚，乃曰：「一概明日。」(浮白主人《笑林》)

「不怕你，更怕誰。」是懼內笑話的典型。懼內者既動輒得咎，於是千方百計求取不怕之法以正夫綱，然而總不能如願，最後還是雌伏於閫範之下；時不論古今、地不分南北都可以找到這樣的人物，所以說他是類型的。〈戴笆斗〉描述躲債人的窘況，欠債還錢原是天經地義的事，欠債而不能還，爲了避免債主糾纏，只好遮遮掩掩，東躲西藏，但避得了一時卻逃不了一世，只得順口敷衍，儘量拖延，最後誤以雨點爲債主催討，更可見其人債務繁多，這正是債務人共有的現象。

由以上三則來看，笑話中對類型人物的塑造，大抵在篇首即給予性質的說明，所謂「一鄉人極吝致富」、「昔有人畏妻」、「有避債者」即是，其後通篇都在描繪這一特性。

除了以上所舉之外，古代笑話中的獃女婿、酸秀才、貪官、庸醫、蒙師、僧道，鄉巴佬、吝嗇鬼、饕餮客、馬屁精、淫婦、騙子、文盲、財迷、撒謊大王、懶人等等，絕大多數也是以無名的範概性人物出現。佛斯特《小說面面觀》第四章〈人物下〉認為：類型人物好處在於易於辨認和易為讀者所記憶，而且在製造笑料上能發揮最大的功效。這正可以說明笑話中以虛構的類型人物為主的現象和原因。

（二）神仙鬼怪

笑話中第二類的虛構人物是神仙鬼怪。《笑海叢珠》中有鈀精、鍬精、灯檠精、冥王、北海龍王、河伯，《笑苑千金》有閻羅王、牛頭、窮鬼、轉智大王，浮白主人《笑林》有玉帝、竈君、冥王，《廣笑府》有太上老君、何仙姑、曹國舅、呂洞賓、仙女、垛神等。以下試舉三例，以見其餘：

> 玉帝修凌霄殿，偶乏用，欲將廣寒宮典與人皇。因思中人亦得一皇帝方好，乃請竈君下界議價。既見朝，朝中訝之曰：「天庭所遣中人，何黑如此？」竈君笑曰：「天下那有中人是白的？」（浮白主人《笑林》）

> 何仙姑獨居洞中，曹國舅訪焉。有頃，洞賓至，仙姑恐其疑猜，因用幻術化國舅為丹，吞入腹中。未幾，群仙皆至，仙姑自避嫌疑，請洞賓化姑為丹，吞至腹中。群仙問：「洞賓何為處于此？」洞賓支吾以對。群仙笑曰：「豈但洞賓肚裏有仙姑，知仙姑肚裏更有人。」（《廣笑府・風懷》）

> 魔王率鬼兵造反，觀音持淨瓶誦咒，諸鬼悉攝入瓶中，以符封口。魔王懼，請降，乃釋之。魔王問諸鬼曰：「汝等在瓶中飢否？」答曰：「餓是小事，只是幾乎擠殺。」（《笑府》）

第一則笑話嘲弄中人心黑，第二則笑話譏諷世人多疑猜，第三則笑話又見於《精選雅笑》，注云：「此嘲小舟載多客者，絕韵。」三則笑話中，觀音以淨瓶收妖，仙姑用幻術化國舅為丹，都顯示了超凡的能力。然而笑話所要寫的畢竟是人事現象，是以篇中的神仙鬼怪，都深具人性，玉帝須要典當應急，諸鬼怕擁擠，神仙也要自避嫌疑，實際上正是世人的投影。因為人神可以共通，所以竈君可以和朝臣應答，透過這樣的虛構人物，笑話的世界由人世進入仙境與地獄，但最後還是回到現實之中。神仙鬼怪只是另一種型態的虛構人物。

（三）動植物

笑話中第三類的虛構人物指動植物。這樣的角色在笑話中雖不多見，卻仍有獨特的地位。在論擬人法所舉的例子中，蜘蛛、蠅、蚊、雕鳥、麻雀、翠鳥、大鷹和貓都是屬於這一類。以動植物爲主的笑話所呈現的常是一個「物的世界」，但所謂的「物的世界」其實也只是人世的模擬；因此笑話中出現人、物交語，動、植對話並不偶然，有時連鬼神也涉入其中。以《雪濤諧史》二則爲例：

> 有學博者，宰雞一隻，伴以蘿蔔製饌，邀青衿二十輩，饗之。雞魂赴冥司告曰：「殺雞供客，此是常事，但不合一雞供二十餘客。」冥司曰：「恐無此理。」雞曰：「蘿蔔作證。」及拘蘿蔔審問。答曰：「雞你欺心，那日供客，只見我，何曾見你？」

> 一強盜與化緣僧遇虎于塗。盜持弓矢禦虎，虎猶近前，不肯退。僧不得已，持緣簿擲虎前，虎駭而退。虎之子問虎曰：「不畏盜，乃畏僧乎？」虎曰：「盜來我與格鬬，僧問我化緣，我將甚麼打發他？」

〈有學博者〉，全篇旨在嘲弄主人吝嗇，是一則想像出奇，構思絕巧的作品。雞魂告狀，冥王審訊，蘿蔔作證，完全是超現實的筆法；然而雞魂、蘿蔔的口吻，又人味十足，讀來頗有奇趣。〈虎畏僧〉則反應了和尚化緣的問題。兩則笑話都是以動植物爲主要角色。

此外，還有以人體器官爲主的笑話，附論於此。例如《新編醉翁談錄》卷之二丁集〈嘲戲綺語〉記載：

> 陳大卿云：「眉、眼、口、鼻四者，皆有神也。一日，口爲（謂）鼻曰：『你有何能，而位居吾上？』鼻曰：『吾能別香臭，然後子方可食，故吾位居汝上。』鼻爲（謂）眼曰：『子有何能，而位在我之上也？』眼曰：『吾能覿美惡、望東西，其功不小，宜居汝上也。』鼻又曰：『若然，則眉有何能，亦居我上？』眉曰：『我也不解與諸君廝爭得。我若居眼、鼻之下，不知你一個面皮安放那裏？』」

本篇題作：「嘲人不識羞」，透過擬人筆法，眉、眼、口、鼻四者遂有了爭強好勝之心，不顧顏面而各自標榜。作者把哲理概念故事化、藝術化，除了嘲弄的意味外，還隱含和諧、無爭才是自然美好的寓意。《廣笑府・口腳爭》的構思與此雷同。

這一節中，首先介紹笑話中的史傳人物，在史傳笑談中，由於偏重事件或言語的趣味性，是故對談充滿了機智與幽默，但是對人物的刻劃並不多，而且大體以眞實爲主。然而，利用史傳人物所虛構的笑話則不同，歷史上的英雄豪傑，聖人君子，常被有意的丑化；他們的言語行動，突梯滑稽，製造了深刻的喜感。當然笑話中最有代表性的還是虛構的類型人物，無論是貪官、庸醫、懦夫、悍妻都具有普遍性和概念性。他們都是身邊隨時可見的小人物，由於外形或性格的卑陋，在笑話中，經常不自覺流露出人類的愚昧、無知、貪婪、偏執，或受人愚弄、擺佈、吃虧、丟醜，而製造了滑稽的趣味。至於神仙鬼怪、動植飛潛以及眉眼鼻口等虛構的角色，使笑話的時空大爲擴展，豐富的想像力，爲笑話增添不少超現實的色彩；然而由於題材的規範，最後還是回歸於人世。綜合來說，笑話爲了顧及形式的簡潔，無法詳細描寫人物的身形外貌，或分析其道德上與心理上的特質，於是每每借用一個介紹性的語詞來塑造人物。又由於體製本身的限制，笑話中的人物性格常是單一的，靜止的，極少隨故事的發展而改變；〔註 28〕是故從一篇笑話中我們常只見到人性的某一個面，甚至只是一個點，但也正因爲這個緣故，每一篇笑話中的人物都以十分鮮明的面貌呈現在讀者眼前。

結　語

由以上的論述可見，笑話是一種特殊的文體，就體製而言，乃是以對白爲主的軼事體筆記小說，主要在記載人物言行的片斷，雖然常具故事性，但由於篇幅簡短，是故，情節及背景之描述，都儘量簡略，唯特重對話之描寫。就人物而言，笑話包含了史傳人物與虛構人物兩大類，其中虛構的類型人物是笑話中最重要的角色，呆女婿、酸秀才、貪官、庸醫等等，在作者筆下都具有普遍性與代表性。就表現的手法而言，笑話善於應用誇飾、襯托、反覆、雙關等技巧，以引人發笑。然而笑話最重要的特質在於滑稽逗趣，滑稽感的產生，或來自於歪曲誇大，或由於矛盾不諧，是故陳光垚《中國民眾文藝論》說：「笑話大致都是由幾個相違拗的非常理的事項所構成。就由這違拗的非常理的事項相摩擠，遂發生一種不可思議的、能使人發笑之魔力。」笑話中違拗不諧的成分使讀者產生意外的滑稽感，笑於是發生。可是在笑的共相之中，笑話嘲弄的主題却是繁富多樣的，而且由於創作目的不同，所呈現的風貌也各具特色，這都有待更進一步來探究。

〔註 28〕見：Rene & Wellek 著、梁柏傑譯《文學理論》第十六章〈敘述性小說的本質與模式〉，第 348 頁。

第四章　古代笑話的分類與嘲弄的主題

古代笑話分類的方式不一，隋侯白《啓顏錄》（敦煌寫本）現存論難、辯捷、昏忘與嘲誚四類；宋人《笑海叢珠》分爲官宦、三教、醫卜、藝術、身體與飲食六門；明馮夢龍《笑府》有腐流、殊稟、刺俗、形體、方術、謬誤、閨風、雜語八類；《廣笑府》有儒箴、官箴、九流、方外、口腹、風懷、貪吝、尚氣、偏駁、嘲謔、諷諫、形體與雜記十三類；清人《笑林廣記》則分古艷、腐流、術業，形體、殊稟、閨風、世諱、僧道、貪吝、貧窶、譏刺與謬誤等十二部。單就標題來分析，便可發現前人分類共同的缺失在於分類的基準不一。以《笑林廣記》爲例：其中有的依人物身分地位而分，如古艷、腐流、術業與僧道；有的依嘲弄主題而分，如形體、殊稟、閨風、世諱、貪吝、貧窶、謬誤；至於譏刺只是性質的描述，並不直接涉及題材內容。分類基準既不相同，遂造成歸類混淆的情形。例如以官宦爲主要人物的作品，本該歸於古艷部，然而〈請下操〉、〈葡萄架倒〉兩篇官吏懼內的笑話卻見於殊稟；若說古艷部所收乃是無法歸入其他類別者，又不盡然，例如〈陞官〉寫夫妻之事，不入閨風，而在古艷，可見其分類並不盡恰當。爲了更能掌握中國古代笑話的特色，周作人將古代笑話分爲挖苦與猥褻兩大類，〔註 1〕看似簡單而明確，然而卻嫌不夠周備。因爲笑話中有不少機智、幽默或純爲逗笑的作品，既非猥褻，也不帶挖苦的意味，在周氏的二分法下，即無處安插。是故參酌前人分類的方法，並考慮古代笑話的實況，以下乃依性質將笑話分爲五類，並以此作基礎，進一步探討古代笑話嘲弄的主題。

〔註 1〕見：周作人《苦茶庵笑話選・序言》。

第一節　古代笑話的分類

古代笑話依其性質的差異，可略分爲卑陋、淫褻、機智、諷刺與幽默五大類。〔註2〕其中每一類都有特定的範疇，與獨具的風貌，以下分別論述之：

一、卑陋類

所謂卑陋乃是指言行笨拙、粗俗、錯誤、重複、模倣、機械化之類；因其較一般人的言行爲低下，故能引人發笑。〔註3〕笑話中，舉凡迂腐、貪吝、荒謬、穿鑿、執著、失言、不通世務、不學無術、弄巧成拙，以至於杞人憂天的作品大都屬之。這類笑話嘲弄的對象，乃是言行者本身，他們在笑話中出醜，不自覺地嘲弄了自己。例如浮白主人《笑林·才人》：

> 一官人有書義未解，問吏曰：「此間有高才否？」吏誤以爲裁衣人姓高也，應曰：「有。」即喚進。官問曰：「貧而無諂如何？」答曰：「裙而無襉使不得。」又問：「富而無驕如何？」答曰：「褲而無腰也使不得。」官怒喝曰：「哇！」答曰：「若是皺，小人有熨斗在此。」

本篇旨在嘲弄不解經義，而又強加比附的人。裁縫的言行不自覺顯露出對書義的無知，他穿鑿附會的回答，正是機械化的職業反應，粗俗的職業語和典雅的經書語相較之下，更顯其卑陋。

再看《笑得好·答令尊》：

> 父教子曰：「凡人說話放活脫些，不可一句說煞。」子問：「如何叫做活脫？」此時適鄰家有借幾件器物的，父指謂曰：「假如這家來借物件，不可竟說多有，不可竟說多無。只說也有在家的，也有不在家的，這話就活脫了。凡事俱可類推。」子記之。他日有客到門，問：「令尊翁在家麼？」子答曰：「也有在家的，也有不在家的。」

《論語·述而》孔子曰：「舉一隅不以三隅反，則不復也。」本篇中，父親諄諄教誨，能近取譬；然而爲人子者卻不能「舉一反三」。由於執著「凡事俱可類推」的原則，於是弄巧成拙，本欲顯其活脫，反見其不活脫。他的話語正反映出自己的愚昧，不知變通。

〔註2〕姚一葦《美的範疇論》第五章〈論滑稽〉將滑稽的言詞分爲殘陋、淫褻、機智、幽默、弔詭及諷刺六類。笑話本就是滑稽的言詞，是故，本文採用姚氏之說。又因弔詭的言詞在笑話中並不多見，故略分爲五類。

〔註3〕同註2，參見其「殘陋的言詞」及「卑抑的動作」之定義，第230、239頁。

此外，還有少數的笑話中人雖然發現了自己的謬誤，但卻已不由自主地嘲弄了自己。例如《笑得好・方蛇篇》所載：

有曾遇大蛇的，侈言闊十丈，長百丈，聞者不信。其人遽減二十丈，人猶不信。遞減至三十丈、二十丈，遂至十丈。忽自悟其謬曰：「阿呀！蛇竟方了。」

由以上的例證可知：就作者要表達的意念而言，卑陋類的笑話，或多或少都含有鄙夷、批評的意味在內；然而在意念表出的形式上，卻是讓笑話中人以自己的言行來嘲弄自己。正如黑格爾《美學・悲劇喜劇與正劇的原則》所說：「他使我們看到這類蠢人所幹的蠢事，以自作自受的方式得到解決。」

二、淫褻類

所謂淫褻笑話，乃是指含有性暗示，或者直接以性行爲及性器官爲題材的作品。雖然這類笑話常帶有諷刺的意涵，但是「由於性的問題是大家所諱言的，是文明社會的一種禁忌；從性的禁忌到性的放縱可使人獲得一種快感，而爆發出笑來。」〔註4〕因此含有性挑逗成分的笑話有自成一類的趨勢。它們通常以下列三種型態出現：

（一）以一般的題材作性暗示

范直方師厚性極滑稽，嘗赴平江，會太守鄭滋德象問營妓之妍醜於師厚，師厚以王蕙趙芷對。德象云：「趙芷非不佳，但面上髗骨高耳。」師厚云：「南方婦人豈有無髗骨者？便錢大王皇后也少他那兩塊不得。」（《軒渠錄》）

一僧讀齋字，尼認是齊字，因而相爭。一人斷之曰：「上頭是一樣的，但下頭略有些差。」（《苦茶庵笑府選》）

（二）直接嘲弄性行為或性器官

夫問曰：「男子與婦人交媾，還是男子快活？婦人快活？」妻曰：「男子快活。譬如人在浴盆內洗澡，畢竟是人快活，難道是浴盆快活不成！」夫曰：「不然。譬如消息在耳朵內轉動，畢竟是耳朵快活，難道是消息快活不成！」（《笑倒》）

〔註4〕同註2，「淫褻的言詞」之說明，第231頁。

（三）以淫褻題材來諷刺

一無鬚之父，生一子，乃大鬍者。忽一日見父像大慟，以爲不肖子也。母慰之曰：「世間上豈沒有像娘的？」（《笑倒》）

師父夜謂沙彌曰：「今宵可幹一素了。」沙彌曰：「何爲素了？」僧曰：「不用唾者是也。」已而，沙彌痛甚，叫曰：「師父，熬不得，快些開了葷罷！」（《笑林廣記・僧道部》）

按：〈像娘〉一篇經由性暗示來嘲弄大鬍子。〈開葷〉則透過和尚與沙彌不正常的性關係，諷刺沙彌之難守葷戒。

以上所舉，僅是其中較爲含蓄的例子，明清兩代淫褻笑話特別盛行，《笑林廣記》中有更露骨、更誇張的作品。雖然其間容有挖苦嘲弄的目的，但是由於有意以淫褻爲題材，常導致題材掩蓋主題的現象。而且所呈現出來的每每是卑俗、粗陋、猥褻不堪的風貌。黃色笑話的存在，固然有其複雜的社會與心理背景，〔註 5〕而且有一定的存在價値；然而若不能以樂而不淫，謔而不虐的形態出現，終究不免爲文明社會所摒棄，而只能遮遮掩掩地在口耳間流傳。

三、機智類

機智是滑稽的形態之一。它常被定義爲「敏捷地把握要點的才能」，或「靈活的悟性」。〔註6〕姚一葦《美的範疇論》第五章〈論滑稽〉中，將機智的言詞界定如下：「機智的言語之能引起發笑不是由於卑抑或殘陋，而是由於出人意外與戲謔的成分，使對方或第三者感到尷尬，故稍具傷人的程度，但傷人的程度不大，正是吾人所謂的謔而不虐。其次，此種語言是理性的，出自一種靈敏的、迅速的反應，爲一種思想的遊戲與語言的遊戲。」笑話中辯捷、論難、姓氏相嘲、席間相戲的作品大都屬之。首先舉廣滑稽本《啓顏錄》爲例：

隋朝有人敏慧，然而口吃，楊素每閑悶，即召與劇談。嘗歲暮無事對坐，因戲之云：「有一大坑深一丈，方圓亦一丈，遣公入其中，何

〔註 5〕龔鵬程《新編笑林廣記・序》中認爲：笑話本身所表狀的僅是令人發噱的意念，所以無論如何猥褻，也不夠成爲色情文學。至於淫褻笑話的存在，一是因爲民間文學的特色：猥褻本是俗文學中一項重要的內容；另一個原因是明清淫佚風氣的影響。汪志勇〈古代笑話研究〉亦有雷同的看法。

〔註 6〕見：王夢鷗《文藝美學・意境論》，第 213 頁。書中將機智之用語言表示滑稽者，略分爲四種：第一、形式的機智，包括同音異義的互假、別字的使用、漏脫字等等；第二、雙關的機智；第三、邏輯的機智；第四、境遇的機智。

> 法得出？」此人低頭良久，乃問：「有梯否？」素曰：「只論無梯，若論有梯，何須更問？」其人又低頭良久，問曰：「白白白白日？夜夜夜夜地？」素云：「何須白日夜地？若爲得出？」乃云：「若不是夜地，眼眼不瞎，爲甚物入入裏許？」素大笑。又問曰：「忽命公作軍將，有小城，兵不過一千已下，糧食唯有數日，城外被數萬人圍，若遣公向城中，作何謀計？」低頭良久，問曰：「有有救救兵否？」素曰：「只緣無救，所以問公。」沈吟良久，舉頭向素云：「審審如如公言，不免須敗。」素大笑。又問曰：「計公多能，無糧不解。今日家中有人蛇咬足，若爲醫治？」此人應聲云：「取五月五日南牆下雪雪塗塗即即治。」素云：「五月何處得有雪？」答云：「五月無雪，臘月何處有蛇咬？」素笑而遣之。

楊素生性詼諧，喜愛挖空心思，杜撰困局來爲難別人。他的難題類似今日的益智遊戲，口吃者的回答則是就其不可解處解之。「眼不瞎，爲甚物入內？」、「臘月何處有蛇咬？」都是應用敏慧的言詞，就難題的荒謬不合理加以反擊，從而脫出困局。

其次以蘇軾《調謔篇・須當歸》，與浮白齋主人《雅謔・詹蘇謔》作印證：

> 劉貢父觴客，子瞻有事欲先起。劉調之曰：「幸早裏，且從容。」子瞻曰：「奈這事，須當歸。」各以三果一藥爲對。(《五朝小說大觀》)

> 詹侍御，蘇大行，二公五鼓行街，將入朝，呵道聲相近，蘇問前行爲誰？從者曰：「道里詹爺。」即曰：「瞻之在前。」詹問後來爲誰？從者曰：「行人司蘇爺。」即回首曰：「後來其蘇。」

〈須當歸〉一篇，以「幸早裏」諧「杏棗李」；「奈這事」諧「柰蔗柿」，三果一藥相互爲對。充分顯出東坡機敏、精緻、而又迅速的反應；巧問妙答，佳趣天成。〈詹蘇謔〉以姓氏化入書句中，看似信手拈來，其中卻包含了無比的敏慧與巧思。

最後再以《雅謔・誘出戶》爲例：

> 朱古民文學善謔，一日在湯生齋中，湯曰：「汝素多知術，假如今坐室中，能誘我出户外立乎？」朱曰：「户外風寒，汝必不肯出；倘汝先立户外，我則以室中受用誘汝，汝必從矣。」湯信之，便出户外立，謂朱曰：「汝安能誘我入户哉？」朱拍手笑曰：「我已誘汝出户矣！」

笑話中撒謊、行騙的例子頗多，本則笑話特殊之處乃在於湯生「以身試騙」；題目既定之後，朱氏假意在題目上商榷，由於說解合情合理，誘使湯生自行出戶，不動聲色地贏得這場勝利。短短的篇幅內，波瀾起伏，充分顯現出朱氏隨機應變的急智，極具趣味性與戲劇性。

上面的例子中，〈須當歸〉以機智的語言來解答對方的嘲弄。其餘的例子嘲弄的對象以聽話者或第三者爲主。《西洋文學術語叢刊・何謂諷刺》一文中認爲：機智的典型，「精神上需要鬥劍者的一切優雅、速度與靈活。讀者往往就因爲幾個觀念出乎意外地擺在一起，而吃了一驚，很滑稽地嚇了一大跳。」這一段話更進一步說明了機智類笑話在形式上與精神上的特色。

四、諷刺類

黑格爾《美學》中認爲：所謂的諷刺係指「對當前現實的腐朽持著敵對的態度……於是帶著一股火熱的憤怒，或是微妙的巧智，和冷酷辛辣的語調，去反對當前的事物。」〔註7〕姜生則認爲諷刺文爲「一責難邪惡與愚蠢的詩。」〔註8〕由此可見諷刺的藝術含有批判邪惡、愚蠢或腐朽的目的，是故具有較大的傷害力。又由於其傷人的程度甚大，因此不一定是滑稽的。亦即諷刺性的笑話只是諷刺藝術的一部分。笑話中帶諷刺意味的作品甚多，舉凡以言語譏笑人貪財、吝嗇、惡毒、愚昧、好色、懶惰、無恥、貪食、好飲、糊塗或身體殘缺等等的作品都屬之。正如機智，諷刺性笑話嘲弄的對象指向的是對方或第三者；只是機智具有較靈巧的形式，而諷刺則有較大的刺傷力。東坡《艾子雜說》中記載：

> 營丘士性不通慧，每多事，好折難而不中理。一日造艾子問曰：「凡大車之下與橐駝之項，多綴鈴鐸，其故何也？」艾子曰：「車駝之爲物甚大，且多夜行，忽狹路相逢，則難於回避，以藉鳴聲相聞，使預得回避爾。」營丘士曰：「佛塔之上，亦設鈴鐸，亦夜行而使相避耶？」艾子曰：「君不通事理，乃至如此。凡鳥鵲多託高以巢，糞穢狼藉，故塔之有鈴，所以驚鳥鵲也。豈以車駝比耶？」營兵士曰：「鷹鷂之尾亦設小鈴，安有鳥鵲巢於鷹鷂之尾乎？」艾子大笑曰：「怪哉君之不通也。夫鷹隼擊物，或入林中而絆足，縚線偶爲木之所綰，則振羽之際，鈴聲可尋而索也。豈謂防鳥鵲之巢乎？」營丘士曰：「吾

〔註7〕見：黑格爾著、朱光潛譯《美學》第二冊〈論「諷刺」〉，第279頁。
〔註8〕見：顏元叔譯《西洋文學術語叢刊・何謂諷刺》一文，第189頁。

> 嘗見挽郎秉鐸而歌，雖不究其理，今乃知恐爲木枝所綰，而便於尋索也。抑不知挽郎之足者，用皮乎？用線乎？」艾子慍而答曰：「挽郎乃死者之導也，爲死人生前好詰難，故鼓鐸以樂其尸耳。」（《五朝小說大觀》）

本篇旨在嘲弄營丘士好詰難而又不通事理。艾子對營丘士的執著不通、自以爲是，由笑而怒，最後以死尸譏諷他，既巧妙而又含有辛辣的諷刺意味。

其次以《笑府・雜語》一則爲例：

> 鳳凰壽，百鳥朝賀，惟蝙蝠不至。鳳責之曰：「汝居吾下，何踞傲乎？」蝠曰：「吾有足，屬于獸，賀汝何用？」一日，麒麟生誕，蝠亦不至。麟亦責之，蝠曰：「吾有翼，屬于禽，何以賀與？」麟鳳相會，語及蝙蝠之事，互相慨歎曰：「如今世上惡薄，偏生此等不禽不獸之徒，眞個無奈他何。」（《中國笑話書》）

按：伊索寓言記載蝙蝠兩面討好，最後眞相揭穿，既不容於羽族，也不容於走獸。《笑府》中亦將蝙蝠似禽非禽，似獸非獸的特性充分發揮，借以諷刺取巧弄乖的人，在玩笑中包含着嚴厲的批評。雖然採用的是指桑罵槐的方式，對被諷刺者而言，仍具有相當的傷害力。

再看一則更直接的諷刺笑話。《笑林廣記・譏刺部・相稱》記載：

> 一俗漢造一精室，室中羅列古玩書畫，無一不備。客至，問曰：「此室若有不相稱者，幸指教，當去之。」客曰：「件件俱精，只有一物可去。」主人問是何物？答曰：「就是足下。」

這樣的嘲諷遠較前二例粗率、直接，沒有巧妙的掩飾，或迂迴的手法，便赤裸裸地表露心中的鄙夷，即令說話的當時，帶些玩笑的語氣，還是令人難堪的。然而由於讀者站在超然立場來看，是故不致於對俗漢表示同情，只覺其可笑。

西人史衛特夫在《典籍之戰》一書的前言裏說道：「諷刺文是一面鏡子。在那裏頭，看的人看不到自己的臉，卻只看見別人的嘴臉。那就是諷刺文爲什麼在這世界裡受到歡迎，以及那麼少的人爲它觸怒的原因所在。」〔註9〕諷刺性笑話雖具有刺傷人的作用，然而仍深受歡迎，而且不失其笑話的本色，其故在此。

〔註9〕見：顏元叔譯《西洋文學術語叢刊・何謂諷刺》，第189頁。

五、幽默類

幽默一詞具有豐富、奧妙而又難以確定的意涵。它和機智、諷刺都有一定程度的相關；然而它不同於機智，「機智純然是理智的，而幽默則理智中含有情感，它不僅不傷害別人，且具有一種同情的性質。」〔註10〕幽默又和諷刺不同，「它雖亦是一種的嘲謔，但所嘲謔的對象往往是自已。」〔註11〕法人唐尼梅亞在〈幽默與機智的分別〉一文中更強調：「幽默的功用以情感的解脫為主。自我的解脫，與別人關係的解脫，人格的防禦！」〔註12〕等等。笑話中舉凡自我解嘲，或是對他人處境抱著同情，乃至對命運開玩笑的作品都屬之。

首先看自我解嘲的例子：

> 松江張進士美容姿，過吳門訪范學憲。范奇醜，二人同步閶門市中，小兒無不隨觀。張謂范曰：「為我看也。」范笑曰：「還是看我。」（《諧叢》）
>
> 一貧士冬月穿袷衣，有謂之者曰：「如此嚴冬，如何穿袷衣？」貧士曰：「單衣更冷。」（《笑贊》）

貧與醜都是人情之所惡，是故夫子既有「未見好德如好色」的浩歎，更有「憂道不憂貧」的期許。范學憲不以容貌醜陋為忤，貧士不以家無寒衣自羞，都可見其睿智通達，故能以自身的貧醜，作為談笑之資。

再看下面不同型態的幽默：

> 張士簡名率，嗜酒疏脫，忘懷家務。在新安遣家童載米二千斛還吳，耗失大半，張問其故。答曰：「雀鼠耗也。」張笑曰：「壯哉雀鼠。」（《山中一夕話》卷九）
>
> 眞州王孝廉名道新，將訪一客，令家僮寫帖，誤書新為親。王怒責之。時一友在坐，謔曰：「豈干他誤，程子曰：『親當作新』先儒有此語矣！」王怒頓釋。（《雅謔》）

第一則中張士簡對家童的託詞，僅以「壯哉雀鼠」一笑置之，可見其胸懷灑脫，不與童僕錙銖相較。第二則笑話，雖然也有機智的意味，但由於包含著同情的態度，設詞為家童解圍，故可歸入本類。《文藝美學・意境論》引用李

〔註10〕見：姚一葦《美的範疇論》第五章〈論滑稽〉，第234頁。
〔註11〕同註10。
〔註12〕見：林語堂等撰、蔡貴美編譯《幽默與東西方文學》，第123頁。

普士的觀點說：「美的滑稽有三個境界，第一是出於我們的優越感，視對象爲無足輕重的原諒態度，是爲詼諧的幽默。」這一觀點正可以說明這兩則笑話的特性。

最後以《雪濤諧史·陳全》與《露書諧篇·刑進士》爲例：

> 國朝有陳全者，金陵人，負俊才，性好煙花，持數十金，皆費於平康市。一日浪遊，誤入禁地，爲中貴所執，將畀巡城。全跪曰：「小人是陳全，祈公公見饒。」中貴素聞全名，乃曰：「聞陳全善取笑，可作一字笑，能令我笑，方纔放你。」全曰：「屁。」中貴曰：「此何說？」全曰：「放也由公公，不放也由公公。」中貴笑不自制，因放之。

> 刑進士身矮，嘗在鄱陽遇盜，盜既有其資，欲滅之以除患，方舉刀，刑諭之曰：「人業呼我爲刑矮，若去其頭，不更矮乎？」盜不覺大笑擲刀。

陳全運用語意的雙關，自比爲屁，既點出「放也由公公，不放也由公公」的事實，也嘲弄了自己身不由主的尷尬處境。由於設詞巧妙，切合當時的境況，是故能引人發噱，進而從尷尬的困境中解脫出來。然而相較之下，刑進士的危險卻又甚於陳全百倍，在盜賊刀兵之下，死生決定於須臾之間，刑進士猶能從容自嘲，以幽默柔化暴戾，若非有大智大勇，又怎能將死生寄於微言？

由上可知，幽默實是曠達胸懷的流露，它能化暴戾爲祥和，能使人從困窘的環境中抽身而出，能讓人在失意、逆境中仍面帶微笑。幽默類的笑話雖不如機智那般有優雅迅捷的語言形式，或如諷刺一般辛辣暢快；但在溫和、達觀的語調中，卻有更耐人咀嚼的情趣。

以上論述了笑話中五種不同的類型，在這些形態中，淫褻類由於題材與內容的特殊，獨自構成一類。其餘四類包含有意的滑稽，和無意的滑稽，〔註13〕其嘲弄的對象更有人我之別。卑陋類中那些笨拙、謬誤、鄙俗、模倣、機械化言行所形成的滑稽形象，係屬於無意的滑稽，笑話中人不自覺地嘲弄了自己。至於那些針鋒相對，論難辯捷，譏刺嘲誚，風趣雋永的言詞所形成的滑稽形式，則屬有意的滑稽。其中機智、諷刺將嘲弄的方向指向他人，來顯露自己的智慧

〔註13〕見：姚一葦《美的範疇論》第五章〈論滑稽〉，第264-265頁。姚氏認爲：無意的滑稽「爲滑稽的一種最原始的形式或最低級的形式。」至於有意的滑稽，則「蘊含了高度的人類的智慧，複雜的人生哲學，是人類的高度的文化的表現。」

或表達批判的旨意；幽默則有意嘲弄自己或者命運人生，以見其胸襟氣度。然而事實上要將這些類型截然劃分是不可能的，卑陋中何嘗不隱含了作者對人世的諷刺，幽默中也常有機智的靈巧與諷刺的效果，而有人更將機智視爲諷刺的一類；〔註14〕但是佛洛伊德卻將淫褻與諷刺都歸入機智的範疇。〔註15〕雖然如此，我們仍儘量在前述的定義下，將笑話大致歸類；從而見出笑話有卑陋、淫褻、機智、諷刺與幽默等不同的語言形貌。由卑陋的言詞到精細的幽默之間，更可見其中實包含著不同的文化素養與價值各異的人生觀。

第二節　古代笑話嘲弄的主題

如前所論，古代笑話既可視爲一種特殊的文體，則有其獨具的藝術形式與思想內容。就主題內涵而言，笑話透過對比的技巧，主要在表達作者對人事及人性的嘲弄。婁子匡的《笑話群》曾將古代笑話型式歸納成六十類，在這個基礎上，本文進一步將古代笑話作全面的分析，並擇取最常見的主題，論述如後：

一、貪財好利

太史公在〈貨殖列傳〉中慨嘆：「天下熙熙，皆爲利來；天下壤壤，皆爲利往。」世俗之人熙來攘往，所爲不過「利」字而已。笑話中對世人好利貪財的性格有極深刻的諷刺。其中尤以描繪官吏索賄的作品最多，也最具代表性。至於僧道以化緣作醮的方式來斂財，更反映出貪財好利之念深種人心，不易根除。以下試將這類的作品，依其性質的差異，略分爲數小類。

（一）金錢能言

有一叫化子，假裝啞子，在街市上化錢。常以手指木碗，又指自嘴曰：「啞啞。」一日拿錢二文買酒，吃盡，曰：「再添些酒與我。」酒家問曰：「你每常來，不會說話，今日因何說起話來了麼？」叫化子曰：「向日無錢，叫我如何說得話？今日有了兩個錢，自然會說了。」（《笑得好初集》）

（二）聚斂錢財

有官人者，性貪。初上任，謁城隍，見神座兩旁懸有銀錠，謂左右

〔註14〕參見：顏元叔譯《西洋文學術語叢刊》第四章〈語氣〉，第290頁。
〔註15〕參見本書第三章第一節〈論笑與滑稽〉，三「笑是人性的宣洩」。

曰：「與我收回。」左右曰：「此假銀耳。」官人曰：「我知是假的，但今日新任，要取箇進財吉兆。」（《雪濤諧史》）

（三）貪心不足

一貧士遇故人於途，故人已得仙術矣。相勞苦畢，因指道旁一磚成赤金贈之。士嫌其少，更指一大石獅爲贈。士嫌未已，仙曰：「汝欲如何？」士曰：「願乞公此指。」（《笑府》）

（四）利令智昏

有遇人與以一草，名隱身草，手持此草，旁人即看不見。此人即於市上取人之錢，持之徑去。錢主以拳打之。此人曰：「任你打，只是看不見我。」（《笑贊》）

（五）貪夫徇財

一齋家欲請數道士設醮。一道士極貪財，不顧性命，但欲盡得齋錢，一應宣疏、禮懺、擊法器等項，俱是一己包做，不分晝夜，腳忙手亂，勞無一息之停。至第三日拜章，遂暈厥倒地。齋家恐慮有人命之累，因商量：且倩土工扛出，再作區處。其道士在地聞知，乃掙命抬頭謂齋家曰：「你且將雇土工銀與我，等我替你慢慢爬出去罷！」（《廣笑府》）

由上可見，世人由於對錢財的貪戀執著，於是不惜以卑下的手段來滿足其私欲；然而金磚、金獅畢竟有限，欲望卻是無窮，追逐遂永無休止之日。甚至反而爲錢財所奴役趨使，利令智昏者有之，要錢不要命者亦有之。《雪濤諧史・心高篇》說：「人心羶慕，非名即利，名利之途，愈趨愈永，趨之不已，害及厥躬。」呂坤《呻吟語・修身篇》則認爲：「貪愛心，第一可賤可恥。羊馬之於水草，蠅蟻之於腥羶，蜣螂之於積糞，都是這個念頭，是以君子制欲。」但是眞能克制貪欲，擺脫利鎖的君子，並不多見。笑話中貪鄙卑微的人物，篤信錢能通神，耳目心神俱爲錢財所迷，又豈能見出貪財忘身的痴迷可笑呢！

二、貪喫好酒

《禮記・禮運篇》說：「飲食、男女，人之大欲存焉。」飲食所以是人類最原始的需求，乃源於人生存的本能。唐君毅《人生之體驗續編》第七篇中分析道：「人生之底層實不外人之求生，而求生之最底層，即人之求形軀之生存而人需飲食。善哉佛經之言『一切眾生依食而住』也，佛經之恆言釋迦乞食已，而後講說，即謂釋迦亦不能外乎此食之事，故與一切眾生同依食而住也。」可見飲食之事，原是眾生乃至聖賢所不可或缺的。然而，凡夫癡迷，對飲食貪求過度，遂成爲笑柄。笑話中嘲笑人貪杯好喫的作品數量極多，《笑海叢珠》即設有「飲食門」，《廣笑府》也以「口腹」獨立成部。以下更將貪戀酒食的作品略分如後，以醒眉目：

（一）貪戀無厭

有頑客者，戀酒無休。與眾客同席，飲酣，乃目眾客曰：「凡路遠者，只管先回。」眾客去盡，止有主人陪飲，其人又云：「凡路遠者先回。」主人曰：「止我在此耳。」其人曰：「公還要回房裏去，我則就席上假臥耳。」（《雪濤諧史》）

有二措大言志。一云：「我平生不足，惟飯與睡耳，它日得志，當吃飽飯了便飯，睡了又吃飯。」一云：「我則異於是，當吃了又吃，何暇復睡耶？」（《五雜組》卷之十六）

（二）飲啖兇猛

一酒客訝同席的飲啖太猛，問其年，以屬犬對，客曰：「幸是犬，若屬虎的，連我也都吃下肚了。」（《笑府》）

（三）捨命食飲

里中一庠士，少嫺于文而湎酒。中年兩目困酒幾盲，以致偃蹇。其伯兄名公也，謂之曰：「弟具才美，失利，第以目故，愼自愛止，酒不可御也。」庠生對曰：「兄教謬哉！目則目耳，酒則吾命也。奈何止爲一目，欲舍此命耶？」（《權子》）

有夫婦聞河豚甚盛，謀買嘗之，既治具，疑其味毒，互相推諉。久之，妻不得已將先舉筯。乃含淚謂夫曰：「吃是我先吃了，只求你看顧這兩個兒女，若大起來，教他千萬不要買河豚吃。」（《笑府》）

（四）其他

南京陳公鎬善酒，督學山東時，父慮其廢事，寓書戒之。乃出俸金，命工制一大碗，可容二斤許，鐫八字於內云：「父命戒酒，止飲三杯。」士林傳笑。（《古今譚概·怪誕部》）

一人拾甘蔗渣而啑之，恨其無味，乃罵曰：「那個饞牢，喫的這等盡情。」（《笑贊》）

限於篇幅，以上所舉，不過十之一二而已。由於這類笑話主要流傳在酒席之間，是故賓主酬酢的作品為數最多。有的嘲客吃食無厭，有的嘲客不辭酒，有的則嘲弄老饕猴急兇猛，旁若無人，將貪戀者的嘴臉刻劃得淋漓盡致，極盡諷刺之能事。至於「嗜酒如命」、「捨命食豚」的笑話，雖不無誇張，然而卻更鮮明地指出貪戀口腹之慾的禍害。好酒誤事，於是有戒酒的笑話，劉伶戒酒的韻事，傳為美談，而「陳公戒酒」，其戒正足以顯其貪；正如食蔗渣者，嘲人正所以自嘲也。世人貪迷，見人不見己，故《老子・第三十三章》云：「知人者智，自知者明。」笑話中人，為人所嘲，然而嘲人者又焉知自己不也是笑話所欲嘲弄之人？

三、貪於淫欲

男女既與飲食並為人之大欲，則屬人性之常，本無是非可論。告子說：「食、色，性也。」〔註16〕唐君毅《人生之體驗續編》第七章進一步闡述：「人之好色，而只為好色相之自身，則同于美感，不得稱為好色。好色依于淫欲而生，然所謂淫欲……，唯其過度而不知節者，乃為淫欲，而人之所以有此淫欲者，唯始于對對方肉體之貪戀。此貪戀之始，則蓋始于人之宛然幻覺若有無窮之歡樂，可自此肉體中流出。」這一段深刻地分析了好色者貪戀的心理，更為好色與淫欲，作了明確的分辨。唯笑話中所謂的好色，實即是指貪於淫欲。這類笑話可視為淫褻笑話中，帶諷刺意味的一支，但二者並不等同。試看下面的例子：

（一）好色

一人好於酒後近色，或戒之曰：「大醉行房，五臟反覆，此甚不宜。」答曰：「惟我不妨。」問何故，答曰：「我每行實是兩度。」（《苦茶庵笑府選》）

一婦生育甚難，因咎其夫曰：「皆你平素作孽，害我今日受苦。」夫甚不過意，遂相戒從今各自分床，不可再幹此事，妻然之。彌月後，夜間忽聞啓户聲，夫問是誰？妻應曰：「那個不怕死的又來了。」（《笑林廣記・閨風部》）

〔註16〕見：《孟子・告子上》第四章。

（二）邪淫

子好遊妓館。父責之曰：「不成器的畜生，我到娼家十次，倒有九次見你。」子曰：「這等說來，你還多我一次，怎來罵我？」（《笑林廣記・世諱部》）

一人久客歸，妻已育三子矣。訝以何爲不夫而孕？妻曰：「思君之極，當是結想所成，故命名皆有深意。長曰：遠志，想你出行也；次曰當歸，想你歸也；又次曰茴香，想你回也。」夫曰：「我若再做幾年客，家裏開得一個新藥舖了。」（《笑府》）

以上將嘲弄貪淫的笑話分爲好色與邪淫二類。笑話中除了寫丈夫好色外，更着意寫妻子好色。《笑府》中〈絲瓜〉、〈雙斧劈柴〉、〈燒香〉、〈咬牙〉；《笑倒》中〈寡慾多子〉；《笑林廣記》中〈肚腸〉、〈下半〉、〈掘荷花〉、〈忌叫死〉都是以妻子好色作爲嘲謔的主題。此種現象或許是父權社會特有的反映，因爲以男生爲主的社會中，爲人妻子的必須貞節自守，抑制淫欲之樂，是故丈夫好色猶不好笑，妻子好色則成爲笑話絕好的題材。也正因這個緣故，寫婦女紅杏出牆的笑話便十分特出。《程伊川語錄》認爲：「餓死事小，失節事大。」儒家的禮教強調女子單方面的貞操觀念，直到今天仍有相當的影響力。除以上所舉的例子外，還有嘲弄僧道尼姑好色貪淫的作品，更可見好色之心，原是方外與俗人共有的貪戀。呂坤《呻吟語・修身篇》說：「飲食男女，是生死關。」良有以也。

四、虛誇與掩飾

好譽惡毀的心理，原是人心之所同然，「愛面子」更是國人特有的習性。〔註17〕爲了博得他人的讚美與尊敬，而虛誇自己；爲避免他人的批評或鄙視，而多方掩飾；在虛誇與掩飾之間，流露出愛慕虛榮而不務實際的可笑現象，

這當然是笑話嘲弄的好題材。這類笑話又以誇富貴、諱貧賤的作品最具代表性：

（一）誇富貴

後魏孝文帝時，諸王及貴臣多服石藥，皆稱石發。乃有熱者，非富貴者，亦云：「服石發熱。」時人多嫌其詐作富貴體。有一人于市門前臥，宛轉稱熱。眾人競看，同伴怪之，報曰：「我石發。」同伴人曰：

〔註17〕參見：項退結《中國民族性研究》第三章〈中國人性格素描〉。

「君何時服石，今得石發？」曰：「我昨市米，中有石，食之，今發。」眾人大笑。自後少有人稱患石發者。(《續百川學海・啓顏錄》)

艾子在平陸，與其友道上行。有乘軒者來，其友誡艾子曰：「此吾至親也，避之。」有擁蓋者來，曰：「此吾至友也，避之。」行十數處，皆然。已而有弄蛇者來，有逐疫者來，艾子一如其友之誡誡其友。其友愀然曰：「胡子親友貧窶至此哉！」艾子曰：「富貴者汝盡攘去矣！」(《艾子外語》)

按：〈魏市人〉又見於《諧噱錄》。〈避顯貴〉又見於浮白主人《笑林》及石成金《笑得好》，唯情節略有更動。兩篇都是在嘲諷矯揉做作，誇耀富貴的人。此外還有誇耀門第的作品，然而無論是詐作富貴或是攀緣富貴之門，誇富誇貴者最後終不免露出窮窘之相。

（二）諱貧賤

一貧士素好鋪張，偷兒夜襲之，空如也，罵而去。士摸床頭數錢追贈之，囑曰：「君此來雖極怠慢，然人前萬望包荒。」(浮白主人《笑林》)

一人以草荐當被，其子癡呆，常直告人。其父教之曰：「但有問者，只說蓋被而已。」一旦早起，父出陪客，一草粘于鬚上，其子在旁呼曰：「父親父親！何不拂去鬚上一條被乎？」(《新刻華筵趣樂談笑酒令》卷之四〈談笑門〉)

貧士遇偷，持錢請偷兒代爲遮掩，眞是千古奇談；然在荒誕不經中，將世人諱貧的心理刻劃入微。〈草荐當被〉更是諱貧笑話的典型，郭子章《諧語》引蘇黃滑稽帖、劉元卿《應諧錄》以及馮夢龍《笑府》都有同型的記載。

以虛誇和遮掩爲主題的作品中，貧富、貴賤既是最重要的題材，實即反映出社會人心嫌貧愛富的心理，爲了迎合這樣的心理，於是遂有種種要面子不要臉的醜態。除此外，還有誇好客、誇美、誇見識；諱無知、諱醜、諱老、諱屁、諱聾啞、諱近視的作品。在這些作品中，我們看到了世人勉力於維護虛有的面子，而終不免爲旁人所識破；在嘲笑之餘，不禁也爲人性的虛妄而慨嘆。

五、奉承與好譽

俞樾《一笑》中記載：

俗以喜人面諛者曰：「喜戴高帽」，有京朝官出任於外者，往別其師，

> 師曰：「外官不易爲，宜愼之。」其人曰：「某備有高帽一百，逢人輒送其一，當不至有所齟齬也。」師怒曰：「吾輩直道事人，何須如此？」其人曰：「天下不喜戴高帽如吾師者，能有幾人歟？」師頷其首曰：「汝言亦不爲無見。」其人出，語人曰：「吾高帽一百，今止存九十九矣！」

自認爲「直道事人」者，猶不能不爲諛詞所動，更何況世上好譽惡毀之徒？由此可見，好諛之心入人之深也。好諛與諂媚恆相互爲表裏，脅肩諂笑，媚容阿世者，實是因應人之好譽而生。馮夢龍《古今譚概・容悅部》引言說：「南荒有獸，名曰猈猸，見人衣冠鮮采，輒跪拜而隨之，雖驅擊，不痛不去，身有奇臭，惟膝骨脆美，謂之媚骨，土人以爲珍饌。余謂凡善諂者，皆有媚骨者也。」然則，媚骨實是好譽者的佳餚美味，無怪乎奴顏婢膝者，反爲當道所喜愛。

笑話中反映逢迎諂媚及好譽悅諛的作品，以「頌屁」爲題材的最爲常見。至於奉承的對象，固然以權貴、大老、富翁爲主，然而亦有見人便阿諛的。以下試舉二例，以見其餘。

> 一人父鼻赤色，或問曰：「尊君赤鼻，有之乎？」答曰：「不敢，水紅色耳。」其人讚曰：「近時尚淺色，水紅乃更佳。」（《雪濤諧史》）
>
> 清客慣奉承大老，忽大老放一屁，客曰：「那裏響？」大老曰：「是我放個屁。」客曰：「不見得臭。」大老曰：「好人的屁不臭，就不好了。」客以手且招且臭（嗅）曰：「纔來，纔來！」（《笑倒》）

這兩則笑話，對奉承者曲意阿從的嘴臉，有極突出的描繪。然而若論送高帽的藝術，自然以俞曲園《一笑》中所載最爲特出，以不送爲送，奉承別人不喜人阿諛，原是更深一層的阿諛啊！孔子說：「巧言、令色、足恭，左丘明恥之，丘亦恥之。」〔註 18〕老子則云：「信言不美，美言不信。」〔註 19〕聖人深懼巧言令色之亂德，而以甘言卑辭、逢迎諂媚爲恥；然而聖人之所恥，正是凡人之所喜，奉承與好譽者，滔滔皆是也。笑話之作者，其亦有聖人之憂患乎？

六、撒謊與行騙

婁子匡《笑話群》中，輯有〈扯謊與圓謊〉、〈虛妄〉、〈誇嘴的人們〉、〈善

〔註 18〕見：《論語・公冶長》第二十五章。
〔註 19〕見：《老子》第八十一章。

騙〉與〈揭穿騙局〉五類作品。其中裝體面、誇富貴、自抬身價的一類，已在「虛誇與掩飾」中論及；其餘的作品實以「撒謊行騙」爲共同的主題，其基本的精神則是「虛妄不實」。爲了便於討論，以下分扯謊與善騙兩類來看。

（一）扯謊

本類笑話以荒誕不經爲特色，由於誇飾手法的充分利用，作品的幻想性極濃，趣味性極高。說大話的人，不見得要旁人相信，而只是隨意播弄語言，構成明知不合事實的謊言，在編造吹噓之中滿足自己虛妄的想像，而其間或許更有一種創作的快感存焉。〔註 20〕扯謊的笑話，依其表現的形式又可分下列數種：

1、扯謊與圓謊

有人慣會說謊，其僕每代爲圓之。一日，對人說：「我家一井昨被大風吹往隔壁人家去了。」眾以爲從古所無，僕圓之曰：「確有其事，我家的井貼近鄰家，昨晚風大把籬笆吹過井這邊來，卻像井吹在鄰家去了。」一日又對人說：「有人射下一雁，頭上頂著碗粉湯。」眾又驚詫之。僕曰：「此事亦有。我主人在天井內吃粉湯，忽有一雁墮下，雁頭跌在碗內，豈不是雁頭頂著粉湯？」一日又對人說：「寒家有頂漫天帳，把天地遮得滿滿的，一些空隙也沒有。」僕乃攢眉曰：「主人脫煞，扯這漫天謊，叫我如何遮得他來？」（《笑林廣記・謬誤部》）

2、以謊止謊

京師選將軍，群聚以觀。山東一人曰：「此輩未爲魁偉，吾鄉一巨人，立則頭頂棟而腳踏地。」山西一人曰：「吾鄉一巨人，坐地而頭頂棟。」繼而陝西一人曰：「此皆未爲奇，吾鄉有一巨人，開口時上唇抵棟，下唇搭地。」傍有難者曰：「然則身何居乎？」陝人曰：「且只說嘴罷！」（《廣笑府》）

3、自悟其謬

有說謊者，每遷就其詞，自謂家有一雌雞，歲生卵千枚。問曰：「那得許多？」其人遞減至八百六百，問者猶不信。乃曰：「這箇數再減不得，寧可加一隻雌雞。」（《雪濤諧史》）

〔註 20〕參見：唐君毅《人生之體驗續編》第六篇〈人生之虛妄與眞實〉，第 108-109 頁。

說謊容易，圓謊難，尤其是漫天大謊，如何也無法遮掩。倒不如以「且只說嘴」罷，聊以自嘲。「寧可加一隻雌雞」，最能道出扯謊人「信不信由你，說不說在我」的心態。他可是相當堅持原則的。

（二）善騙

行騙不但有撒謊的虛妄成分，更具有較強烈的目的性。其手法大抵是以謊言混淆他人的判斷，使人誤假爲真，順從自己的說詞，來滿足自己的私欲。善騙笑話依其目的可略分三類：

1、騙食：

一人途中肚飢，至一家誑飯吃曰：「我能補破針鼻子，但要些飯吃。」其家即與之飯，遍尋出許多破鼻子針來，吃飯畢，請補之。其人曰：「拿那邊針鼻子來。」（《笑禪錄》）

2、騙錢：

有賣貼蚊符者，一人買歸貼之，而蚊毫不減。往咎賣者，賣者云，「定是貼不得法。」問貼於何處？曰：「須貼帳子裏。」（《精選雅笑》）

3、騙人上當：

武陵一市井少年善說謊，偶于市中遇一老者，老者說之曰：「人道你善謊，可向我說一箇。」少年曰：「纔聞眾人放乾了東湖，都去拏團魚。小人也要去拏箇，不得閑說。」老者信之，徑往東湖，湖水渺然，乃知此言即謊。（《雪濤諧史》）

善騙笑話有一共同特色，即騙局總在結尾中揭穿。由於不論是騙吃、騙錢或騙人上當，都是無傷大雅的，是故作者並不作嚴苛的指責，只給予溫和的嘲弄。三小類中以騙吃的笑話最多，敦煌寫本《啓顏錄・嘲誚篇》已有數則類似的記載；騙錢的笑話則以「賣蚊符」、「賣蚊藥」爲主要的題材；至於騙人上當，在本章第一節機智類中曾舉〈誘出戶〉爲例，說明其中含有極敏捷的反應，和濃厚的戲謔成分，在這裡，再一次得到印證。

七、儉　吝

《論語・泰伯篇》中讚美大禹「菲飲食、惡衣服、卑宮室」，自奉儉約、獻身天下。《禮記・表記》更有「儉近仁」、「儉於位而寡於欲」的記載。節儉常和道德相結合，寧儉勿奢的觀念自先秦兩漢以下，一直是國人持家乃至修身的原則。然而節儉固然是一種美德，吝嗇卻是可鄙的性格。《古今譚概・貧儉部》引言說：「夫儉非即吝，而吝必托之於儉，儉而吝，則雖堆金積玉，與貧乞兒何異？」這一段話最足以說明節儉與吝嗇的關係，以及吝嗇之所以成爲笑柄的緣故。笑話中以嘲弄儉吝爲主題的，絕大多數在嘲弄主人慳吝，其次則指向富人，此外的作品內容較駁雜，可另成一小類。

（一）吝於請客

客久坐而主無所款，客說一句曰：「昔年蕭何追韓信至一林下溪邊——」主因客不竟其說，乃問下文。客曰：「見清溪白石可愛，坐談良久——」主又因爲不終所言，問下文如何？客曰：「坐談已久，只須去了。因爲腹中空虛，多談無力。」（《廣笑府・口腹》）

有觴客者，其妻每出酒一壺，即將鍋煤畫于臉上記數。主人索酒不已，童子曰：「少飲幾壺吧！主婆臉上看看有些不好看了。」（《笑林廣記・殊稟部》）

殺雞設酒，舉杯言歡，原是待客之常情；主人鄙吝未能使客人盡歡，便成爲笑話嘲弄的好對象。酒菜少、有菜無肉的笑話固然是對吝於請客者的諷刺，然而吝嗇之尤者，卻是絕不請客。吝於請客雖不是罪惡，但在國人眼中卻是一項無法忘懷的過失，是故這類的題材一再出現於笑話書中。「客貪主吝」構成笑話世界的賓主關係，也反映了酒席間賓主可笑的心態。

（二）富人慳吝

至吝生富甲里中，怨家伐其頭，棄之中野。至吝挈其頭歸。妻見之，駭而號。至吝曰：「勿號！勿號！急覓醫綴我頭。綴牢，謝分毫。索重謝，吾寧無頭以逍遙。」

錄曰：楊朱爲我，一介不取不予，宮黝養勇，一毫不撓不挫。著名高士，列序軒書也。至吝生務儉叢怨，擅吝罹凶。既喪其元，猶惜小費，而曰：「寧無頭以逍遙。」噫！頭之不存，身將安屬乎！（《憨子雜組》）

笑話作者對富人總是懷著鄙夷的態度，或寫其爲富不仁，或寫其貪心不足，此處則寫其鄙吝。至吝生一毛不拔的性格和《笑海叢珠》中〈患重不醫〉以及《笑苑千金》中〈溺水不救〉的笑話如出一轍，都是要錢不要命的典型。

（三）其他

兄弟二人盛飯，問父：「何物過飯？」父曰：「挂在竈上熏的腌魚，看一看，吃一口就是。」忽小者嚷云：「哥哥多看了一看！」父曰：「鹹殺他罷！」望梅止渴，望腌魚亦可吃飯乎！（《精選雅笑》）

一人極鄙吝，請畫師要寫行樂圖，連紙墨謝儀共與銀三分。畫師乃用筆墨于荊川紙上畫一反背像。其人驚問曰：「寫眞全在容貌，如何畫反背呢？」畫師曰：「你這等省銀子，我勸你莫把臉面見人罷！」（《笑得好二集》）

〈腌魚〉和〈畫行樂〉都是嘲笑持家儉吝的作品。飲食仍是這類笑話中最常見的題材，《笑府‧蘸酒》、《廣笑府‧鮓哮》，都和〈腌魚〉有異曲同工之妙。《幼學故事瓊林》卷三云：「韋莊數米而炊，稱薪而爨，儉有可鄙。」笑話中人「望魚過飯」、「呼鮓而食」、「蘸酒而飲」，其儉吝較諸韋莊實有過之而無不及。

八、愚　昧

以癡呆、愚昧爲嘲弄主題的笑話，是古代笑話中極重要的一環。呆女婿、傻兒子，不通數理的老人是其中最突出的人物形象。在表現的形態上，作者讓這些愚蠢的人以自己的言行來嘲諷自己。他們既愚昧而又自以爲是，有的不明事理，有的不通文數，也有的本末倒置、輕重不分；總之，他們出醜、丟臉，而成爲世人的笑柄。從《孟子》的〈揠苗助長〉、《韓非子》中的〈燕人浴狗矢〉、〈縱鼈飲水〉、〈買履信度〉以及〈守株待兔〉，直到清人《笑林廣記》所載，歷代都有諷刺癡愚的作品出現。以下略舉數端以見其特色：

（一）不通事理

有持銀入市糴者，失叉袋于途，歸謂妻曰：「今日市中鬧甚，沒得好叉袋也。」妻曰：「你莫非也沒了？」答曰：「隨你好漢，便怎麼？」妻驚問：「銀子何在？」答曰：「這倒沒事，我緊緊縛在叉袋角上。」（浮白主人《笑林》）

有一癡人出街，遇一相士，論人手足云：「男人手如綿，身邊有閑錢；婦人手如薑，財穀滿倉箱。」癡人聞言，拍掌大笑曰：「我的妻子手如薑也。」相士曰：「何以見之？」癡人曰：「昨日被他打了一下嘴巴，到今日還是辣辣的。」（《時尚笑談》）

（二）不通文數

李秀才訪張縣尹，縣尹出外，其子出來祗對。秀才問曰：「令丈何在？」答曰：「杖藏了，恐打殺人。」其父歸，具以實告，父怒曰：「令丈便是你爺。」兒子曰：「元來是我爺，越不可打，如何令我杖它！」（《笑苑千金・人品門》）

艾子行出邯鄲道上，見二媼相與讓路。一曰：「媼幾歲？」曰：「七十。」問者曰：「我今六十九，然則明年當與爾同歲矣！」（《艾子雜說》）

（三）輕重不分

迂公出，遭酒人于道，見毆，但叉手聽之，終不發言。或問公意，曰：「儻斃我，彼自抵命。吾正欲其爾爾。」（《迂仙別記》）

有栽楊竿者，命童守之，旬日不失一株。主喜謂童曰：「汝用心可佳，然何法而能不失？」答曰：「我夜夜拔來藏在家裡。」（《笑府》）

《莊子・天地篇》曾說：「知其愚者，非大愚也；知其惑者，非大惑也。大惑者終身不解，大愚者終身不靈。」以上六則笑話的主角「知其一而不知其二，見其所見而不見其所不見。」〔註 21〕非但不知自身的愚昧，反沾沾自得，正是所謂大愚大惑之徒。嘲弄愚癡者的笑話，以這一類爲最多，作者所企圖表達的意涵也較深刻，並不單純是基於幸災樂禍的心理而已。

九、昏　忘

「忘」可以是人生的一種境界。孔子「發憤忘食，樂以忘憂」，說明他追求眞理的至誠。《莊子》的「坐忘」和「相忘於道術」，則是體悟至道後的逍遙。至於笑話中的「昏忘」，卻是無可如何的恍惚迷惘。昏忘的笑話起源很早，《列子》中〈宋陽里華子〉的寓言，已啓其端。敦煌寫本《啓顏錄》有〈昏忘〉一篇，其中共收錄三則健忘的作品，例如：

鄠縣有一人多忘，將斧向田斫柴，并婦亦相隨。至田中，遂急便轉，因放斧地上，旁便轉訖，忽起見斧，大歡喜云：「得一斧。」仍（乃）作舞跳躍，遂即自踏著大便處。乃云：「只應是有人因大便遺卻此斧。」其妻見其昏忘，乃語之云：「向者君自將斧斫柴，爲欲大便，放斧地上，何因遂即忘卻？」此人又熟看其妻面，乃云：「娘子何

〔註 21〕見：呂坤《呻吟語》卷之三〈應務〉，第 138 頁。

姓？不知何處記識此娘子？」

這一型的笑話，在《艾子後語》中亦曾出現（參見本書第二章第二節）。此外在《雪濤諧史》、《笑得好二集》及《笑林廣記》都有類似的記載。

昏忘的笑話還有「我在何處」一型。以《笑贊》的記載爲例：

一和尚犯罪，一人解之，夜宿旅店，和尚沽酒勸其人爛醉，乃削其髮而逃。其人酒醒，繞屋尋和尚不得，摩其頭則無髮矣！乃大叫曰：「和尚倒在，我卻何處去了？」

同型的笑話又見《應諧錄・僧在》、《笑府・解僧卒》、《笑倒・我何在》以及《笑得好初集・我不見了》；由此亦可見，一則笑話如何以多種面目在不同的笑話書中出現。至於其主題，除嘲弄昏忘之外，隨作者的體會賦予它更深的意義。《笑贊》贊曰：「世間人大率悠悠忽忽，忘卻自己是誰，這解和尚的就是一個。其飲酒時更不必言矣！及知頭上無髮，剛纔知是自己，卻又成了和尚。行屍走肉，絕無本性，當人深可憐憫。」《應諧錄》則說：「夫人具形宇內，罔罔然不識眞我者，豈獨里尹乎？」然則，笑話中對昏忘的諷刺，實已具有哲思的意趣了。

十、性緩與性急

「中庸」是儒家重要的思想，《禮記・曲禮》上強調「從容中道」的可貴，儒行則以「行必中正」爲準則。不偏不倚、不疾不徐的生活態度，一向爲國人所崇尚。而性急或性緩，則行事偏頗，揖讓進退之間，不能從容中節；言行既與常情違忤，於是成爲笑話的對象。笑話中寫性情緩急的作品，其題材大體上以火燒衣裳、問靴價及作揖爲主。

（一）火燒衣裳

有人性寬緩，冬日共人圍爐，見人裳尾爲火所燒，乃曰：「有一事見之已久，欲言之，恐君性急；不言，恐傷君太多。然則言之是耶？不言之是耶？」人問何事？曰：「火燒君裳。」遂收衣。火滅，大怒曰：「見之久，何不早道？」其人曰：「我言君性急，果是。」（《籍川笑林》）

按：同題材笑話又見於《應諧錄・性急》、《笑府・性緩》。

（二）問靴價

馮道、和凝同在中書，一日和問馮曰：「公靴新買，其值幾何？」馮舉左足曰：「九百。」和性褊急，顧吏詬責曰：「吾靴何用一千八百？」馮徐舉右足曰：「此亦九百。」（《群書通要》卷之八引《歸田錄》）

按：同題材笑話又見於《譫浪・五百五百》、《嘻談錄續集・問靴價》，唯《嘻談錄》刪去馮道、和凝名姓。

（三）作揖

兩親家一性急，一性緩，相遇于途中而揖。性緩者因揖而謝禮意之厚。正月承親家如何，二月又承親家如何，直數到十二月止乃起，其親家已去矣！駭曰：「親家幾時去了？」旁人曰：「正二月間就去了。」（《時尚笑談》）

按：同題材笑話又見浮白主人《笑林・快揖》、《笑林廣記・殊稟部・作揖》及《一笑・甲性遲緩》。

由以上三個例子來看，「火燒衣裳」偏重在嘲弄人個性迂緩；其餘二者都是應用映襯的手法，以緩顯急，以急襯緩，在緩急相形下，笑話的趣味遂油然而生。除了個性緩急外，個性剛強、易於動怒、行事顛狂，也都非中和之行，因此笑話中也曾加以嘲誚，由於數量較少，在此從略。

十一、懼　內〔註22〕

「三從四德」是古代婦女必備的德行，其中「出嫁從夫」更是父母教養女子的要目。《孟子・滕文公下》有言：「女子之嫁也，母命之。往送門，戒之曰：往之女家，必敬必戒，無違夫子。以順爲正者，妾婦之道也。」可見「順從」原是古代妻子「宜室宜家」的德操，母親諄諄告誡者在於斯，爲人妻女者敬慎遵行者亦在於斯。然而誠如《古今譚概・閨誡部》引言所說：「丈夫多懼內，自天子以至於庶人，皆不免焉！」懼內者以丈夫而行妾婦之道，日夜戒愼恐懼，仰承壼範，乃不免爲天下人所笑。東坡嘲陳慥季常詩云：「龍丘居士亦可憐，談空說有夜不眠；忽聞河東獅子吼，拄杖落手心茫然！」以下便舉例來看笑話中如何描繪季常之徒。

（一）嘲人懼內

被妻毆往訴其友者，友教之曰：「兄平昔懦弱慣了，須放些虎勢出

〔註22〕本小節可和本書第五章第一節之二「夫婦問題」相互參照。

來。」友妻從屏後聞之，喝曰：「做虎勢便怎麼？」友驚跪曰：「我若做虎勢，你就是李存孝。」（浮白主人《笑林》）

（二）謀正夫綱

眾怕婆者相聚，欲議一不怕之法以正夫綱。或恐之曰：「列位尊嫂聞之，已相約即刻一齊打至矣！」眾駭然奔散，唯一人坐定，疑此人獨不怕者也。察之，則已驚死矣！（《笑府》）

（三）安於懼內

有懼內者欲訪其類，拜十弟兄。城中已得九人，尚缺一個，因出城訪之。見一人掇馬桶出，眾齊聲曰：「此必是我輩也。」相見道相訪之意，其人搖首曰：「我在城外做第一個倒不好，反來你城中做第十個。」（《笑林廣記・殊稟部》）

由上可見，笑話中季常之徒常以三種型態出現，第一種是笑人懼內之際，卻反而露出自己懼內的真相；第二類是力求重振夫綱，最後以不了了之，各安於命；第三種則是安於懼內，甚至以此而沾沾自喜。三者境界雖殊，其懼內則一。當然以上所舉仍甚為疏略，因為單就《笑林廣記・殊稟部》而言，即有十則懼內作品。婁子匡《笑話群》中更輯有「懦夫怕妻」一類，收錄古今二十餘則懦夫的笑話。其中的懼內者挨打、下跪、掇馬桶、卑躬屈膝固是常事，有的甚至還飽受苦刑。例如起北赤心子《新話摭粹・詼諧類》記載：「李大壯畏服小君，萬一不遵號令，則叱令正坐，為綰匾髻，中安燈碗燃燈火，大壯屏氣定體，如枯木土偶人。諢目之曰：補闕燈檠。」與俗語所謂「跪算盤」機杼相同。《醉翁談錄》卷之二〈杜正倫譏任瓌怕妻〉分析懼內的原因說：「婦當怕者有三：初娶之時，端嚴如菩薩；豈有人不怕菩薩耶？既長，生男女，如養大蟲；豈有人不怕大蟲耶？年老，面皮皺如鳩盤荼鬼，豈有人不怕鬼耶？」杜氏所說雖是戲謔之詞，然而或許正是懼內者的心理寫照吧！

十二、失　言

笑話中所謂失言，意指說話犯忌諱，或是用詞不當，以致造成語意的曖昧。以下分別舉例說明：

（一）犯忌諱

眾至一家祝壽，飲酒間行令，各說壽字一句。一人喊云：「壽夭莫非

命。」眾譁曰：「是何言也。」以大鍾罰之。即曰：「該死！該死！」（《笑府》）

癡兒好說失志話，因姊丈家娶親，父攜兒同往赴席，兒方欲開言，父曰：「他家娶親喜事，切不可說失志話。」兒曰：「不勞你吩咐，我曉得，娶親比不得送殯。」（《笑得好二集》）

在壽宴中說「該死」，以娶親比送殯，都是觸人霉頭的不吉祥話，言者雖然無心，聽者卻難免不快。民間這種言語的忌諱頗多，《笑苑千金・人事門・秀才附舟》嘲弄秀才在舟上說沈船，程世爵《笑林廣記・不利語》嘲弄人失口說火燒房子，都可見因失言而犯忌諱是令人嗤笑的行爲。

（二）用語曖昧

有賣床榻者，一日夫出，命婦守店。一人來買床，價少銀水又低，爭值良久，勉強售之。次日復來買榻，婦曰：「這人不知好歹，昨日床上討盡我的便宜，今日榻上又想要討我的便宜了。」（《笑林廣記・謬誤部》）

同類型的笑話有《雅謔・誤語》，此外《笑林廣記・謬誤部》還有〈房事〉、〈賣糞〉、〈整嫂裙〉、〈戲嫂臂〉、〈淫病〉、〈鬧一鬧〉等等。其中〈賣糞〉產生「食糞」的歧義；其他作品則因用詞不當，而產生性關係的聯想，這類失言笑話所引發的笑是曖昧的，甚至含有相當的猥褻成分。

十三、不學無術

自古儒道兩家便對知識、文明抱持著不同的態度。老子認爲追求知識適足以失去本眞，文明更是人類紛爭與痛苦的根源，因此主張「絕聖棄智」、「絕學無憂」。〔註23〕莊子則認爲以有限的生命追逐無涯的知識，殊非全性保眞之道，所謂「生也有涯，而知也无涯，以有涯隨无涯，殆已。」〔註24〕儒家則抱著相反的態度。孔門四科已強調人文涵養的可貴，夫子自十五志於學，其後終身以好學自許，由下學而上達，更可見「好學」實是儒者最基本的素養。小國寡民、結繩記事的世界既不可再得，儒家思想乃成爲傳統思想的主流。「不學」遂成爲文明人的恥辱。笑話中嘲弄秀才、監生、館師胸無點墨，胡亂解

〔註23〕「絕聖棄智」見《老子》第十九章；「絕學無憂」見第二十章。
〔註24〕見：《莊子・養生主》。

書的作品俯拾皆是；此外如武將不嫻於文術，醫師疏於脈理，待詔不會剃頭，也都是不學無術的表徵。茲舉證如後：

> 友人勸監生讀書，生因閉門翻閱數日，出謝友人曰：「果然書該讀，我往常只說是寫的，原來都是印的。」（《笑禪錄》）
>
> 一武弁夜巡，有犯夜者，自稱書生會課歸遲。武弁曰：「既是書生，且考你一考。」生請題。武弁思之不得，喝曰：「造化了你，今夜幸而沒有題目。」（《笑府》）
>
> 有留僧宿書房者，僧適病，迎醫視之。醫見精室，疑以爲房帷中也。乃診脈，遂言經事不調及胎前產後諸症。僧揭帳視醫而笑，醫謂僧曰：「小舍小舍，你莫笑，令堂的病凶在那裏！」（《笑府》）
>
> 一待詔剃僧頭，失刀割墜一耳，僧痛極失聲。待詔慌於地下拾此耳，兩手捧之曰：「師父不要忙，原生弗動在此。」（浮白主人《笑林》）

事實上，這類的笑話以諷刺儒林以及醫師的爲數最多，也最具代表性。《笑府》中曾收錄許多精彩的作品。除儒、醫之外，木匠、鞋匠、待詔、武官、畫工疏於本業，也都成爲笑話的對象。至於官吏或富翁因不識字、不通文理而出醜，對深受官人擺佈、富人欺壓的士民來說，更足以開懷暢笑，紓解心中的積鬱。

十四、孤陋寡聞

鄉下人進城，由於對文明世界的陌生，常會舉措失態；外鄉人作客，則因爲風俗土宜的差異，而橫生笑柄。婁子匡《笑話群》輯有「不識事物」與「鄉下人進城」兩類，汪志勇〈古代笑話研究〉則有「地域嘲弄」的標目。然而就其主題而言，乃在嘲弄人「孤陋寡聞」。這類笑話起源甚早，《笑林》中已經有數則外鄉人的記載，《啓顏錄》則有不識鏡的趣聞，明清兩代笑話書中收錄的作品更多。

（一）外鄉人作客

> 漢人有適吳，吳人設筍，問是何物？語曰：「竹也。」歸煮其床簀而不熟，乃謂其妻曰：「吳人轣轆，欺我如此。」（《笑林》）
>
> 北人生而有不識菱者，仕於南方，席上啖菱，併殼入口。或曰：「啖菱須去殼。」其人自護所短，曰：「我非不知，併殼者欲以清熱也。」

問者曰：「北土亦有此物否？」答曰：「前山後山，何地不有？」（《雪濤小說．知無涯篇》）

（二）鄉下人進城

鄉人入城見鬻駱駝蹄者，倚擔睨視。鬻者欺其鄉人，謂曰：「你認得這物，當輸數枚。」其人笑曰：「難道這物也不曉得？是三個字。」鬻者心念曰：「是矣！你且說第一個字。」其人曰：「落。」鬻者遽已服輸。既啖畢，鬻者曰：「我只是放心不下，你且說完看。」鄉人曰：「落花生。」（浮白主人《笑林》）

有出外生理者，妻囑回時須買牙梳，夫問其狀，妻指新月示之。夫貨畢將歸，忽憶妻語，因看月輪正滿，遂買一鏡回。妻照之，罵曰：「牙梳不買，如何反娶一妾！」母聞之往勸，忽見鏡，照云：「我兒有心費錢，如何娶個婆子！」遂至訴訟，官差往拘之，見鏡，慌云：「如何有捉違限的？」及審，置鏡於案，官照見，大怒云：「夫妻不和事，何必央鄉官來講！」（《笑府》）

以上四則笑話，反映出中國幅員遼闊，山川阻隔，以致南人不識駝馬，北人不識船舟，鄉鄙之人生於鄉野，老死罕有機會進城的現象。這類作品有半數以上與食物相關；此外，則以「看鏡」最具特色。敦煌寫本《啓顏錄．昏忘篇》、孫光憲《北夢瑣言》、馮夢龍《笑府》以及俞樾《一笑》中都有類似的記載。其中《啓顏錄》的故事最爲詳盡，可視爲一篇滑稽故事。佛經《百喻經》〔註25〕有〈寶篋鏡喻〉，其內容如下：

昔有一人，貧窮困乏，多負人債，無以可償，即便逃避。至空曠處，值篋滿中珍寶，有一明鏡著珍寶上，以蓋覆之。貧人見已，心大歡喜，即便發之，見鏡中人，便生驚怖，叉手語言：「我謂空篋，都無所有，不知有君在此篋中，莫見瞋也。」

〈寶篋鏡喻〉與吾土不識鏡的笑話，實可相互印證。至於以鏡爲題材的笑話是否如婁子匡所說：含有初民社會對鏡子的陰影。〔註26〕在此則不敢驟下斷言。

〔註25〕《百喻經》見《大藏經》第四冊本緣部下。僧伽斯那撰，蕭齊天竺三藏求那毗地譯。凡一百事，以譬喻說法者也。

〔註26〕參見：婁子匡《笑話群》第二冊〈鏡中影〉引言。

十五、好佔便宜

俗話說:「吃虧便是佔便宜。」這句安慰人的俗諺,正道出凡人「怕吃虧,好佔便宜」的心理。《籍川笑林》記載:「有人說話,好佔便宜,嘗曰:『我被蓋汝被,汝氈舖我氈。汝若有錢相共使,我若無錢使你錢。上山時汝扶我腳,下山時我扶汝肩。定知我死在汝後,多應汝死在我前。』」這段話更道盡世人處處欲佔便宜,不死不休的情狀。由於吃虧與佔便宜恆相互爲因果,因此笑話中描繪了下列三種形態:

(一)怕吃虧

兄弟二人攢錢買了一雙靴,其兄常穿之,其弟不肯空出錢,待其兄夜間睡了,卻穿上到處行走,遂將靴穿爛。其兄說:「我們再將出錢來買靴。」其弟曰:「買靴誤了睡。」(《笑贊》)

(二)好佔便宜

甲乙謀合本做酒。甲謂乙曰:「汝出米,我出水。」乙曰:「米都是我的,如何算帳?」甲曰:「我決不欺心,到酒熟時,只泌還我這些水便了,其餘都是你的!」(《笑府》)

(三)貪便宜反吃虧

一人值家貴,純用紋銀。或勸以傾八九成銀雜用,當有便宜。其人出元寶一錠五十兩,托傾八成。人止傾四十兩付之,而賺其餘。其人問:「銀幾何?」對曰:「四十兩。」又問:「元寶五十兩,如何傾四十兩?」答曰:「此是八成銀,五八得四十,一毫也不錯。」其人遽曰:「我誤聽了你的說話,用色銀,眞正大不便宜。」(《笑得好初集》)

三則笑話中,不肯吃虧的人,反而吃了大虧;想佔便宜的,卻發現「大不便宜」;至於出水做酒的,是否能如願以償,可想而知。他們所貪執仍是一個「利」字,作者透過笑話嘲弄了這種心態。

此外還有一種專在言語上討人便宜的笑話。例如《笑得好初集》所載〈面貌一樣〉:

一人抱兒子在門外閑立,傍有一人戲之曰:「可見父子骨血,眞個是一脈,只看你這個兒子的面貌與我的面貌就是一般無二。」抱子者答曰:「你與這兒子原是一母生出來的兄弟,這面貌怎麼不是一樣的?」

這是一則在口齒上討便宜反吃虧的笑話。男子口齒上討便宜，常以人夫、人父自居，女子則自居爲人母。以他人尊長自居，佔人便宜，可以說是倫理制度下尊親思想的反映。至於自居爲人夫，其中則不免有調謔的意涵了。《笑得好》中評論說：「我討人的便宜，豈知人討我的便宜更重。古云：『討便宜即是吃虧的後門。』許多失便宜事，俱從此起。」這段評論最能道出編撰者對「佔便宜心態」的批評。

十六、嘲戲儇弄

馮夢龍《古今譚概》立有〈儇弄部〉，其序言如下：「古云：『稚子弄影，不知爲影所弄。』然則弄人，即自弄耳。雖然，不自弄將不爲造化小兒弄耶？傀儡場中，大家搬演將去，得開口處，便落便宜，謂之弄人可，謂之自弄可，謂之造化弄我，我弄造化，俱無不可。」笑話中詰難、嘲難、及酬嘲的作品，逞機辯以服人之口，其中雖含有爭勝之心，然而卻以博人一粲爲目的。笑話中人在嘲戲儇弄之際，其實已嘲弄了自己。這類的作品的題材以下列三者最爲常見：

（一）言語

李西涯在翰林時，一日陪郡侯席，過飲大醉。醉而言曰：「治生今日捨命陪君子矣！」郡侯笑曰：「學生也不是君子，老先生不要輕生。」（《雅謔》）

（二）姓名、官名

以姓名、官名相互嘲戲的笑話，自《啓顏錄》起，歷代都有相當的數量，《幽默筆記》中「姓名」類有一百餘則，可見前人喜愛嘲弄人名姓的現象。鄭樵《通志・氏族類》序云：「自隋唐而上，官有簿狀，家有譜系；官之選擧，必由於簿狀，家之婚姻，必由於譜系。」可見官職、姓名原是人身分、地位的表徵，有其莊嚴的象徵意義。「自五季以來，取士不問家世，婚姻不問閥閱。」然而世人對官名、姓氏的重視餘風猶存，是故在姓氏、官名上爭勝的作品，層出不窮。以《雅謔》和《古今譚概》爲例：

人有姓尤者，姓于者，各誇所姓之美。姓于者曰：「于固人之姓，爾之姓乃犬牛也。不觀孟子曰：『犬之姓尤，牛之姓尤，人之姓于？』」（《雅謔》）

關懈推官貌不揚，過南徐客次，見一緋衣客倨坐，關揖而問之，對曰：「太子洗馬高乘魚。」良久，還詢關，關答曰：「某乃是皇后騎牛低釣鼈。」朝士駭曰：「是何官？」關笑曰：「且欲與君對語切耳。」（《古今譚概·僇弄》）

按：「犬之性猶牛之性，牛之性猶人之性與？」乃是孟子辯駁告子「生之謂性」時所舉的譬喻；此處配合巧妙的諧音、斷句，引作嘲戲的論據。「皇后騎牛低釣鼈」則以杜撰的官名和姓名來戲弄緋衣客，但誠如馮夢龍所云：「弄人，即自弄耳！」

（三）經義

常人對聖賢、經典總持有崇敬的態度，然而滑稽之徒卻常以聖賢、經典作爲逗趣的題材，將莊嚴的形象丑化，或別出心裁胡亂解經。其中或許含蘊著對權威的反抗與逃避心理。試看以下的例子：

動䇍又嘗於國學中看博士論難云：「孔子弟子達者有七十二人。」動䇍因問曰：「達者七十二人，幾人已著冠，幾人未著冠？」博士曰：「經傳無文。」動䇍曰：「先生讀書豈合不解。孔子弟子著冠有三十人，未著冠者有四十二人。」博士曰：「據何文以知之？」動䇍曰：「《論語》云：冠者五六人，五六三十也。童子六七人，六七四十二也。豈非七十二人？」坐中大悅，博士無以應對。（敦煌寫本《啓顏錄·論難篇》）

有僧誦經，至無眼耳鼻舌身意，黃紫芝曰：「焉用誦此？僧禿其頭，而無眼耳鼻舌，更成何物？」僧大笑。（《雅謔》）

按：《論語·先進》：「莫春者，春服既成，冠者五六人，童子六七人，浴乎沂，風乎舞雩，詠而歸。」這段話本說明曾點所向慕的生活。若依據石動䇍所說，則是七十二子少長咸集，群賢畢至的盛況了。又《般若波羅蜜多心經》有言「無色、無受想行識，無眼耳鼻舌身意，無色身香味觸法。」黃紫芝曲解經義以調侃僧人，亦滑稽之流也。黑格爾《美學·悲劇與正劇的原理》中說：「人們笑最枯燥無聊的事物，往往也笑最重要的事物。」石、黃二人以經文爲戲，正是嘲弄嚴肅事物的例證。

十七、生理缺陷（包括異相）

笑話中以身體爲題材的作品比比皆是，《笑海叢珠》有〈身體門〉，《笑府》、

《廣笑府》和《笑林廣記》都有〈形體〉類，《古今譚概》則設有〈委蛻部〉，可見這類作品是古代笑話中極重要的一環。然而在此首須分辨，以身體爲題材並不即是以生理的缺陷爲嘲弄的主體。以敦煌寫本《啓顏錄．昏忘篇》所載爲例：

> 鄠縣有人將錢絹向市，市人覺其精神愚鈍，又見頦頤稍長，乃語云：「何因偷我驢鞍橋，將作下頷？」欲送官府。此人乃悉以錢絹求充驢鞍橋之直，空手還家。其妻問之，具以此報。妻語云：「何物鞍橋〔註 27〕堪作下頷？縱送官府，分疏自應得脫，何須浪與他錢絹？」乃報其妻云：「癡物！儻逢不解事官府，遣拆下頷檢看，我一箇下頷，豈只直若哥錢絹？」

這一篇作品主旨在嘲弄鄠縣人的愚癡，但經由他的蠢話，實際上更進一步嘲弄了官府的昏昧。雖然以形體的異常爲題，其意旨卻不在此處。此外，如前所舉的〈頌屁〉，以屁爲題材，目的卻在嘲笑人阿諛諂媚。至於以「生理缺陷」爲主題的作品則不然，這些作品別無所指，嘲弄的正是缺陷本身。

其次，分析生理缺陷所以成爲笑話主題的原因，姚一葦《美的範疇論》中認爲滑稽有三大類，其中之一稱爲滑稽形象。「所謂滑稽形象乃指一種被誇張或被扭曲的形象，足以使吾人產生滑稽感者。」〔註 28〕身體殘陋的人，由於形象的異常，加上舉動較爲笨拙、可笑，遂成爲嘲弄的對象。這類笑話即是以語文呈現一種丑角似的滑稽形象，以惹人發笑。

笑話中對生理缺陷的嘲弄可謂無所不至，略舉如下：近視、獨眼、赤眼、眼盲、卷耳、耳聾、口吃、嘴臭、露齒、無齒、大鼻、齇鼻、歪頭、驢臉、西字臉、麻臉、顴骨高、額廣如凸、鬍鬚多、去勢、陰陽人、大臀、放屁、跛足、腳臭、大腳、短小、駝背、貌似猿猴、黑瘦、肥胖等等。從頭到腳，由局部而全體，都是笑話嘲弄的對象。其中以嘲弄近視眼及大鬍子的作品最多，以《笑海叢珠》卷三〈身體門〉所載爲例：

> 昔有人眼不能遠視，見門上有小釘子，意謂是蠅，以手拂之，被釘子掛破手皮。大懊恨曰：「我道是蠅子，不知它卻是黃蜂兒！」

〔註 27〕按：鞍橋下原衍「之直空手還家，其妻問之，具以此報。妻語云：何物鞍橋」數語。

〔註 28〕見：姚一葦《美的範疇論》第五章〈論滑稽〉，第 228 頁。

昔有官員到任，見照壁破碎，天色寒冷，時復回顧。有一吏人會其意，候其入宅，即以紙糊之。官人復出，問吏人曰：「甚人教你糊？」吏人不悟，意謂問其鬍胡也。答曰：「天生自然！」官人怒其侮弄，命笞之。吏人大乎曰：「告本官，千屈萬屈，狗毛自出。」

以上兩則笑話以生理的缺陷或異相爲嘲弄的主體，其所造成的趣味較卑俗、粗鄙。例如以「千屈萬屈，狗毛自出」嘲人多鬍，完全是一種幸災樂禍的譏笑了。純然爲逗趣而作的笑話有遊戲的趣味，以嘲諷人性爲主的笑話，除了遊戲的快感外，還有一種批判的功能；至於以他人不可改變的生理缺陷爲嘲弄主題，無論就動機或目的而言，都呈現出人與人相互仇視的心態，是笑話中較原始、較粗鄙的形態，實不足識者一笑。

本節論述了貪財好利、貪吃好酒、貪於淫欲、虛誇與掩飾、奉承與好譽、撒謊行騙。儉吝、愚昧、昏忘、性緩與性急、懼內、失言、不學無術、孤陋寡聞、好佔便宜、嘲戲儇弄、及生理缺陷等古代笑話中最常見的主題。由這些主題可以看出，笑話所要嘲弄的正是人性的貪、嗔、愚癡。笑話中人愚昧、昏忘、孤陋不學、性情偏狹，貪戀於財色名位，斤斤於貧富貴賤，在名韁利鎖的牽引下，行事偏執，言語虛妄，人際間充滿虛僞矯詐。在笑話中，同情關愛，互信互助及求眞求善求美的優美情操，俱告闕如。《老子・第五十八章》說：「人之迷，其日固久。」《莊子・齊物論》則說：「人之生也，固若是芒乎！」笑話所展現的人性，正是人類與生俱來的迷惘與芒昧。是故法人唐尼美亞在〈幽默與機智的分別〉一文中認爲：「幽默根本是苦澀的。」〔註29〕「當我們笑過之後，如捫心自問，我們應否報之以笑，抑應報之以哭，實在是值得深思的一個問題。」〔註30〕

然而，笑話中所以只見人性的缺失，實是因應文體本身的需求而來。因爲高貴、天眞、和諧、壯麗、崇高、威嚴〔註31〕等優美的情操和高尚的品質，雖是令人激賞，卻不能惹人發笑。試想，猛將遇伏，裹創再戰；拯溺救焚，義無反顧；同生共死，休戚相關，或殉國，或殉道，或殉情，何其悲壯感人。但是，這些事蹟固然可歌可泣，又怎能列於笑話之林？

〔註29〕見：林語堂等撰、蔡貴美編譯《幽默與東西方文學》，第118頁。

〔註30〕見：姚一葦《美的範疇論》第五章〈論滑稽〉，第266頁。

〔註31〕詳見：王夢鷗《文藝美學・意境論》，第199頁、202頁。高貴、天眞、和諧屬於優美的範疇；壯麗、崇高、威嚴則屬於崇美的範疇。

再回顧本節所論述的主題，更可以發現，其實笑話雖不描述優美的情操，但也不涉及眞正的罪惡。貪焚、虛僞、昏昧固然都是人性的弱點，卻遠不如陰險、殘酷令人深惡痛絕。從笑話中，見到的人性乃是介於光明與黑暗的卑微面，這正是芸芸眾生共同的缺失。

第五章　古代笑話所反映的社會及民俗問題

汪志勇〈古代笑話研究〉一文中曾說：「俗文學和社會背景不可分，從文學是反映社會的角度來看，笑話更能表現其社會性。」因爲笑話以嘲弄人性爲主要課題，而其題材則是各種人事的現象，當然具有反映社會的功能。

然而，笑話本是口頭文學，其創作的年代，並不能完全由笑話書來論斷；更何況笑話書中輾轉抄襲，陳陳相因的作品甚多，笑話的時代實不易確定。因此，若要依據笑話詳細討論不同朝代的社會狀況，恐怕有其困難。職是之故，本章僅以通行於各代的家庭倫理、科舉制度，〔註 1〕及官僚政治爲綱領，進一步探討笑話所反映的社會問題。至於笑話中所反映的民俗問題，以民俗信仰爲主；是故，在下文中亦將論述笑話對民俗信仰的態度。

第一節　家庭倫理的問題

馮友蘭嘗云：「家族制度，就是中國的社會制度。」〔註 2〕梁漱溟《中國文化要義》進一步指出「中國是倫理本位底社會」，「中國人就家庭關係推廣發揮，以倫理組織社會。」〔註 3〕《孟子・滕文公上》有言：「父子有親，君

〔註 1〕本文取材的範圍，雖可上推漢末邯鄲淳《笑林》，然而自《笑林》之後，魏、晉、南北朝的笑話資料，數量並不多見。科舉制度起於隋唐、以迄於清末，與本書笑話取材的範疇大體吻合。

〔註 2〕轉引自朱岑樓〈從社會個人與文化的關係論中國人的恥感取向〉，李亦園、楊國樞編《中國人的性格》一書。

〔註 3〕見：梁漱溟《中國文化要義》第五章，第 81 頁。

臣有義，夫婦有別，長幼有序，朋友有信。」五倫之中父子、夫婦、兄弟三倫都屬於家族之內；至於君臣關係本為父子關係的推展，朋友關係則為兄弟關係的擴充。〔註4〕可見家庭倫理確是中國社會的根本，倫理道德更是維繫社會安定最重要的力量。笑話中對倫理道德的衰微，在嘲諷中寄寓著深刻的批判；此外不盡合乎情理的傳統倫理關係，也是笑話嘲弄的主題。以下將分父子、夫婦、翁媳與岳婿三方面來論述。

一、父子問題

（一）不孝與愚孝

「孝道」是中國最注重的倫理道德。上自天子，下至庶人，莫不以孝為天經地義之道。兩漢皇帝謚號都冠以「孝」字，表示「以孝治天下」的理想；《大學》云：「仁者，人也。親親為大。」以親親為仁，更可見孝被認為是一切道德的根本。不孝，則違反了社會道德規範，而成為世人恥笑的對象。笑話中既嘲弄不孝的子媳，但同時更對愚孝提出了質疑。試看以下的例證：

1、不孝

一翁曰：「我家有三媳婦，俱極孝順。大媳婦怕我口淡，見我進門就增鹽（嫌）了。次媳婦怕我寂寞，時常打竹筒鼓與我聽。第三媳婦更孝，聞說：『夜飯少吃口，活到九十九。』故晝飯就不與我吃。」（浮白主人《笑林》）

一不肖子常毆其父，父抱孫不離手，甚愛惜之。鄰人問曰：「令郎不孝，你卻甚愛令孫，何也？」答曰：「不為別的，我要抱他長大了，好替我出氣。」（《笑得好初集》）

這兩則笑話，讀來總覺沈甸甸的，在詼諧的語調中，蘊含的實是一股辛酸之意。唯其如此輕描淡寫，更顯出乃翁、乃父內心的傷痛。第二則作品中帶有「孝順還生孝順子，忤逆還生忤逆兒」的果報思想。《精選雅笑・劈柴》記載：

父子同劈柴，父執柯，誤傷子指。子罵：「老烏龜，汝瞎眼耶？」孫在傍見祖被罵，大不平，曰：「射娘賊，父親可是罵得的？」

可見，民間認為對不孝子最好的懲罰，即是「子不孝」；讓不孝之徒在「自作

〔註4〕參見：李樹青《蛻變中的中國社會》第十〈儒家思想的社會背景〉。李氏認為父子、夫婦、兄弟三倫，為儒家所倡導的倫常的基本。

自受」中懺悔自己的罪過。笑話中以不孝爲嘲弄主題的，並不多見。因爲孝道是人倫的根本，媳婦不順於舅姑，乃在七出之列；子女不孝於父母，更是神人所共棄，處理如此嚴肅的題材，較難保持笑話的本色。

2、愚孝

一人事奉繼母，欲要盡孝，問一學究曰：「古人事繼母的誰人最孝？」學究曰：「閔子騫最孝，他冬月穿著蘆花，把棉衣讓繼母之子。」此人遂穿蘆衣。又問還有何人最孝？學究曰：「王祥繼母冬月要喫鮮魚，他臥冰取魚。」此人說：「這個孝道難行！」學究問何故？答言：「王祥想是衣服還厚些。」

贊曰：「臥冰定須凍死，教誰行孝！打開冰亦可取魚，何必臥也。而《晉書》明載之，豈有差錯？又說王祥繼母要喫麻雀，就有數十黃雀飛入幕中，今之黃雀只在茂林密葉，並不到人屋上。當由古今不同，晉時之冰不寒，黃雀皆癡。」（《笑贊》）

按：王祥寒冰求鯉的故事見於干寶《搜神記》，〔註 5〕趙南星借這則故事探討行孝的問題。他以冷靜、理智的分析嘲諷《搜神記》虛誕的記載；「打開冰亦可取魚」，更是對學究式的愚孝最直接的詰難。孝順固然可嘉，然而愚昧則不足稱許，《笑贊》對傳統的孝子楷模提出懷疑，正是爲追求更合情合理的孝道。

（二）多子多累

《孟子・萬章上》說：「大孝終身慕父母」，然而父母又有父母，追本溯源，於是產生法祖敬宗的思想。祖宗血食不可斷絕，故云：「不孝有三，無後爲大。」是故人必娶妻生子，以承先啓後，繼往開來。〔註6〕又因爲傳統以農立國，人力爲農耕的要素，因此「多子多福」〔註7〕的觀念遂逐漸形成，而其中更有「養兒防老」的意義。笑話中一方面表現民間這種思想，但另一方面卻又形成「多子多累」甚至「養兒如還債」的說法。

〔註 5〕晉干寶《搜神記》十一有言：「（王祥）繼母常欲生魚，時天寒冰凍，祥解衣欲剖冰求之，冰忽自解，雙鯉躍出。」又記楚僚爲後母臥冰求魚之事。後人盛傳王祥臥冰求鯉，不知所據爲何？若據《搜神記》，則王祥可免爲趙南星所笑矣！

〔註 6〕參見：李亦園、楊國樞編《中國人的性格》，第 109 頁。

〔註 7〕參見：李樹青《蛻變中的中國社會》第十二〈中國的家族制度及其重建〉，第 131 頁。

1、多子多累

一貧家生子極多，艱于衣食。夫咎妻曰：「多男多累，誰叫你多男？」妻曰：「寡慾多子，誰教你寡慾？」（《笑倒》）

2、養兒如還債

一富翁呼欠債人到家，吩咐說：「你們如果赤貧無還，可對我罰誓，願來生如何償債，我就焚券不要。」欠少人曰：「我願來生變馬，與主人騎坐，以還宿債。」翁點頭，將借帖燒了。又中等欠户曰：「我願來生變牛，代主人出力，耕田耗地，以還宿債。」翁點頭，亦將借帖燒了。最後一債多人曰：「我願來生變你的父親還債。」翁大怒曰：「你欠我許多銀子，除不償還，反要討我便宜，是何道理？」正要打罵，其人曰：「聽我實告：我所欠債極多，不是變牛變馬，就可以還得完的。我所以情願來生變你的父親，勞苦一世，不顧身命，積成偌大的田房家業，自己不肯享用，盡數留與你快活受用，豈不可以還你的宿債嗎？」（《笑得好初集》）

由多男多累一語，已可見養兒育女的艱辛，殊不見「多子」之福。人丁旺盛若無可耕之田，雖多，亦奚以爲？「願變父親」最能道盡父母爲子女勞苦奔波，作牛作馬，鞠躬盡瘁，死而後已的情狀。在滑稽之中，實有沈痛的感歎。《紅樓夢》第一回〈好了歌〉言：「世人都曉神仙好，只有兒孫忘不了。癡心父母古來多，孝順子孫誰見了。」正是笑話中父子關係的寫照。

二、夫妻問題

五倫之中，父子只佔其一，夫婦是父子之外最重要的人倫。《孟子》謂「男女居室，人之大倫也。」〔註 8〕《中庸》第十三章則言：「君子之道，造端乎夫婦。」《易・序卦》云：「有陰陽然後有男女，有男女然後有夫婦，有夫婦然後有父子，有父子然後有君臣，有君臣然後有上下，有上下然後禮義有所錯。」可見，夫婦不但是家族延續的關鍵，更是一切人倫的本源。

傳統中所講究的不是「夫婦有愛」而是「夫婦有別」。《儀禮・喪服》卷三十認爲：「婦人有三從之義，無專用之道。故未嫁從父，既嫁從夫，夫死從子；故父者子之天也，夫者妻之天也。」《周禮》卷七：「九嬪掌婦學之灋，以教九

〔註 8〕見：《孟子・萬章上》第二章。

御，婦德、婦容、婦言、婦功。」鄭注：「婦德謂貞順，婦言謂辭令，婦容謂婉娩，婦功謂絲枲。」所謂貞順、婉娩，所謂「三從之義」，都可見男尊女卑的觀念。「順從」更是妻子單方應有的道德。李樹青《蛻變中的中國社會》第十二章以社會學的觀點闡述道：由於男子是農業生產的主力「所以在家庭組織的形式上就成爲父權的家庭；而社會上的重男輕女，殆係必然的結果。」

在「夫爲妻綱」的傳統思想下，妻子對丈夫必須唯命是從。男子尋花問柳，甚至於納妾，乃是人之常情；然而妻子卻必須恪守片面的貞操，在丈夫生前，固然要端潔自許；夫死之後，還要守寡終老。笑話之中，大體上仍以傳統的角度嘲弄夫妻倫常的乖違，但也有少數的作品，可視爲對傳統倫理思想的批判。

（一）妻為夫綱——夫妻角色易位〔註9〕

昔一知縣專畏奶奶。一日坐堂，忽聞公廨喧嚷，令皀隸去看，皀隸回報：「乃是兵房吏夫妻廝打。」知縣咬牙大怒曰：「若是我，若是我……」不覺奶奶在後堂聽得，高聲喝曰：「若是便如何？」知縣驚答曰：「是我時，便即下跪，看他如何下得手。」（《新刻華筵趣樂談笑酒令》卷之四〈談笑門〉）

（二）紅杏出牆〔註10〕

一婦人與人私通，正在房內，丈夫從外來，婦人將其人裝入布袋內，立於門後。丈夫問道：「布袋內是甚東西？」婦人著忙，不能對。其人曰：「米。」（《笑贊》）

按：《艾子後語・米言》、《笑府・米》與此則雷同。

（三）魚水失歡

《易・繫辭傳下》云：「天地絪緼，萬物化醇；男女構精，萬物化生。」男女間之「性愛」，原是婚姻的基礎。儒家雖強調其傳宗接代的目的，但閨房之樂，卻是凡夫俗婦共同的渴求。笑話中夫妻間的冷嘲熱諷以及荒唐趣事，常導源於此。例如：

一人命妻做鞋而小，怒曰：「你當小不小，偏小在鞋子上面。」妻亦怒曰：「你當大不大，偏在這雙腳上。」（《笑林廣記・形體部》）

〔註 9〕參見：本書第四章第二節之十一「懼內」。
〔註10〕參見：本書第四章第二節之三「貪於淫欲」。

一老人取幼婦，雲雨間對婦曰：「愿你養一個兒子。」婦曰：「兒子倒養不出，只好養個團魚。」夫駭問其故，答曰：「像你這樣癟東西，如何養的不是團魚？」(《笑林廣記・形體部》)

新郎愚蠢，連朝不動，新人只得與他親門一嘴。其夫大怒，往訴岳母。母曰：「不要惱！他或者不道是你囉！」(《笑林廣記・殊稟部》)

鍾敬文《民間文學叢考・呆女婿故事探討》一文曾綜合呆女婿故事的內容，分爲下列三種：(一)、拙於禮數的應對。(二)、對於性行爲的外行。(三)、其他種種愚蠢的行動。在此舉的〈不道是你〉，正是第二類型的呆女婿。鍾氏說：「民間的思想是很壯健的，所以對於性的故事的傳說，很少忸怩的意態。」這段話可以作爲以上三個笑話存在的注腳。這些作品反映出夫婦性生活不諧的問題。

（四）蓄妾風波

蓄妾在傳統的倫理觀念中，似乎是名正而言順的。由於「無後」是不孝之尤；因此，「無子」成爲「納妾」最冠冕堂皇的理由。「這種觀念深入人們的腦中，有些做妻子的，因爲子嗣的關係，也寧可捨棄夫婦之愛，爲丈夫納妾，以保存宗嗣。」〔註 11〕然而，事實上納妾大多數是權貴富豪合法的縱慾手段。由蓄妾風氣的盛行，可見古代婦女地位的卑微。笑話中的婦女對社會的不平大膽地提出了他們的抗辯。

楊郎中妻趙氏，性嫉妒，嬖妾無敢近者。一日，楊郎中只管把《毛詩・周南》數篇反覆讀之，云：「樛木，后妃逮下也，言能逮下而無嫉妒之心焉。」又云：「不妬忌，則子孫眾多也。」又云：「不妬忌，則男女以正。」其妻趙氏問其甚書？答曰：「《毛詩》。」問：「甚人做？」答曰：「周公做。」其妻云：「怪得是周公做，若是周婆做時，斷不如此說也。」(《醉翁談錄》卷之二〈嘲戲綺語〉)

昔有富人，家事叢。夫謂妻曰：「我討一個小妻，與你代勞。」妻相允，揀個吉日成親。其妻告諸親曰：「丈夫今日討個小妻，奴奴只好討個小夫也。」(《笑苑千金・人品門》)

這兩則笑話，第一則原題〈婦人嫉妒〉；第二則原題〈問夫買妾〉下有小字注

〔註 11〕見：蔡獻榮〈中國多妻制度的起源〉，鮑家麟編著《中國婦女史論集》第五篇，第 99-100 頁。

云：「刺婦人下交」；由題注來看，笑話的編纂者似乎仍以傳統的觀念來嘲弄婦女無德。但是就作品本身而言，諷刺的主要對象，乃是蓄妾的丈夫。本書第三章論「引用」的寫作手法時，曾舉《笑倒・兩夫》爲例，該篇機杼與〈問夫買妾〉略同。若是丈夫可以納妾，妻子爲何不可蓄夫？這是古代女權運動者最有力的宣言，也是對傳統婚姻關係的檢討。清人李汝珍《鏡花緣》第五十一回借大盜夫人之口說：「假如我要討個男妾，日日把你冷淡，你可歡喜？……總而言之，你不討妾而已，若要討妾，必須替我先討男妾！」其立論與宋人《笑苑千金》完全相同。總之，以男性爲中心的社會要求女子順從、寬容、不嫉妒，全然不顧及婦女的尊嚴與情感，「怪不得古人要請『周婆制禮』來補救『周公制禮』的不平等了。」〔註 12〕

（五）守寡之艱辛

曹大家提倡夫死守節之說云：「夫有再娶之義，婦無二適之文。」《程伊川語錄》上記載：「又問或有孤孀貧窮無託者，可再嫁否？曰：只是後世怕寒餓死，故有是說。然餓死事小，失節事大。」以再嫁爲失節，伊川可謂始作俑者。自宋而後，明清兩代守節的風氣尤熾，據《古今圖書集成・閨節列傳》所載，明代節婦多達二萬七千餘人，清初則有九千餘人。〔註 13〕可見「守節觀念已深入人心，成爲婦女必須遵行的道德規範了。在此姑不論再嫁與守寡之是非，單舉笑話中對守節的描述。《笑府・咬牙》：

> 有姑媳俱孀居。姑常謂媳曰：「做孤孀須是咬緊了牙關過日子。」未幾，姑與人私，媳以前言責之，姑張口示媳云：「你看，也得我有牙齒方好咬。」

所謂「咬緊牙關過日」，其中包含了無數意涵。生活的艱辛固不待言，晨風夜雨，冷壁孤燈，情感的無依，身心的煎熬，在在都可見守寡之艱難。范仲淹嘗嫁寡媳（純佑妻）給他的門生王陶作續弦，這種體恤寡婦通情達理的作風，

〔註 12〕見：《胡適文存》第一集卷四〈貞操問題〉。胡適「周婆制禮」之說，不知何所本。《青瑣高議》載：「曹圭妻朱氏剛狠，或勸其子誦〈關雎〉之篇以規諷之。母曰：《毛詩》何人作也？子云：周公所爲。朱曰：使周婆，必不作是詩也。」不知「周婆制禮」之說是否即由此衍生。

〔註 13〕此處所引的統計資料，係採自董家遵〈歷代節婦烈女的統計〉一文。文中有言：「節婦犧牲幸福或毀壞身體以維持她的貞操。而烈女則是犧牲生命或遭殺戮以保她底貞潔。前者是守志，後者是殉身。她們都受封建道德的束縛而犧牲。」該文收錄於鮑家麟編著《中國婦女史論集》。

較諸程子的嚴苛實不可同日而語。笑話中婆婆以言語自嘲，但何嘗不是對無情的禮教提出了沈痛的控訴！

三、公媳、岳婿問題

在原始的社會裏，由於世系與居住的關係，很多部族都盛行「岳婿翁媳禁忌」。亦即女婿與岳父母相避，或完全隔絕；媳婦對於夫家的人亦是如此。例如澳洲土人岳母與女婿互相避忌，岳母甚至不敢聞女婿的名，兩方若偶然發生接觸，會導致女兒和女婿離婚，或者女婿被逐，甚至被處死。〔註14〕

然而，中國既以倫理爲本位，媳婦事奉舅姑，乃是禮之當然；至於女婿向來稱作半子，四季八節，婚喪壽忌，對岳父母的禮數都不容疏忽。所謂翁媳、岳婿禁忌並不存在，但是也正因爲接觸頻繁，授受之際遂不免有曖昧的情事。分別舉證如下：

（一）翁媳

昔一富翁有三子三媳婦。三子出去經商未回，富翁尋思：年老，有小可首飾，均分與三房媳婦。外有釧一副，金釵一對，要媳婦各人做首詩，好者賞他。長媳婦近前請題目。翁云：「出題目，要尖連眠作韻脚。從長做起。」詩云：「春笋出時纖纖尖，笋殼落時到垂連，風吹竹葉微微動，馬鞭卻在泥裏眠。」次媳詩云：「蓮蕊出時纖纖尖，荷花謝時到垂連，風吹荷葉微微動，藕根卻在泥裏眠。」三媳婦詩云：「奴家十指嫩纖尖，胸前妳子到垂連，公公肚上微微動，我在公公肚下眠。」富翁拍手道：「妙哉！」將釵釧賞他。聞者捧腹。（《笑苑千金》卷二）

一翁偷媳，媳不從而訴於姑。姑曰：「這個老烏龜，像了他的爺老子，都有這個毛病。」（《笑林廣記・閨風部》）

一翁扒灰，事畢，揖其媳曰：「多謝娘子美意。」媳曰：「爺爺休得如此客氣，自己家裡那裏謝得許多？」（同上）

以上三則笑話，或寫翁媳調笑無間，或寫亂倫之醜事。《笑苑千金》卷一〈和尚頭光〉篇中有言：「老來贏得幾個媳婦，暖腳共房。」由這句俗諺，可見翁媳曖昧的情事，並非少見。李坤《呻吟語・倫理篇》說：「子婦奉舅姑，禮也。

〔註14〕詳見：林惠祥《文化人類學》第四編第五章〈岳婿翁媳禁忌〉，第219頁。

本不遠別，而世俗最嚴翁媳之禮，影響間，即疾趨而藏匿之。」「最嚴翁媳之禮」一語，實已說明翁媳間所隱伏的問題及其泛濫的程度。

（二）岳母與女婿

一丈人晝寢，以被蒙頭，婿過床前，忽以手伸入被中，潛解其褲。丈人大驚，及揭被視之，乃其婿也，訶責不已。丈母來勸曰：「你莫怪他，他不曾看得分明，只說是我。」（《笑林廣記・殊稟部》）

女婿見丈人拜揖，遂將屁股一控。丈人大怒，婿云：「我只道是丈母囉。」隔了一夜，丈人將婿責之曰：「畜生！我昨晚整整思量了一夜，就是丈母你也不該。」（同上）

這兩則荒唐的笑話，洩漏了岳母與女婿間不當的性關係。佛累則曾推究「翁媳、岳婿禁忌」的起因，認為乃是「防止性交誘惑的慎慮。」佛洛伊德則認為岳母與女婿的禁忌，源於愛與憎的衝突。岳母既愛戀女婿，又恨他奪走女兒，愛憎衝突的結果遂產生禁忌，以阻止亂倫的衝動。〔註 15〕然則，原始人的禁忌與中國嚴防翁媳的禮教，其立義原是相同的。

日本學者稻葉君山曾說：「保護中國民族的唯一障壁，是其家庭制度。這制度支持力之堅固，恐怕萬里長城也比不上。」〔註 16〕然而中國家庭制度之歷久不衰，實有賴於倫理道德的維繫；而其中又以父子，夫婦二倫最為重要。「父為子綱，夫為妻綱。」是家庭倫理的支柱，也是鞏固人倫社會的根本。但是在笑話中常可見到，子媳不敬養父母，毆辱父母，孝道陵夷的現象。此外，牝雞司晨，紅杏出牆，反映了妻子順從之德式微。至於翁媳、岳母女婿的曖昧，更可見倫常大壞。笑話嘲弄了父子、夫婦的不諧，翁媳、岳母女婿的亂倫，實可視為社會對倫理道德的維護；是故，違反倫常者，遂成為笑話的對象。

但是笑話中還提出許多傳統家庭倫理觀念所造成的問題，例如：臥冰取鯉的愚孝思想，蓄妾養妓的不平制度，守寡終老的違反人性等。在這些作品中，作者以冷靜而又詼諧的筆調，批判世俗對愚孝的讚揚，以及對孝道的曲解；然而更重要的是表達了婦女追求平等及合理生活的願望。笑話原是人性的一個宣洩口，在滑稽詼諧的形式裏，實蘊含著人羣社會無數的隱憂和渴求。

〔註 15〕同註 14。

〔註 16〕轉引自梁漱溟《中國文化要義》第二章〈從中國人的家庭說起〉，第 36 頁。

第二節　文化理想的式微

士人在先秦，尤其是儒家思想中，原負有崇高的文化使命。《論語・里仁》認爲：「士志於道，而恥惡衣惡食者未足與議也。」〈泰伯〉則說：「士不可不弘毅，任重而道遠。仁以爲己任，不亦重乎？死而後已，不亦遠乎？」所謂「志於道」、「以仁爲己任」，正可見士人追求眞理，博愛大眾，以天下爲己任的理想。然而時代更迭，自隋唐科舉制度興起，以迄於有清一代，士子「日趨於卑賤，日安於卑賤；士人與政治的關係，簡化爲一單純的利祿之門，讀書的事情，簡化爲一單純的利祿工具。」〔註 17〕科場中人，熱中功名，利慾薰心；不學無品者有之，穿鑿迂腐者有之，科場失意的文士，窮途潦倒，以求得溫飽爲要務。總之，未入仕途的士子群相，經由笑話的描摹刻鏤，魑魅魍魎俱無所遁形。

一、科場中人之熱中功名

科舉既爲士子求取功名富貴的唯一途徑，科場中人埋首寒窗，以求一舉成名，原是理之當然。然而眞能平步青雲，身躍龍門者，究屬少數，因此蹭蹬學門，白首猶爲童生者所在多有；至於奸僞之徒鑽營、舞弊，更層出不窮。又因爲對功名之熱中執著，臨考之際，一心盼望高中，遂形成「落」字的忌諱，凡此種種可怪的現象，可由以下的例證來說明：

（一）奔走鑽營

余同年朱進士，號恕銘者，出宰金谿，適督學按部，將發考案，召郡邑官長入見。及門，有兩儒生持二卷，強納朱公袖中，公卒然納之，及塡案已畢，督學問朱曰：「可有佳卷見遺者乎？幸教之。」朱無以應，遂出袖中二卷，皆得補弟子員。朱出，笑謂人曰：「看如許事，莫道鑽刺都無用。」（《雪濤諧史》）

鼠與蜂結爲兄弟，請一秀才主盟。秀才不得已而往，列之行三。人問曰：「公何以屈于鼠輩之下？」秀才答曰：「他兩個一個會鑽，一個會刺，我只得讓他些罷！」

原按：不會鑽刺的，才是個眞秀才。（《笑得好初集》）

〔註 17〕見：徐復觀〈中國知識份子的歷史性格及其歷史的命運〉，徐復觀等著《知識份子與中國》，第 211 頁。

（二）行賄舞弊

富家生員賄買師長，得列德行受賞。有鄉紳謂之曰：「是人說顏子窮，他有負郭田三十頃，如何得窮，只是後來窮了。」其人不省請教。曰：「也只爲賣這田買了德行。」（《笑贊》）

有以銀錢夤緣入泮者，拜謁孔廟，孔子下席答之。士曰：「今日是夫子，弟子禮應受。」孔子曰：「豈敢，你是我孔方兄的弟子，斷不受拜。」（《笑林廣記・腐流部》）

（三）蹭蹬學門

縣官考童生，傍晚，忽聞廳角喧鬧，問之，門子稟云：「童生拿差了拄拐，在那裏認。」（浮白主人《笑林》）

童生拔鬚赴考，對鏡曰：「你一日不放我進去，我一日不放你出來。」（《笑倒》）

（四）避「落」字諱

昔一士人，帶僕挑行李上京赴試，忽被風吹落頭巾，僕曰：「帽落地。」士人囑曰：「今說落物，莫說落地，只說及地（第）。」僕如其言，將行李拴牢于擔上。士曰：「仔細收拾。」僕曰：「如今就是走上天去，也不會及地（第）了。」（《時尚笑談》）

奔走鑽營，行賄舞弊，在科場中原是司空見慣；夾帶、傳義、換卷、易號、冒名頂替等情事，與考試制度更是糾結不清。於是主試者竭力於防弊，而不在於求才，上下交相賊的結果，士子非但失去應有的文化使命，等而下之者更不顧廉恥日趨下流，推究其根源全在「功名富貴」四字。由應試避「落」字，已可見士子患得患失的心態；「富貴於我如浮雲」畢竟只是古聖先賢的高風亮節。至於童生白首猶蹭蹬於學門，更是令人心驚的社會現象。《儒林外史》中，描述周進六十餘歲，應考數十年，仍爲童生；又如范進，應考二十餘年，皆名落孫山，丈人胡屠戶稱他爲「現世寶」、「窮鬼」；這種老童生、老秀才，在科舉時代，不知凡幾。拔鬚赴考、拄杖入試，本不是笑話。由此可見，一入學門，求仕遂成爲知識分子唯一的職志，士子既不願亦難以轉業，是故縱使髮蒼蒼，齒牙動搖，仍奮戰於考場，冀求一旦成功，而踏入仕宦之途。笑話中深刻地描繪了科場中這種熱中功名，利慾薰心的情態。

二、青衿文士之不學無品

科舉時代平民的階級分爲「士、農、工、商」四類，在「萬般皆下品，唯有讀書高」的世俗觀念之下，「士」最爲社會所重視。〔註18〕踏入士途，既有邁向官場的可能，於是進入學門之士多矯揉做作，妄自尊大。至於寒窗苦讀，白首窮經，其中之孤寂艱辛，本非人人所能承受，於是青衿之士，或徒具學名，而不通文墨，或聞考而心驚，其醜態不一而足。試舉例如後：

（一）胸無點墨

一秀才將試，日夜憂鬱不已。妻乃慰之曰：「看你作文如此之難，好似奴生產一般。」夫曰：「還是你們生子容易。」妻曰：「怎見得？」夫曰：「你是有在肚裏的，我是沒在肚裏的。」（《笑府》）

（二）文理不通

孔子絕粮於陳，命顏回往回回國借粮，以其名與國號相同，冀有情熟。比往，通訖，大怒曰：「汝孔子要攘夷狄，怪俺回回，連你也罵著，說回之爲人也擇（賊）乎！粮斷不與。」顏子快快而歸。子貢請往，自稱平昔奉承，常曰：「賜也何敢望回回。」羣回大喜，以白粮一擔先令携去，許以陸續運付。子貢歸，述諸孔子，孔子攢眉曰：「粮便騙了一擔，只是文理不通。」（《苦茶庵笑府選》）

知堂案，《笑林廣記》此則題作「借糧」，但實係嘲廩生者，《一夕話》不誤。

（三）聞考心驚

常郡有千户王姓者，述一謔語，調笑青衿曰：「某人父子，皆補生員，及臨歲考，逡巡不敢赴試。子乃謀諸父曰：『盍作死乎！死則子應居艱，皆得免考。』父然之。比召道士寫靈牌，寫云：『明故先考。』父乃憯然曰：『若先考，則某何敢死？』」（《雪濤諧史》）

（四）矯揉做作

一廩生亦自標講學，遇分膳銀，其爲首者稍多取，生謂同儕曰：「彼多取，爾好說他。」同儕曰：「公何不自說？」答曰：「我是講學人。」

〔註18〕詳見：文崇一〈從價值取向談中國國民性〉，李亦園、楊國樞編《中國人的性格》，第58頁。

（《雪濤諧史》）

（五）妄自尊大

監生至城廟，傍有監生案，塑監生娘娘像。歸謂妻曰：「原來我們監生恁尊貴，連你的像，早已都塑在城隍廟裏了。」（《笑林廣記．腐流部》）

身爲學子而胸無點墨，廩生徒吃糧而不通文理，以詐死逃避考試，俱可見黌門之中多不學之人。至於自標講學，矯揉做作的假道學，更令人深覺可恥。此外更有自以爲是，妄自尊大之徒，以爲一入學門身價百倍，於是目無餘子。《儒林外史．第二回》記載：周進六十餘歲，仍爲童生，當他赴薛家集教館，進入堂屋，秀才梅玖「方纔慢慢的立起來和他相見」。周進再三謙讓，不肯受禮，梅玖回頭與眾人說道：「你眾位是不知道我們學校規矩，老友是從來不同小友序齒的。只是今日不同，還是周長兄請上。」席間梅玖更借機冷嘲熱諷，極盡挖苦之能事：

他便念道：「歎，秀才，喫長齋，鬍鬚滿腮，經書不揭開，紙筆自己安排，明年不請我自來。」念罷，說道：「像我這周長兄如此大才，歎是不歎的了。」又掩口道：「秀才，指日就是。那喫長齋，鬍鬚滿腮，竟被他說一個著。」

秀才不過比童生略高一級，梅玖便如此驕衿，絲毫不把周進看在眼內，同是學門中人尚且如此，遑論其他。笑話中監生說：「原來我們監生恁尊貴。」正可見學子之妄自尊大，而這正是學門中人耳濡目染的習氣。描寫青衿不學無品的作品，道破科場內外多少荒唐，愚昧的現狀。

三、秀才道學之酸臭迂腐

儒林中人其才學、見識以及道德操守，高下相去甚遠，因此荀子稱美「大儒」之氣度恢宏，識見卓特，對於「俗儒、陋儒、賤儒」則頗有微詞。後世追逐功名利祿者，由於考試內容狹隘，形式呆滯，思想遂僵化迂愚，見識也流於淺陋。宋濂對科舉的弊端早有評述，他說：「自貢舉法行，學者知以摘經擬題爲志。其所最切者，惟四子一經之箋，是鑽是窺；餘則漫不加省。與之交談，兩目瞪然視，舌木強不能對。」〔註 19〕此種現象，至八股取士之後，

〔註 19〕見：宋濂《鑾坡集》卷七〈禮部侍郎曾公神道碑銘〉。

尤爲嚴重。舉業中人輾轉抄襲成文，其文章酸臭之氣逼人，言行則迂腐不堪；於是酸秀才、腐流之名，不脛而走。對此笑話中有極精彩的描摹：

（一）行文酸腐

昔一秀才，清明、端陽二節，俱不曾送學官節儀，直至七夕，送之太甚。學官云：「你前二節如何不送，此一節送之若是之盛？」秀才云：「此一節乃揔結上文兩節之意。」（新刻《華筵趣樂談笑酒令》卷之四〈談笑門〉）

一瞎子雙目不明，善能聞香識氣。有一秀才拿一《西廂》本與他聞，曰：「《西廂記》。」「何以知之？」答曰：「有些脂粉氣。」又拿《三國志》與他聞，曰：「《三國志》。」又問：「何以知之？」答曰：「刀兵氣」。秀才以爲奇異，卻將自作的字樣文章與他聞，瞎子曰：「此是你的佳作。」問：「你怎知？」答曰：「有些屁氣。」（《笑林廣記・腐流部》）

（二）言行迂愚

一儒者譚萬物一體。忽有腐儒進曰：「設遇猛虎，此時何以一體？」又一腐儒解之曰：「有道之人，尚且降龍伏虎，即遇猛虎，必能騎在虎背，決不爲虎所食。」周海門笑語之曰：「騎在虎背，還是兩體，定是食下虎肚，方是一體。」聞者大笑。（《古今譚概・迂腐部》）

一秀才買柴，曰：「荷薪者過來。」賣柴者因過來二字明白，擔到面前。問曰：「其價幾何？」因價字明白，說了價錢。秀才曰：「外實而內虛，烟多而焰少，請損之。」賣柴者不知說甚，荷的去了。（《笑贊》）

由上可見，腐儒講學多牽強附會，拘泥於章句，而昧於大義，其行事固守小節而不知大體，實不足深怪。至於笑話中的秀才，筆鋒常帶「屁氣」，所謂「本節總結上文兩節之意」云云，都可見八股之毒害。秀才買柴，咬文嚼字，以致於不能成交，實是一絕大諷刺。讀書之意義，本在明理達用，若泥古而不化，則非但自誤，且將誤人。無怪乎馮夢龍《古今譚概・迂腐部》概歎：「天下事被豪爽人決裂者尚少，被迂腐人擔誤者最多。何也？豪爽人縱有疏略，譬諸鉛刀雖鈍，尚賴一割，迂腐則塵飯土羹而已。而彼且以爲有學有守，有識有體，背之者爲邪，斥之者爲謗，養成一個怯病，天下以至于不可復，而猶不悟。哀哉！」

四、失意文人之窮途潦倒

《華筵趣樂談笑酒令》卷之四〈談笑門〉記載：

> 昔一鄉師告考，試官以明月爲題，師即吟詩一絕：「團團離海角，漸漸出雲衢；此夜一輪滿，清光滿處無。」官曰：「意思卻好，乃是無運。」師答曰：「只因無運，方才教館；若有運時，去做官了。」

這一則笑話，最能說明科舉時代讀書人「達則爲官，窮則課館」的命運。宋定式〈傳統社會與知識分子〉一文中說：「傳統的讀書人多半以學而優則仕爲立身準則，平時不務生產，沒有獨立謀生能力，如果不出身世家望族，而又謀不到一官半職，就只有靠廩給或課館爲主，這生涯是很清苦的。」〔註 20〕因爲館師的待遇通常極爲菲薄，失意文士既流落爲蒙師，實即注定一生窮途潦倒。雖然如此，課館畢竟可聊以維生，因此尋館、覓館是落魄文人的要務。《笑林廣記・腐流部・問館》云：

> 乞兒製一新竹筒，眾丐沽酒稱賀，每飲畢，輒呼「慶新管、酒乾。」一師正在覓館，偶經過聞之，誤聽以爲慶新館也。急向前揖之曰：「列位既有了新館，把這舊館讓與學生罷！」

由此可知，覓一個安身之處，原是考場失意士人最迫切的需要。失館閒蕩，毋寧是更致命的打擊。因此無館者覓館；有館者，爲了生計，甚至不惜以卑下的手段來保住館職。再以〈腐流部・師贊徒〉爲例：

> 館師欲爲固館計，每贊學生聰明，東家不信，命當面對課。師曰：「蟹。」學生對曰：「傘。」師贊之不已。東翁不解，師曰：「我有隱意。蟹乃橫行之物，令郎對傘，有獨立之意，豈不絕妙？」東翁又命對兩字課。師曰：「割稻。」學生對曰：「行房。」師亦贊不已。東家大怒，師曰：「此對也有隱意。我出割稻者，乃積穀防飢也。他對行房者，乃養兒待老也。」

館師巧妙曲折的說解，無非是爲了表示教學成功，以保住自己的職位。在此，可見落拓的士人如何爲五斗米而折腰，如何因棧戀卑微的職務而犧牲人格尊嚴；但是，我們亦不忍苛責，求生原是凡人最強烈的本能啊！

教館既然以求得溫飽爲主要目的，然而苛刻儉吝，供饍微薄卻是東家共同的寫照。於是笑話描寫了先生爲飲食與東家鬥法的情形。以《三山笑史・

〔註 20〕見：徐復觀等著《知識份子與中國》，第 101 頁。

賓主互對》爲例：

> 有村館延師者，每七夕例設款，師亦知之。適遇七夕，師探厨中并未庀具，因呼其徒出對云：「客舍凄涼，恰是今宵七夕。」徒不能對，以告其父。主人知其意，笑曰：「我忘之矣。」因代對云：「寒齋寂寞，可移下月中秋。」迨中秋又寂然，師復命對云：「綠竹本無心，遇節即時挨不過。」其父笑曰：「我又忘耳。」因對云：「黃花如有約，重陽以後待何遲？」至重陽，仍寂然。師復出對云：「漢三杰、張良、韓信、狄仁杰。」其父笑曰：「師誤矣！三杰是漢人，狄仁杰是唐人，師忘之乎？」師曰：「我實不忘。汝父前唐後漢，記得許熟，乃一飯而忘之乎？」（《巧對錄》卷八引）

此外，蒙師念錯別字，讀破句，不學無術胡亂解書的笑話頗多，其中更有因爲念錯別字而折盡學錢的。例如《笑府·別字》：

> 有主人以米數石延蒙師，與之約，讀一別字罰米一升。至散館，計一年所讀，退卻僅存米二升。主人取置案上，師大失望，嘆曰：「是何言興（與），是何言興（與）！」主人顧童子曰：「連這二升一併拿進去。」

這一則笑話，宋人《笑海叢珠·三教門》已曾記載，該篇原文又有「曾子待」、「鄉大夫」的情節，然行文較缺乏笑話的趣味，故不錄。

由上可見，科場失利的文士，既無望於仕途，不得已靠訓蒙來維持生計，但是終年所得無多，實不足以養家活口。《笑林廣記·腐流部·叔叔》更反映出離家課館所造成的家庭問題：

> 師向主人贊揚其子沈潛聰慧，識字通透，堪爲令郎伴讀。主曰：「甚好。」師歸謂其子曰：「明朝帶你就學。我已在東家翁前誇獎，只是你秉性痴呆，一字不識。」因寫「被、飯、父」三字，令其熟記以便問對。及到館後，主人連問數字，無一知者。師曰：「小兒怕生，待我寫來，自然會識。」隨寫被字問之，子竟茫然。師曰：「你床上蓋的是什麼？」答曰：「草荐。」師又寫飯字與他認，亦不答。曰：「你家中吃的是什麼？」曰：「麥粞。」又寫父字與識，子曰：「不知。」師忿曰：「你娘在家同何人睡的？」答曰：「叔叔。」

失意文士窮途潦倒，仰既不足以事父母，俯亦不足以蓄妻子，非但三餐難以爲繼，妻子且將不保。由笑話的描繪，可以見到無數蒙師學究委屈求全，過著寄生生涯。爲了溫飽，讀書人的體面唯有暫且擱置。「寒士」、「貧士」、「窮書生」、「窮秀才」是他們一生一世都難以擺脫的謔稱了。

由隋唐到清末，士人的命運大體繫於科場的成敗，科舉爲平民打開上進之途，卻也帶來無窮的弊端。張亮采《中國風俗史》第三編第二章認爲：「唐代之風俗可以科舉代表之，天下人心所注射，不離于科舉也。唐代之科舉，又可以文詞代表之，無所謂實學也。然其卒也，至無忠臣義士，效可睹矣！」唐代以詩文取士，明清則八股興起，呂坤《呻吟語》卷之六〈詞章〉曾引述八股名家之語云：「文到人不省得處纔中，到自家不省得處纔高中。」又云：「文章關甚麼人心世道。」由這三段話可見，科舉制度下，取士的標準在於文詞，其內容狹隘，造成士人不務實學，不明經義的現象。人格操守，更非考試所能得見；因此，科舉盛行，而後忠義之風式微，民心之淳厚不可再得。至於舉業文字之荒謬不通，更不待言。凡此種種都可由笑話中奔走鑽營，行賄舞弊、矯揉做作、妄自尊大、不通文墨而又迂腐酸臭的士子行徑得到印證。

此外，由笑話中可見士人唯求高中，犧牲一切在所不惜。矯詐之徒，鑽營舞弊；無所不用其極。蹭蹬於學門的老童生，則以畢生精力投注於科場之中。失意的文士落魄潦倒，以致於衣食無著。在此，我們更見到世俗矛盾複雜的心理：既欽羨士子有飛黃騰達的機會，又鄙薄其貧窮酸腐。士人本身更是自尊與自卑糾結不清；是故，行事每每驕矜自大，諸多做作之態，一旦無望於仕途，則又卑屈事人，以謀得溫飽。透過科舉制度，更能了解笑話中士子的作爲，而由笑話中的描述，科舉制度所造成的種種醜態弊害，更一一呈現。士人憂功名、憂貧賤，而失去儒者理想，實關乎文化的存亡絕續，笑話中深切地指出這一危機。

第三節　官僚政治的弊端

儒家對於政治，一向主張人治。孔子認爲：「政者，正也。子帥以正，孰敢不正。」〔註21〕孟子則說：「徒善不足以爲政，徒法不能以自行。」〔註22〕他們認爲政治的良窳，在於得人，「人存政舉，人亡政息。」基於這種觀點，

〔註21〕見：《論語・顏淵》第十七章。
〔註22〕見：《孟子・離婁上》第一章。

於是「選賢舉能」成爲任命官吏的要務，唯有「賢者在位，能者在職。」〔註23〕才能使政治清平，百姓和樂。《詩經・小雅・南山有臺》:「樂只君子，民之父母。」形容君子之愛民如子，可說是人治的理想境界。

然而後世以科舉取士，士子視讀書爲干祿的工具，雖踏入仕途，鮮有「兼善天下」的抱負。他們所要滿足的是「書中自有黃金屋，書中自有顏如玉」的美夢。因此，貪贓枉法，無所不爲。十年寒窗之後，既身居要津，乃求有所補償，於是作威作福，魚肉鄉里。至於其行事，或敷衍塞責，或顢頇昏瞶，進不足以爲民興利除害，退不足以爲民排難解紛。這種種官僚作風，都是笑話最常諷刺的對象。

一、貪贓枉法

官吏爲統治階級的主幹，不但享有許多合法的特權，〔註24〕而且更握有實際的職權。百姓與官府交涉時，爲了達到目的，往往利用官吏貪婪的欲望，以金錢打通關節；風氣一開，貪污索賄遂成爲官場的慣例。雖然朝廷任官首重廉節；然而，廉者固然不乏其人，貪贓枉法卻始終未能絕跡。中國民間文學作品中，無論是宋元雜劇、話本、明清傳奇、小說，都描繪了許多貪官形象。笑話中所呈現的官吏典型，亦以貪污爲主。〔註25〕民間對官場中人的印象幾乎可以用無官不貪四字來概括。試看《廣笑府・官箴・新官赴任問例》:

> 新官赴任，問吏胥曰:「做官事體當如何？」吏曰:「一年要清，二年半清，三年便混。」官嘆曰:「教我如何熬得到三年。」

新官上任，即訪求利害竅門，做好貪賄的準備，眞是應驗了「千里爲官只爲財」的俗話。題目「問例」兩字，實已說明官場貪墨行爲的泛濫。

貪污的對象並不限於百姓，大官向小官，小官向胥吏，層層要索，自有規矩。《笑海叢珠・宦門・家兄取覆》云:

> 昔有一官員愛財，吏人知其意，以銀鑄成孩兒一個，安于小廳桌上。入內取覆云:「家兄在小廳取覆。」官員出小廳，但見桌上有銀孩兒，袖以入宅。後此吏人因事喫棒，大叫云:「且看家兄面。」官員曰:

〔註23〕見:《孟子・公孫丑上》第四章。

〔註24〕詳見:瞿同祖著〈中國的階層結構及其意識型態〉，張永堂等編譯《中國思想與制度論集》，第282頁。

〔註25〕參見:鍾越娜〈官場現形記中的官吏造型〉,《文學評論》第五集，第198頁。

「你兄絕自官到任，只一次見面，更不再來，所以打你。」

按：《事林廣記・嘲戲綺談》中〈官員貪污〉與本則內容相同。小吏以銀孩兒行賄，希望討得官員歡心，平素行事，固然可以順心遂意，若偶有差錯，也可以大事化小，小事化無。錢能通神，是官場上下最熟諳的道理。

然而官員索賄的對象主要還是平民百姓。由《笑林廣記・古艷部・有理》可看到官員窮凶極惡的情態：

有一官最貪，一日拘兩造對鞫。原告饋以五十金，被告聞知，加倍賄托。及審時，不問情由，抽籤竟打原告，原告將手作五數勢曰：「小的是有理的。」官亦以覆手曰：「奴才你講有理。」又以手一仰曰：「他比你更有理哩！」

這一篇眞是絕佳的諷刺文字。兩造都曾賄銀請託，所以兩造都有理；然而銀有多寡，於是被告比原告更有理。官員只問錢，不問情由的判案準則，在篇中刻劃得入木三分。官吏膽大妄爲，漠視綱紀，以賄銀多寡，定罪之輕重；這種情形，在笑話中屢見不鮮，可見民間對官吏判決的公正性，存在著相當的質疑。

地方官向百姓斂財索賄，名目繁多，索取節儀是最常見的一種方式。學官對學生亦是如此。《時尚笑談・嘲學官貪贓》記載：

昔一秀才，送鵝與學官，學官曰：「我受你的鵝，又無食與他吃，可不餓死？欲待不受，又失一節，如何是好？」秀才云：「請師父受下，餓死事小，失節事大。」

逢節送禮，本是親朋好友互通情誼的方式，但是一旦行於官場，則難免弊端叢生。公然索賄，更是官吏的惡行。「餓死事小，失節事大。」是從政者都該有的座右銘。「不失一節」的心態，描繪出多少官員魚肉百姓，予取予求的卑鄙行徑。

最後看《廣笑府・官箴・吏人立誓》：

一吏人犯贓致罪，遇赦獲免，因自誓以後再接人錢財，手當生惡瘡。未久有一人訟者，饋鈔求勝。吏思立誓之故，難以手接，頃之則思曰：「你既如此殷勤，且權放在我靴筒裏。」

《笑得好初集・爛銀盤》與本篇機杼相同，主旨都在譏諷官吏貪贓成性，縱使信誓旦旦，見錢依舊眼開。《笑林廣記・古艷部・貪官》云：「有農夫種茄不活，求計於老圃。老圃曰：此不難，每茄下埋錢一文即活。問其何故？答曰：有錢者生，無錢者死。」最後八字，實道盡官場貪贓枉法，草菅人命的現象，更是百姓沈痛的指責。王命岳〈懲貪議〉一文中說：「同情，同罪也。或則議輕，或則議重。重非無故而重，輕非無故而輕也。凡若此者皆貪人所以盜名器，竊威權，而行其黷貨之私者也。」〔註 26〕笑話中以簡鍊鮮明的文字，將官吏利用職權，循私舞弊的現狀，刻劃入微。

二、作威作福

官吏既然大權在握，對百姓每每驕橫顢頇，任意擺佈；又由於優越感作祟，出門講究排場，處處要人侍候，因此所到之處，雞犬不寧。此外更有假公濟私，作威作福的情事。試以下列的作品爲例：

（一）魚肉百姓

隋燕榮爲幽州總管，道次見叢荊堪爲笞箠，取以試人，人自陳無罪。榮曰：「後有罪當免。」及後犯細過，將撾之，人曰：「前許見宥。」榮曰：「無過尚爾，況有過乎？」搒捶如初。（《古今譚概・鷙忍部》）

（二）擾民

縣尉出鄉巡邏，晚宿山寺，見一士人修業寺中，尉出對曰：「道遠還通達。」士人答曰：「縣尉下鄉來。」尉曰：「我五字都是遶人，爾對未切。」士人曰：「縣尉下鄉來，不知多少擾人也。」（《廣笑府・官箴》）

有貴人遊僧舍，酒酣，誦唐人詩云：「因過竹院逢僧話，又得浮生半日閑。」僧聞而笑之。貴人問僧何笑？僧曰：「尊官得三日閑，老僧卻忙了三日。」（《古今譚概・微詞部》）

（三）假公濟私

一勛臣總督團營，擅役官兵治私第。優人扮二儒生，其一高聲詠詩曰：「六千兵散楚歌聲。」其一曰「八千兵散。」爭辯良久，徐曰：「汝不知耶？那二千俱在家蓋房，何曾在營？」（《廣笑府・諷諫》）

由此可以見到古代社會階級所造成的不平等。官吏既受命於朝廷，身分地位都遠超乎平民之上；而不肖的官吏仗恃著其職權，更是隨心所欲，罔顧人民

〔註 26〕見：《清文彙》（中華叢書，49 年），第 849 頁。

的死活。笑話中，燕榮任意鞭笞民人，以逞一己之快；縣尉下鄉巡邏及貴人遊僧寺，累得僧俗為之忙碌不安；至於役使民兵，修治私第，更可見達官貴人黷職徇私，目無法紀的現象。古人稱地方官為父母官，《尚書・康誥》更強調在位者要「保民若子」；然而在重人治，不重法治的社會中，酷吏、惡吏，往往巧立名目，法外立法，空有父母之名，而無愛子之心，笑話深刻地諷刺了這種作威作福的官僚行為。

三、敷衍塞責

敷衍塞責是官場行事最常見的弊端。官場中人為了持祿保位，往往抱著「多一事不如少一事」，「不做不錯」的原則。平素因循苟且，遇事更是百般推託，真不得已之時，則以官樣文章敷衍了事。《諧語》中記載：

> 錢穆甫為如皋令，歲旱蝗，而泰興令獨紿郡將云：「縣界無蝗。」已而蝗大起，郡將詰之，令辭窮，乃言：「縣本無蝗，蓋自如皋飛去。」乃檄如皋請嚴捕蝗，無使侵鄰境。穆甫得檄，輒書其紙尾，報曰：「蝗蟲本是天災，即非縣令不才。既自敝邑飛去，卻請貴縣押來。」未幾，傳至都下，無不絕倒。

仔細揣摩本篇笑話，官場辦事的藝術便可見一斑。泰興令以謊言粉飾太平，待情勢不得已，便諉過塞責。如皋令亦是箇中老手，輕描淡寫，又將問題推回，既不傷和氣，又不負任何職責。俗云：「踢皮球」、「打太極」即此之謂。笑話中的官吏既不願勇於負責，轉而專做紙面文章，這種遊戲作官，認真作戲的態度，正是官場最常見的怪現象。

江盈科《雪濤小說・任事》對官吏這種敷衍不盡責的作風，也提出了他的批評，他說：

> 蓋聞里中有病腳瘡者，痛不可忍，謂家人曰：「爾為我鑿壁為穴。」穴成，伸腳穴中，入鄰家尺許。家人曰：「此何意？」答曰：「憑他去鄰家痛，無與我事。」又有醫者自稱善外科，一裨將陣回，中流矢，深入膜內，延使治。乃持并州剪剪去矢管，跪而請謝。裨將曰：「簇在膜內者須亟治。」醫曰：「此內科事，不意并責我。」噫！腳入鄰家，然猶我之腳也。簇在膜內，然亦醫者之事也。乃隔一壁，輒思委腳；隔一膜，輒欲分科。然則痛安能已，責安能諉乎？

江氏冀望有司都有勇於任事的精神，不求苟安倖免；然而正如《官場現形記》

第五十八回所說：任事諸公「人人只存著一個省事的心，能夠少一樁事，他就可以多休息一回。倘是在他精神委頓之後，就是要他多說一句話，也是難的。而且人人又都存一個心，事情弄好弄壞，都與我毫不相干，只求不在我手裏弄壞的，我就可以告無罪了。」這種不務實際，推卸責任的態度，與笑話中官場人物敷衍搪塞，作官而不做事的心態，可以互相印證。

四、顢頇昏瞶

齊如山《中國的科名》一書中曾舉科場極流行的諺語云：「窗下莫言命，場中莫論文。」「一財二命三風水，四積陰功五讀書。」士子高中與否，不以才學爲主，而端賴財命風水，因此夤緣進入官場之人，處事明達者，十不一二。一旦將治民重責交付他們手中，所面對的是邑中凶狠狡詐之徒，所處理的是曖昧詭譎之事，要能應付裕如，談何容易？因此，除了貪贓枉法外，笑話最常出現的是顢頇昏瞶的官吏。以下試舉二例爲證：

> 長洲縣丞馬信，山東人，一日乘舟謁上官，上官問曰：「船泊何處？」對曰：「船在河裏。」上官怒，叱之曰：「眞草包。」信又應聲曰：「草包也在船裏。」（《雅謔》）

> 有訟失牛於官者，吏問：「幾時失的？」答以明日，吏不覺失笑。官怒指吏曰：「是你偷在那裏？」吏洒其兩袖曰：「憑爺搜。」（《精選雅笑》）

這兩則作品中的官丞，可借笑話「眞草包」三字形容。草包斷案，是非不分，胡亂栽贓，他們平庸愚昧，言行荒唐，處處鬧笑話，而仍懵懂無知，實不足以爲百姓紓困解紛。

此外還有一等官吏，不但不能隨機應變，智斷疑案，反而曲解律令，一意孤行。例如《笑海叢珠・官宦門》所載：

> 宋黄丕爲梅水縣令，有百姓丁福與冉乂相毆。丕醉中呼兩爭人及揩。冉乂行兇於丁福，面上有傷。吏人執覆，欲將行兇人冉乂決斷。丕令獄吏於商稅務取千金秤，先秤丁福，其重百斤，次秤冉乂，輕不及半，而謂吏曰：「那漢重。斷丁福臀杖十三，冉乂無罪。」吏曰：「有傷人到喫棒是如何？」知縣曰：「你不見律云：二罪俱發，以重者論。」

> 昔有一人，宿于店中，次早出店，盜主人席而去。主人捕捉，因行到官。官員處盜席者以死罪。同官皆曰：「恐无此法。」官員曰：「法

書上正是合處死。故曰：朝聞道，夕死可矣。」

官員昧於立法的眞義，任憑己意說解，而後以律令爲護符，爲所欲爲，縱使草菅人命，猶能振振有詞。以法律殺人，其此之謂。《孟子‧滕文公上》謂：「或勞心，或勞力，勞心者治人，勞力者治於人。治於人者食人，治人者食於人。」官吏勞心以治人，然而顢頇昏瞶者，空有治人之位，而無治人之術，「德不稱位，能不稱官。」〔註 27〕欲求天下太平，百姓安和樂利，恐怕是緣木而求魚了。

李坤《呻吟語》卷之五〈治道〉有言：「爲政之道，以不擾爲安，以不取爲與，以不害爲利，以行所無事爲興廢起敝。」試看笑話中貪贓索賄、作威作福、顢頇昏瞶的官僚行徑，乃知「不擾、不取、不害。」之難能可貴。雖然由於體裁的限制，笑話無法完整而詳盡地探討官僚作風形成的內因外緣，然而由一篇篇形象鮮明的諷刺作品，仍描繪出官場中種種可怪的現象。笑話的作者以敏銳的心靈，將官吏施政的弊端化爲嘲謔，其中含蘊著人民對施政者的憤恨和不平。有心治道之士，由笑話實可看出民心之所怨所欲。

《廣笑府‧官箴錄》有一則〈虐政謠〉云：「昔荊守貪虐，民怨興謠曰：食祿乘軒著錦袍，豈知民瘼半分毫？滿斟美酒千家血，細切肥羊萬姓膏；燭泪淋漓冤泪滴，歌聲嘹喨怨聲高；羣羊付與豺狼牧，辜負朝廷用爾曹。」篇中將官吏榨取民脂民膏，貪虐無道的豺狼行爲表露無遺。太史公曾爲循吏立傳，他說：「奉職循理亦可以爲治，何必威嚴哉！」笑話中，百姓所渴求的正是「奉法循理之吏」〔註 28〕啊！

第四節　民俗信仰的偏失

林惠祥《民俗學》一書將民俗分爲信仰，慣習，故事、歌謠、成語三類。其中所謂的信仰，包括人類對鬼神的崇拜，占卜、詳兆的迷信，以及禁忌與咒術等等。本書第三章中，曾論及以神仙鬼怪爲主要角色的作品，在此將進一步探討笑話對求神拜鬼的觀點。此外，占卜、詳夢、看相、求籤、乃至看風水的風氣，在民間頗爲盛行，笑話中對於這種迷信也有批判。至於民間的

〔註 27〕見：《荀子‧正論》。

〔註 28〕「奉職循理」句，見：《史記》第一一九卷〈循吏列傳〉。「奉法循理」句，見：第一三〇卷〈太史公自序〉。

避忌，或由於崇敬，或爲了避邪，本無可厚非；然而過於相信禁忌，或者避諱不當，也都不免爲世人所笑話。

一、關於鬼神的迷信

笑話中涉及鬼神的作品繁多，在民俗的觀念中，鬼神和人一樣有情感與思想，他們也有恐懼、怨恨、猜忌、虛榮，同樣需要飲食，而且也具備種種人際關係。若要論鬼神與人的區別，最主要的乃在於他們具有法力神通，〔註29〕足以福善禍淫，報應不爽。俗語說：「善有善報，惡有惡報，若謂不報，時辰未到。」這種果報思想，以鬼神超凡能力爲後盾，於是民間深信：鬼神掌理人生最後的審判，今生的不平與冤屈終究可以得到宣訴，受創的公理正義也得以重申。〔註30〕所謂「舉頭三尺有神明」，平素所作所爲，無不在鬼神眼中。然而除了這種觀點外，以鬼神信仰爲題材的笑話，常流露出一種懷疑、批評的精神，具有反迷信的色彩。

首先以《笑苑千金》之三〈月建懼人〉爲例：

> 恩州豪民劉黑鐵，微而致富。凡動作殊不欽信神祇。忽一日，於宅後掘地取土，約七八尺以來，得一物如羝羊狀二。報主人。黑鐵遂鞭之。神曰：「吾乃飛簾（廉）也。今歲當居此位，不期遭逢主人，固不敢爲禍，告致舊居即爲萬幸。」黑鐵怒而呼僕夫，擒入磨坊，注麥令拽。至中夜，僕夫哀之，放於月下憩歇。次俄有一物，非人類，叩廉神詢之曰：「兄何故如此受辱？」廉曰：「吾不幸，此主人不畏官符，掘出吾令拽磨。荷僕夫之恩，權令憩歇。其屈未伸，伏地受辱，一至於斯。」月建恐懼，急趨謂簾（廉）曰：「且請努力。恐主人出來時，且莫道建來與賢相見去。」僕夫暗中聞之，相謂曰：「嗔他人道，鬼怕惡人也。」黑鐵不久家禍併起。

這則笑話雖然也反映出「鬼怕惡人」的觀念，但是「月建懼人」的標題下，原注云：「譏誣謾鬼神也。」而篇末又有「黑鐵不久家禍併起」一語，可見作者最後還是認同了褻慢鬼神，必招禍殃的觀點。

《艾子雜說》中亦有〈鬼怕惡人〉的記載，然其立論與前一則並不相同。

〔註29〕詳見：林惠祥《文化人類學》第五篇第八章〈多神教二神教一神教〉，第309頁。

〔註30〕參見：賴芳伶〈閱微草堂筆記中的觀念世界〉，《文學評論》第三集，第197頁。

> 艾子行水塗，見一廟矮小而裝飾甚嚴。前有小溝，有人行至，水不可涉；顧廟中，而輒取大王像橫行溝上，履之而去。復有一人至，見之，再三嘆之曰：「神像直有如此褻慢！」乃自扶起，以衣拂飾，捧至坐上，再拜而去。須臾，艾子聞廟中小鬼曰：「大王居此爲神，享里人祭祀，反爲愚民之辱，何不施禍患以譴之？」王曰：「然則禍當行於後來者。」小鬼又曰：「前人以履大王，辱莫甚焉！而不行禍。後來之人，敬大王者，反禍之，何也？」王曰：「前人已不信矣！又安敢禍之？」艾子曰：「眞是鬼怕惡人也。」

趙南星在《笑贊》中曾改寫這一則笑話，最後以「善人好欺負」一語作結。鬼神欺善怕惡的說法，正是對福善禍淫，報應不爽的觀念提出質疑。趙南星說：「此神慮的甚是，踏神過水是何等兇猛，惹下他，甚事做不出來。善人有病，只是禱告神祇。但不合輕扶神像，攬禍招災，只該遠遠走去。所以孔子說：敬鬼神而遠之也。」

再以《笑林廣記・世諱部・新雷公》爲例：

> 雷公欲誅忤逆子。子執其手曰：「且慢！我且問你，還是舊雷公？還是新雷公？」雷公曰：「何謂？」其人曰：「若是新雷公，我竟該打死。若是舊雷公，我父忤逆我祖，你一向在那里去了？」

雷公原被世人賦予懲治惡徒，誅殛逆子的重責。然而，如正如《史記，伯夷列傳》所說：「操行不軌、專犯忌諱，而終身逸樂富厚，累世不絕。或擇地而蹈之，時然後出言，行不由徑，非公正不發憤，而遇災禍者，不可勝數也。」的確，多少樂善好施之人，不得善終；而作姦犯科之徒，卻逍遙於世。不禁令人要問：雷公那裏去了？鬼神原不足憑恃啊！

事實上，常人無由得見鬼神，於是有所謂的「神媒」，作爲神與人之間溝通的橋梁。人們相信：鬼神可以藉著神媒之口，將旨意傳達給其信徒。因此，無論是前途、事業、婚姻、財運、乃至於健康，都可透過神媒，祈求鬼神庇佑，或指點迷津。然而，笑話中對此也持著懷疑的態度。以《笑贊・端公》爲例：

> 北方男子跳神叫做端公。有一端公教著個徒弟，一日端公出外，有人來請跳神。這徒弟剛會打鼓唱歌，未傳眞訣，就去跳神。到了中間，不見神來附體，沒奈何，信口搶了個神靈，亂說一篇，得了錢米回家。見他師傅，說道：「好苦！」把他跳神之事說與師傅。師傅

大驚：「徒弟，你怎麼知道我原來就是如此？」

端公跳神，原是「信口搘了個神靈，亂說一篇。」笑話中對端公的調侃，同時也是對鬼神之存疑。由上面幾個例證，一方面反映出民間崇鬼好祀，相信鬼神能福善禍淫，報應不爽，小則滿足個人所求，大則爲世間掃除魑魅魍魎，爲生民除害。然而另一方面，笑話的作者對鬼神是否眞有靈驗，是否眞能爲人間主持公道，乃至於鬼神之存在與否？在詼諧的筆調中，提出了理性的檢討。

二、占卜及詳兆的迷信

占卜與詳兆乃是根據象徵的原理，以期解釋人類智力所不能知曉的神秘事件，並進一步洞穿神祕而預見將來。凡意外的偶發現象，無不可視爲預兆，例如兵器斷折，大旗倒地、眼跳耳熱，乃至於日月蝕、地震等，在迷信者觀之，都是吉凶之兆。夢中所見，光怪陸離，無奇不有，也極富於預兆的性質；是故，古代設有詳夢之官，以詮釋夢中的含意。觀察星象，西洋稱作占星術，中國則有星命之說，是較爲複雜的占卜。此外直接觀察人相，或以八字算命，以至於抽籤、卜卦預見吉凶等都是重要的占卜方式。〔註 31〕又由於國人注重天人的和諧，是故「在何處，並如何建造墳墓、廟宇及住屋，以便祖宗、神明和生靈可以在自然庇護下各得其所。」〔註 32〕遂成爲重要的課題。乃至於形成對風水的迷信，以爲風水可以決定子孫的興旺。凡此種種，在笑話中都一一出現。然而笑話所採取的，乃是嘲弄批判的觀點。

（一）占夢

錢大王一日得夢，對近侍言：「吾昨夢至一處，有死狗一只，鉢中盛鱉數個，廷下見柏木一莖，其柏爲雷震碎。吾疑此夢，未知凶吉？」近侍奏曰：「大王合壽一百歲。」大王曰：「何以知之？」近侍曰：「死狗者，死狗三十六；鱉中鉢，鱉鉢六十四；其數恰是一百。廷中柏碎，是知一百歲也。」大王乃喜，聞者即笑。（《事林廣記・風月笑林》）

周履靖《占驗錄》云：「莊子曰：至人無夢。至人無欲故無夢也。世人私欲無窮，故感而成夢，百怪千狀，世所未有，輒夢見之。」無欲故無夢一語，

〔註 31〕詳見：林惠祥《文化人類學》，第五篇第九章〈魔術禁忌及占卜〉；及林惠祥《民俗學》第二章之五「預兆及占卜」。

〔註 32〕見：李亦園〈從若干儀式行爲看中國國民性的一面〉，李亦園、楊國樞編《中國人的性格》，第 187 頁。

最足發人深省。因爲有欲則得失之心紛紛擾擾，於是有幻想、憂怖，所夢所見，似乎都隱含不可知解的暗示，因而亟欲求得解答。錢大王夢中出現死狗、鱉、鉢，於是心生疑惑，近侍遂巧言飾說，阿諛大王將獲百歲長壽。篇末言：「聞者即笑」，正可見對於這般牽強無稽的占夢方式，笑話所持的是嘲誚的態度。

（二）星相

王元美適宴客，有以星術見者，座客爭談星命，元美曰：「吾自曉大八字，不用若算。」問何爲大八字？曰：「我和人人都是要死的。」（《諧叢》）

街市失火，延燒百餘户，有星、相二家欲移物以避。旁人止之曰：「只兩家包管不著，空費搬移。」星相曰：「火已到（宅）下，如何說這太平話？」曰：「你們從來是不著的，難道今朝反會著起來？」（《笑林廣記・術業部》）

王元美胸懷曠達，死生早已了然於胸，故能坦然說道：「人人都是要死的」。其中所流露的，並非悲觀無奈，而是能勇於正視死生的態度。《莊子・養生主》云：「安時而處順，哀樂不能入也。」然則，又何須費心講究星術，爭談星命呢？至於〈不著〉一篇，杜撰故事，進一步挖苦星相專說空話；所謂「你們從來是不著的」，一語道破星相招搖撞騙的行徑。

（三）卜卦求籤

汴梁吳生賣卜。有董大者，買得一火天大有卦。斷云：「初爻見青龍，有財喜。」董曰：「財有幾多？」生曰：「一數。」董曰：「望一貫錢可否？」生曰：「正得其數。」董凭枸欄，抵暮不退。生謂董曰：「賢莫是早來卦底。何不諸處求就，必有所得。何故守株待兔？」董曰：「我不管他。賢卦上說是有一貫錢。至夜无時，便共處官理了。」生恐人故意沮壞經紀，遂以五百錢私禱董大曰：「今有五百錢相贈，且請別處求就。」董曰：「賢卦稱有一貫財喜，如何只有五百。」生曰：「董君，董君，且告你信一半。」董哂而收之。（《笑海叢珠・醫卜門》）

有人到神廟求籤，問道士評斷。道士曰：「先送下香錢，說的話才靈；若是沒有錢，就有說話，一些也不應驗。」（《笑得好初集》）

這兩則笑話中，〈買卦得財〉原注云：「笑卜者」。董大守株待兔，逼得卜者不得不拿錢打發他上路。在董、吳二生滑稽的言行中，嘲弄了卜卦者信口雌黃的現象。吳生自我解嘲說：「且告你信一半」，可見卜者之言，原不可盡信。至於送香錢，解籤才靈驗，一方面諷刺道士貪財，另一方面也是對求籤的靈驗與否，深表懷疑！

（四）看風水

> 四川王尋龍與人葬地，先有尅應。華州陳知州請之遷葬。王尋龍同陳知州尋地，月餘方得吉穴。至期，親友皆會葬。王尋龍曰：「諸君子定丙時下事，須當有人自南方將鐵器來，時方乃應兆也。良久日及辰刻，諸公曰：「時將至矣。」王曰：「當有吉報。」相次南方有一人、荷一黑物栲栳大，從南來。視之，乃是村丁，肩一鐵器至。諸公驚謂尋龍曰：「妙哉精矣。鐵器已見，丙時不差，請掩靈柩。」須臾，村丁肩鐵器至墳前，曰：「尋龍，尋龍。你雇我將鍋子來，不知分付與誰。」諸公大笑，擊鍋而碎。（《笑海叢珠．醫卜門》）

> 一人將死，命子於棺傍釘大銅環四枚，問云何？曰：「你們日後少不得聽風水先生，將我搬來搬去。」（《精選雅笑》）

「風水」常被視爲中國人的「神秘生態學」。由於國人注重孝道，是故子孫「盡可能把祖先的墓地安置於有利的環境，以配合自然；正如他們要選擇一處合適的房屋基址一樣。如此不僅是保證祖先安適居於地下，同時也使祖先滿意於子孫之所爲，而對他們加以保佑。」〔註 33〕然而若過於迷信風水，以爲一生的運道完全取決於風水的好壞，以致於將祖墓多方遷徙，實非講究風水的眞義。笑話中批評了這種唯風水先生之命是從的人。此外，對於地理師安排騙局，來炫耀靈準的行爲，在滑稽嘲笑中，實寄寓著深刻的批判。

三、避諱與禁忌的偏失

于大成在《文字文學文化》一書中，曾論及「避諱」，他說：「人們對於尊長，爲了表示敬意，不敢直呼其名，所以在言談或行文之時，凡是遇到尊長的名字，都要設法避免。這叫做避諱。」至於禁忌，本是民俗的信仰之一。其目的在教人如何趨吉避邪。「信禁忌的人以爲，若觸犯了這種神秘的禁令，

〔註 33〕同註 32，第 188 頁。

則由於象徵或接觸的緣故，不幸的結果自然會降臨。」〔註 34〕笑話中對於避諱與禁忌所衍生的問題，都有所探討。

（一）避諱

于大成又說：「避諱的對象，最普通的有三：第一是當代帝王、第二是孔子、第三是自家尊長。」笑話中以尊長爲主要的避諱對象；然而，描摹的焦點乃是盲目避諱所造成的笑柄。以下列三則笑話爲例：

> 五代時，馮瀛王門客講《道德經》，首章有「道可道，非常道。」門客見「道」字是馮名，乃曰：「不敢說，可不敢說，非常不敢說。」（《籍川笑林》）

> 錢大參良臣自諱其名。其幼子頗慧，凡經史中有良臣字輒改之。一日讀《孟子》：「今之所謂良臣，古之所謂民賊也。」遂改云：「今之所謂爹爹，古之所謂民賊也。」可笑！可笑！（《稗史志談》）

> 田登作郡，自諱其名，觸者必怒，吏卒多被榜笞，於是舉州皆謂燈爲火。上元放燈，許入州治遊觀。吏人遂書榜，揭于市曰：「本州依例放火三日。」（《五雜組》卷十六〈事部四〉）

門客爲了奉承馮道，而將《道德經》首章改得突梯滑稽；錢良臣之子，以爹爹爲民賊；而田登自諱其名，遂產生了「只許州官放火，不許百姓點燈」的笑話。總之，過於講求避諱，或者避諱失當以致造成笑柄，都是笑話亟欲嘲笑的主題。

（二）禁忌

趨吉避邪，既是人之常情，善祝善禱，自然爲人所歡迎；出語不祥，則爲人所嫌忌。在婚喪壽忌，或新年節慶等重要儀節，每每有各種忌諱。若觸犯禁忌，小則惹人不快，大則引起紛爭，實不容忽視。此外，各行各業亦有其獨守的職業禁忌，如船家忌說「沈」字、「翻」字即是。

> 徽州人連年打官事，甚是怨恨。除夕，父子三人議曰：「明日新年，要各說一吉利話，保祐來年行好運，不惹官事，何如？」兒曰：「父先說。」父曰：「今年好。」長子曰：「晦氣少。」次子曰：「不得打官事。」共三句十一字，寫一長條貼中堂，令人念誦，以取吉利。

〔註 34〕見：林惠祥《文化人類學》第五編第九章〈魔術禁忌及占卜〉，第 318 頁。

> 清早，女婿來拜年，見帖，分爲兩句，上五下六念云：「今年好晦氣，少不得打官事。」(《笑得好二集》)

> 膠東林生，求便舸上江。舟人不喜帶搭，林生无措。遇一船主，憨之，謂林生曰：「大江浩渺，甚多忌諱，秀才愼言，請登某舟。」生曰：「倘得依附，緘口何難？」生登舟，終日默坐，不發一語。舟人謂生曰：「如何全不發語？平常談話，亦甚无妨。」生答曰：「將謂秀才家，開口便沈了船也。」(《笑苑千金》卷一)

阮昌銳在〈民俗中的吉句與理想人生〉一文中說：「吉句在性質上與咒語相似，具有巫術性，依據模擬巫術『同生同』的原則，藉著語言的『法力』，以祈望達到祈求的效果。」〔註 35〕在歲時祭儀與生命儀禮中都具有重要的意義。第一則笑話中所謂「說一吉利話，保祐來年行好運。」即表達了民間這種信仰。相反的不吉利話，則有詛咒的「法力」，是故爲人所忌諱。〈秀才附舟〉提到了船家在江上的避忌，「大江浩渺，甚多忌諱，秀才愼言。」在愼重的叮囑之中，民間避忌的心理，顯現無遺。英國班女史論及《民俗學》時曾說：「喚起民俗學者注意的，並非犁的形式，而是犁者下犁土中時所執行的儀式；並非網與銛的製作，而是漁人在海中所謹守的禁忌。」〔註 36〕在笑話中，船夫對不吉利語的忌諱，正是民間避忌思想中的一環。這兩則笑話所要嘲弄的對象，乃是觸犯忌諱的女婿與秀才。在此，笑話的作者對傳統的忌諱觀念，採取了認同的態度。

但是，笑話還批評了過於迷信禁忌的人。以下面二例爲證：

> 近一友有母喪，偶食紅米飯，一腐儒以爲非居喪者所宜。詰其故，謂：「紅，喜色也。」友曰：「然則食白米飯者，皆有喪耶？」(《雅謔》)

> 一人多避忌，家有慶賀，一切尚紅而惡素，客有乘白馬者，不令入廄閑。有少年面白者，善諧謔，以朱塗面入。主人驚問，生曰：「知翁之惡素也，不敢以白面取罪。」滿座大笑。主人媿而改之。(《呻吟語》卷之六〈廣喻〉)

由這兩個例子，正可見民間對「紅白」的忌諱。紅色象徵喜慶，於是居喪忌

〔註 35〕見：《邊政研究所年報》第 13 期，第 228 頁。

〔註 36〕見：陳錫襄譯〈民俗學是什麼？〉，婁子匡校纂的《民俗學集鐫》第一集，東方文化書局六三年複刊。

紅，以表示哀思；白色象徵喪事，因此喜慶忌白，以避免晦氣。然而執著過度，遂造成居喪忌食紅米飯，吉慶不喜人騎白馬的笑話。作者所要嘲弄的，乃是這種超乎常情的忌諱。

綜合本節所論，笑話對於民俗信仰，實具備維護與批判兩種不同的態度。一方面，笑話譏笑侮慢鬼神、觸犯忌諱的人；但另一方面，卻對民俗信仰提出了懷疑。鬼神是否眞能懲惡揚善，報應不爽？神媒是否眞能溝通人神，宣達神旨？至於企圖藉著詳兆，來解釋偶發的自然或人事現象，或者利用特定的儀式來占卜，以期發現過去及未來的奧秘，笑話中也多所諷刺。所謂的鬼神、占夢、星相、卜卦、求籤或看風水，原不可盡信。此外，過於迷信避諱與禁忌，自諱其名、或是避忌失當所造成的笑柄，也都成爲笑話所嘲弄的對象。

結　語

胡適曾說：「史料的來源，不拘一格。搜采要博，辨別要精，大要以『無意於僞造史料』一語爲標準。雜記與小說皆無意於造史料，故其言最有史料價値，遠勝於官書。」〔註 37〕笑話中對於家族制度、科舉制度、官僚政治以及民俗信仰的描摹刻劃，正爲胡適的話提供了例證。當然，笑話不是史書，重點不在於說明或記錄制度與信仰本身。它所關切的是：在這些制度與信仰的支配之下，世人如何追求他們的希望與理想，如何受到折騰與壓迫，又如何表達他們的憤恨與不平。

笑話中，以寫實的精神，嘲諷子孫不孝、丈夫懼內、妻子凶淫、翁媳、岳母女婿亂倫，同時也批評愚孝、蓄妾、守寡等不合理的觀念。科舉制度下，士子熱中功名，鑽營舞弊，不學無品，驕矜自大，行事固陋，行文迂腐，絲毫沒有讀書人應有的理想與抱負，終日憂貧賤而不憂道術，這種文化理想式微的危機，不待碩學大儒呼籲，笑話已有深刻的批判。至於官場中貪贓枉法、敷衍塞責以及顢頇昏瞶的現象，百姓在官僚統治之下的怨聲，笑話所載恐怕較諸史書更爲眞實。此外，盤旋在民眾心中的鬼神觀念，占卜的迷信與避忌的思想，對於民間的生活原有不容忽視的影響，笑話中也提出了理性的檢討。

譚達先《中國民間文學概論》第二章說：「不知道人民的口頭創作，那就不可能懂得人民生活的眞正歷史。」的確，笑話中雖容有保守、迷信與猥褻

〔註 37〕見：《胡適文存》第三冊卷七〈中國教育史料・與陳世棻書〉。

的成分；但同時又具備批評時政、控訴不平、以及反迷信的色彩。透過笑話中豐富的題材與主題，可見到古代社會、民俗的諸多問題，以及民間保守與進步雜揉的觀念。民間文學，原是最眞實的歷史。

第六章　古代笑話的功能

第五章旨在討論笑話所反映的社會及民俗問題，本章則要進一步探討笑話對個人及群體的功能。由於笑話恆與笑相關，因此談到笑話的功能，首先要強調「笑」的效果。又由於笑話形式簡短，一則孤立的作品，較難說解它的作用，因此本章將酌採明清小說中的笑話為範例，由其前後文的脈絡，推敲笑話在實際人生中所扮演的角色。此外，歷代笑話集的序文裡，保留了編撰者對笑話的意見，這些資料，亦是研究笑話功能重要的參考資料。由這些角度來考察，笑話較重要的功能有以下數端：一可以遣愁卻悶，宣洩積鬱；二可以醒世諷俗，振聾發聵；三可以作為應對酬酢之助；四可以作為談玄說理之資；五可以作為染翰舒文之用。

第一節　遣愁卻悶宣洩積鬱

笑話不論其主題為何，最直接的作用在於博人一笑；而笑正是快樂的表現。西諺云：「笑使人發胖。」其真正的含意乃是：快樂使人健康。笑話帶來笑聲，而笑聲可以驅逐愁悶的陰霾，令人由消沉昏昧之中振奮而起。張貴勝《遣愁集・解頤》引言說：「我有愁懷，假彼釋此。」可見透過笑話的藝術形式，可以將心中鬱積的情緒發散出來。以下便詳加論述笑話排遣愁悶，宣洩積鬱的功效。

一、遣愁卻悶

笑話通過巧妙的形式可以左右人的情緒，令人由緊張、期待而歸於鬆弛。

林語堂說：「在這由緊張達到和緩的轉變，其中每有出人意外的成分。其陡轉的工夫，或由於字義之雙關，有的是出於无賴態度，有的是由於笑話中人的冥頑，有的是由於參透道理，看穿人情。大概此種陡轉，出於慧心，如公孫大娘舞劍，如天外飛來峰，沒有一定的套版。」〔註1〕當理解了笑話中隱含的機趣，正如深體公孫大娘劍舞中的精妙，情緒隨之而迭宕，乃至於開懷一笑，於是閒愁悶氣都在笑中消釋。

趙南星《笑贊》題詞有言：「書傳之所紀，目前之所見，不乏可笑者，世所傳笑談乃其影子耳。時或憶及，為之解頤，此孤居無悶之一助也。」由此可知，閒居寡歡、百無聊賴之際，笑話正是破愁解悶的良方。以《紅樓夢》第十九回，寶玉杜撰笑話，打趣黛玉為例：

> 寶玉有一搭沒一搭的說些鬼話，黛玉總不理。寶玉問他幾歲上京，路上見何景致，揚州有何古蹟，土俗民風如何，黛玉不答。寶玉只怕他睡出病來，便哄他道：「噯喲！你們揚州衙門裏有一件大故事，你可知道麼？」黛玉見他說的鄭重，又且正言厲色，只當是眞事，因問「什麼事？」寶玉見問，便忍著笑，順口謅道：「揚州有一座山，山上有個林子洞，……」黛玉笑道：「這就扯謊，自來也沒聽見這山。」寶玉道：「天下山水多著呢！你那裏都知道？等我說完了你再批評。」黛玉道：「你說。」寶玉又謅道：
>
> 林子洞裏原來有一群耗子精。那一年臘月初七老耗子升座議事，說：「明兒是臘八兒了，世上的人都熬臘八粥，如今我們洞裏果品短少，須得趁此打劫些個來才好。」乃拔令箭一枝，遣了個能幹小耗子去打聽。小耗子回報：「各處都打聽了，惟有山下廟裏果米最多。」老耗子便問：「米有幾樣，果有幾品？」小耗子道：「米豆成倉，果品卻只有五樣：一是紅棗，二是栗子，三是落花生，四是菱角，五是香芋。」老耗子聽了大喜，即時拔了一枝令箭，問：「誰去偷米？」一個耗子便接令去偷米。又拔令箭問：「誰去偷豆？」又一個耗子接令去偷豆。然後一一的都各領令去了，只剩下香芋。因又拔令箭問：「誰去偷香芋？」只見一個極小極弱的小耗子應道：「我願去偷香芋。」老耗子和眾耗見他這樣，恐他不諳練，又怯懦無力，不准他

〔註1〕見：林語堂《幽默諷頌集・論幽默》，第68頁。

> 去。小耗子道：「我雖年小身弱，卻是法術無邊，口齒伶俐，機謀深遠。這一去，管比他們偷的還巧呢！」眾耗子忙問：「怎麼比他們巧呢？」小耗子道：「我不學他們直偷，我只搖身一變，也變成個香芋，滾在香芋堆裏，叫人瞧不出來，卻暗暗兒的搬運，漸漸的就搬運盡了，這不比直偷硬取的巧嗎？」眾耗子聽了，都說：「妙卻妙，只是不知怎麼變？你先變個我們瞧瞧。」小耗子聽了，笑道：「這個不難，等我變來。」說畢，搖身說：「變。」竟變了一個最標緻美貌的一位小姐。眾耗子忙笑道：「錯了！錯了！原說變果子，怎麼變出個小姐來了呢？」小耗子現了形笑道：「我說你們沒見世面，只認得這果子是香芋，卻不知鹽課林老爺的小姐才是眞正的『香玉』呢！」
>
> 黛玉聽了，翻身爬起來，按著寶玉笑道：「我把你這個爛了嘴的，我就知道你是編派我呢！」說完便擰。寶玉連連央告：「好妹妹，饒了我罷，再不敢了！我因爲聞見你的香氣，忽然想起這個故典來。」黛玉笑道：「饒罵了人，你還說是故典呢！」

由這一段精彩的文字，可以清楚地看出笑話如何發揮功能，達到遣愁卻悶的效果。先前，黛玉懶洋洋躺著，兀自生著閒氣，對寶玉的話總不理不答。待寶玉開始胡謅，黛玉便有了笑容：聽完之後，更「翻身爬起來，按著寶玉笑道……。」前後對比之下，黛玉由不言不語，而笑擰寶玉，由病懨懨，而生氣盎然，都可見笑話具有祛除愁悶，提振精神的功能。

再以《紅樓夢》第八十回爲例，寶玉問王一貼可有治妒病的膏藥？王一貼道：

> 「這貼妒的膏藥倒沒經過。有一種湯藥，或者可醫，只是慢些兒，不能立刻見效的。」寶玉道：「什麼湯，怎麼吃法？」王一貼道：「這叫做『療妒湯』。用極好的秋梨一個，二錢氷糖，一錢陳皮，水三碗，梨熟爲度。每日清晨吃這一個梨，吃來吃去就好了。」寶玉道：「這也不值什麼，只怕未必見效。」王一貼道：「一劑不效，吃十劑；今日不效，明日再吃；今年不效，明年再吃。橫豎這三味藥都是潤肺開胃不傷人的，甜絲絲的，又止咳嗽，又好吃。吃過一百歲，人橫豎是要死的，死了還妒什麼？那時就見效了。」

王一貼胡謅「療妒湯」當然不指望旁人相信。然而，「寶玉、焙茗都大笑不止」，王一貼道：「不過是閑著解午盹罷了，有什麼關係？說笑了你們就值錢。」可見胡謅說笑原有解悶的功效。獨逸窩退士《笑笑錄》序云：「平生善愁，居恒鬱鬱不快，亦賴陶寫胸襟……知不足博大雅一粲，亦仍以供我之祛愁排悶而已。」更可見無論是對編撰者，或對聽者、讀者而言，「祛愁排悶」實是笑話最直接的功能。

二、宣洩積鬱

李贄〈雜說〉有言：「世之眞能文者，比其初皆非有意於爲文也。其胸中有如許無狀可怪之事，其喉間有如許欲吐而不敢吐之物，其口頭又時時有許多欲語而莫可以告語之處。蓄極積久，勢不能遏，一旦見景生情，觸目興嘆，奪他人之酒杯，澆自己之壘碗，訴心中之不平，感數奇於千載。」這一段話深刻地說明了文學作品乃是作者爲宣洩積鬱而作。而笑話本是一種滑稽的藝術，經由詼諧的形式，許多平素不敢出口，或不便表達的意念，都可以和盤托出。例如：可以自由地嘲笑主人慳吝、客人饕餮，更可以批評富翁爲富不仁，醫生草菅人命，官吏貪贓枉法；甚至猥褻的話題，也可以透過笑話來表達。是故，笑話實最能將「無狀可怪」、「欲吐而不敢吐」、「欲語而莫可以告語」的心事，發洩得痛快淋漓。

前面數章中，已列舉了許多的例子，在此，爲了更能明瞭如何用笑話來宣洩心中的積鬱，仍以《紅樓夢》爲例，第七十五回賈赦說道：

> 一家子，一個兒子最孝順，偏生母親病了，各處求醫不得，便請了一個針灸的婆子來。這婆子原不知道脈理，只說是心火，一針就好了。這兒子慌了，便問：「心見鐵就死，如何針得？」婆子道：「不用針心，只針肋條就是了。」兒子道：「肋條離心遠著呢！怎麼就好了呢？」婆子道：「不妨事，你不知天下作父母的，偏心的多著呢！」眾人聽說，也都笑了。賈母也只得吃半杯酒，半日，笑道：「我也得這婆子針一針就好了。」賈赦聽說，自知出言冒撞，賈母疑心，忙起身笑與賈母把盞，以別言解釋。賈母亦不好再提。

賈母是否偏心，《紅樓夢》雖沒有明確的記載；然而細看這一段描述，恐怕不是無的放矢。賈赦脫口說了「父母偏心」的笑話，有意無意間，流露出心中的委屈，無怪乎賈母要起疑；而由賈母的疑心，也可反證偏心屬實。由此可見，以幽默爲藉口，許多不滿、批評都可以曲折道出，一旦聽者指責，仍可以振振有詞，僞稱絕非故意，聽者亦不便認眞追究。所謂「以別言解釋。賈母亦不好再提。」便是這個道理。

總之，藉著笑話，可以發抒鬱積於心中無路發洩的牢騷，世間種種令人鬱鬱不已的醜狀，都可以付諸一笑。《笑倒》引言云：「天地一笑場也。粧鬼臉，跳猴圈，喬腔種種，醜狀般般，我欲大慟一番，既不欲浪擲此閑眼淚，我欲埋愁到底，又不忍鎖殺此瘦眉尖。客曰：聞有買笑征愁法，子曷效之？余曰：唯唯。然則笑倒乎？哭倒也。」以笑代哭，買笑征愁，正可以說明笑話具有宣洩積鬱的作用。

笑話以嘲笑代替譴責，在嘻笑怒罵中，寄託微言，化嚴肅爲輕鬆，故王夢鷗先生《文藝美學・意境論》認爲：「輕鬆實爲滑稽之重要作用。滑稽之輕鬆心靈，與悲壯之淨化心靈，其作用可相對峙。」姚一葦《美的範疇論》第五章則言：「滑稽所引起之快感，亦係一種發散作用，與悲壯相用；所不同者悲壯自哀憐與恐懼之中，使吾人之情緒之鬱積得以發散，而滑稽則自大笑之中，使情緒之鬱積得以發散。」這兩段話用「輕鬆心靈」、「發散情緒」的理論，更深一層解釋爲何笑話有排遣愁悶、宣洩積鬱的功能。

第二節　醒世諷俗振聾發聵

在中國文學史上，文學作品常被賦予道德或教育的使命。《詩經》中有言「夫也不良，歌以訊之。」〔註2〕、「家父作誦，以究王訩。」〔註3〕可見作者作詩是爲了諷諫士大夫或君王的施政，企圖藉文學達到改善政治或社會的目的。《詩・大序》中強調「上以風化下，下以風刺上，主文而譎諫，言之者無罪，聞之者足以戒。」更清楚地描述了詩的諷刺作用。這種文學觀點，對中國文學的發展有源遠流長的影響。

《文心雕龍・諧隱篇》認爲：「優旃之諷漆城，優孟之諫葬馬，並譎辭飾說，抑止昏暴。是以子長編史，列傳滑稽，以其辭雖傾回，意歸義正也。」對於詼諧言辭，劉勰所推重的顯然仍在其「抑止昏暴」的諷諫意義。這種載道的思想，正是後世編撰笑話的人所不能忘情的。清人趙吉士說：「笑之中有箴規焉，有驚懼焉。」〔註4〕粲然叟序《嘻談續錄》則言：「醒世而諷俗，嘻

〔註2〕見：《詩經・陳風・墓門》。
〔註3〕見：《詩經・小雅・節南山》。
〔註4〕見：趙吉士《寄園寄所寄》卷十二〈笑譚〉引言，第5頁。

談續錄數條所由志也……若乃以放誕爲風流，以刻薄爲心術，而不會其譏刺之切，勸諷之取，則大失作者本意矣！」由此都可見笑話被視爲譏刺諷勸的名教工具。這種醒世諷俗的動機在石成金《笑得好・自序》中表現得更爲強烈，他說：「正言聞之欲睡，笑話聽之恐後，今人之恒情；夫既以正言訓之而不聽，曷若以笑話怵之之爲得乎！予乃得笑話一書，評列警醒，令讀者凡有過愆偏私，矇昧貪癡之種種，聞予之笑，悉皆慚愧悔改，俱得成良善之好人矣。因以笑得好三字名其書。」這段話提出兩個觀點，第一：世人愛聽笑話，以笑話驚醒世人，猶如進以可口良藥，順耳忠言，令人欣然接受。第二：笑話雖是遊戲文字，亦是度世金針，可以起沉痾，療痼疾，針砭人心，使人天良頓復。以下即以《笑得好二集》爲例，試看笑話的功能：

> 酒店煩人寫賣酒的招牌，其人寫完，乃于牌頭畫刀一把。酒店驚問：「畫此何用？」答曰：「我要這刀來殺殺水氣。」
>
> 貿易人不可笑，若貿易攙假哄人，須笑改之。
>
> 有人買得猴猻，將衣帽與之穿戴，教習拜跪，頗似人形。一日，設酒請客，令其行禮，甚是可愛。客以酒賞之，猴飲大醉，脫去衣帽，滿地打滾。眾客笑曰：「這猴猻不吃酒時還像個人形，豈知吃下酒去，就不像個人了。」
>
> 酒須少飲，若或大醉，則爲害甚多，有人形者鮮矣。

這兩則笑話或嘲弄酒店賣酒攙水，或嘲笑人撒酒瘋，其中諷刺的意涵甚爲明顯，確有醒世諷俗的意義。石成金的評語，點明了笑話的意旨，並加上規勸教訓之意，對笑話而言，可視爲蛇足，然而由此可見笑話的編撰者原有以笑話針砭人心的意圖。

此外，笑話中還保存了一些諷諫的典型。例如優旃諫漆城，簡雍諷酒禁，都是膾炙人口的滑稽故事。以下再以二例爲證：

> 翟母皈心釋氏，日誦佛不輟聲。永齡佯呼之，母應諾，又呼不已，母慍曰：「無有，何頻呼也？」永齡曰：「吾呼母三四，母便不悅，彼佛者日爲母呼千萬聲，其怒當如何？」母爲少悟。(《雅謔》)
>
> 憲廟時，汪直怙勢，中外側目。優人扮醉漢臥街酗罵，傍人警斥曰：「某閣老至，某公侯至。」醉漢皆酗罵如故。曰：「汪太監至。」遂閉門跪伏道左曰：「當今之世，吾但知有汪公耳，他復懼耶。」(《廣

笑府・諷諫》)

〈止母念佛〉以詼諧的方式向父母進言；〈優人諷諫〉則以滑稽戲謔反映太監的專權；兩者都是以「譎辭」來表達諷諫之意。所謂「言之者無罪，聞之者足以戒」是也。

西人柏格森認爲：每一個社會都具有其社會行爲的標準，違反了這個標準，世人便報之以笑。笑是一種警告，也是一種懲罰。發笑者對於被笑者彷彿是做一個姿勢，使他覺悟自己的笨拙、醜陋，而加以改正。簡言之，笑是指瑕，具有改良社會的實用目的。〔註5〕就這個觀點而立論，笑話乃是以遊戲的口吻，對人群社會提出諷刺；譏笑，正具有醒世諷俗的功效。笑話又如一面鏡子，人類的愚昧、偏執、矯揉、虛僞，或執迷不悟，強詞奪理，或夜郎自大，屈人揚己；諸般醜狀，都在其中一一現形；攬鏡自照，嗤哂之餘，亦足以怵然深省。「然則拊掌、啓顏之錄，其即發矇振聵之資乎！」〔註6〕

第三節　應對酬酢之助

《論語・子路》孔子曰：「誦詩三百，授之以政不達，使於四方，不能專對，雖多，亦奚以爲？」篇中強調誦詩能豐富外交辭令，具有實用的功能。因爲使臣酬酢之間，運用優雅的詩句既可以相互溝通，更能寄託諷諭之意。然而，在詭譎多變的外交場合，除了雍容得體的應對外，機辯嘲謔的辭鋒更不可或缺。晏子使楚，以言辭折服楚人，名傳千載，即可見一斑。

敦煌寫本《啓顏錄・辯捷篇》記載了徐陵、盧思道、薛道衡、侯白等人聘使的趣聞，茲節錄二則於後：

> 陳徐陵爲散騎常侍，聘隋。……隋文帝既以徐陵辯捷，頻有機俊，無人酬對，深以爲羞，乃更訪朝官有誰可令使。當時有人舉盧思道頗有辯捷，堪令對使。文帝聞之甚喜，即召思道，令對南使。朝官俱送，往見徐陵。徐陵遙見思道年最幼少，笑曰：「此公甚小。」思道遙即應曰：「以公小臣，不勞長者。」須臾坐定，徐陵謂思道曰：「昔殷遷頑民本居茲邑，今之存者，併是其人。」思道應聲答曰：「昔永嘉南

〔註5〕參見：朱光潛《文藝心理學》第十七章〈笑與喜劇〉，第281頁。又：姚一葦《美的範疇論》第五章〈論滑稽〉，第251頁。

〔註6〕見：俞樾《春在堂全書・俞樓雜纂》卷四十八《一笑》引言。

度（渡），盡居江左，存者唯君一人。」眾皆大笑，徐陵遂無以可答。

思道至陳，手執國信。陳主既見思道，因用觀音經語弄思道曰：「是何商人賫持重寶？」思道應聲還以觀音經，報曰：「忽遇惡風，遂漂墮羅剎鬼國。」陳主大慚，遂無以應。

由此可見，使臣出使，在針鋒相對的情勢下，若沒有機辯的辭鋒，只有任人播弄，小則出醜受窘，大則喪權辱國，關係不可謂不重大。然而以機辯的言辭相互嘲謔，本是笑話中的一體，笑話集中論難、辯捷、嘲誚、戲謔的作品，常含著機辯的智慧，若能深體箇中奧妙，則可以應機而作，辯才無礙，無往而不利矣！〔註 7〕

其次談到笑話在一般應酬場合的功用。周作人《苦茶庵笑話選・序》中有言：「羣居會飲，說鬼談天，詼諧小話亦其一種。可以破悶、可以解憂，至今能說笑話者，猶得與彈琵琶、唱小曲同例，免於罰酒焉！」這種功能可由以下的例子來說明。《紅樓夢》第五十四回，榮國府元宵夜宴，鳳姐提議行一套「春喜上梅梢」的酒令：擊鼓傳梅，到了誰手裏住了鼓，便吃杯酒，說個笑話。「眾人聽了，都知道他素日善說笑話兒，肚內有無限的新鮮趣令；今見如此說，不但在席的諸人歡喜，連地下伏侍的老小人等無不歡喜。那小丫頭子們都忙去找姐姐叫妹妹的，告訴他們：快來聽，二奶奶又說笑話兒了！眾丫頭子們便擠了一屋子。」由這一段話，已經生動地說明了笑話的魔力。開始行令後，那紅梅方遞至賈母手中，鼓聲恰好住了。賈母喝了酒，便說道：

一家子養了十個兒子，娶了十房媳婦兒。唯有第十房媳婦兒聰明伶俐，心巧嘴乖，公婆最疼，成日家說那九個不孝順。這九個媳婦兒委屈。便商議說：「咱們九個心裏孝順，只是不像那小蹄子兒嘴巧，所以公公婆婆只說他好。這委屈向誰訴去？」有主意的說道：「咱們明兒到閻王廟去燒香，和閻王爺說去，問他一問，叫我們托生爲人，怎麼單單給那小蹄子兒一張乖嘴，我們都入了夯嘴裏頭。」那八個聽了，都喜歡說：「這個主意不錯。」第二日，便都往閻王廟裏來燒香。九個都在供桌底下睡著了。九個魂專等閻王駕到。左等不來，右等也不到。正著急，只見孫行著駕著筋斗雲來了，看見九個魂，

〔註 7〕按：外交場合本具有嚴肅、緊張的意味，若能善用笑話，則可調劑全場的氣氛，緩和緊張的勢態。尤其是面對敏感的問題，或者其他不便表示意見，而又不宜保持沈默的時刻，笑話具有緩衝、迴避及轉移問題的作用。

便要拿金箍棒打來。唬得九個魂忙跪下央求。孫行者問起原故來，九個人忙細細的告訴了他。孫行者聽了，把腳一跺，嘆了一口氣道：「這原故幸虧遇見我！等著閻王來了，他也不得知道。」九個人聽了，就求說：「大聖發個慈悲，我們就好了！」孫行者笑道：「卻也不難：那日你們妯娌十個托生時，可巧我到閻王那裏去，因爲撒了一泡尿在地下，你那個小嬸兒便吃了。你們如今要伶俐嘴乖，有的是尿，便撒泡你們吃就是了。」

說畢，大家都笑起來。鳳姐兒笑道：「好的呀！幸而我們都是夯嘴夯腮的！不然，也就吃了猴兒尿了！」尤氏婁氏都笑向李紈道：「咱們這裏頭誰是吃過猴兒尿的，別裝沒事人兒！」薛姨媽笑道：「笑話兒在對景就發笑。」

鳳姐伶牙利嘴眾所皆知，賈母的笑話所以能逗笑，即是因爲在場諸人有這個共同的心理背景，笑話與實際的人生遂相互交織，造成意想不到的趣味。「笑話兒在對景就發笑。」曹雪芹借薛姨媽的口，道出他對笑話的體會。

李卓吾《開卷一笑・序》有言：「人生世間，與之莊言危論，則聽者寥寥；與之謔浪詼諧，則歡聲滿座。」席間，一則笑話常帶來滿座的笑聲，驅除了沈悶的氣氛。此外，笑話在酬酢場合還有其積極的意義。西人威爾森說：「經由提供歡笑，笑話在羣體中孕育了融洽和迷人的魅力。眾所分享的笑柄，表達了大家共同的情感，減少人際間普遍存在的仇意與緊張，於是人與人的情誼便隨之而增長。」〔註8〕這一段話更進一步指出：笑話在應對酬酢場合，如何發揮功用，鬆弛大家緊張的情緒，而達到促進情誼的效果。

第四節　談玄說理之資

楊家駱《中國笑話書・序》云：「先哲不離事以言理，凡實事不足以明其理者，則飾爲重言託爲寓言以喻之。莊子曰：寓言十九，重言十七。謂寓言出於依託者十之九，重言出於增飾者十之七也。必增飾依託以爲言者，皆爲藉事言理而設。」而笑話可以比之於寓言，所謂「說理論事，空言無補，舉例以明，和以調笑，則自然解頤，心悅意服。」〔註9〕是故，前人乃藉笑話，

〔註 8〕見：Christopher P. Wilson，*Jokes*（Academic Press 1979），P.225。
〔註 9〕見：周作人《苦茶庵笑話選・序》。

作爲談玄說理之資。首先以江盈科《雪濤小說・催科》爲例：

爲令之難，難於催科。催科與撫字往往相妨，不能相濟。陽城以拙蒙賞，蓋猶古昔爲然，今非其時矣。國家之需賦也，如枵腹待食，窮民之輸將也，如挖腦出髓。爲有司者前迫於督促，後懾於黜罰，心計曰：「與其得罪於能陟我、能黜我之君王，不如忍怨於無若我何之百姓。」是故，號令不完，追呼繼之矣。追呼不完，箠楚繼之矣。箠楚不完，而囹圄，而桎梏。民於是有稱貸耳。稱貸不得，有賣新絲、糶新穀耳。絲盡穀竭，有鬻產耳。又其甚，有鬻妻鬻子女耳。如是而後賦可完，賦完而民之死者十七八矣。嗚呼！竭澤而漁，明年無魚，可不痛哉！或有尤之者，則應曰：「吾但使國家無逋賦，吾職盡矣！不能復念爾民也。」余求其比擬類駝醫然：

昔有醫人自媒能治背駝，曰：「如弓者、如蝦者、如曲環者，延吾治，可朝治而夕如矢。」一人信焉而使治駝。乃索板二片，以一置地下，臥駝者其上，又以一壓焉，而即躧焉。駝者隨直亦復隨死。其子欲鳴諸官，醫人曰：「我業治駝，但管人直，那管人死？」

嗚呼！世之爲令，但管錢糧完，不管百姓死，何以異於此醫也哉！雖然，非仗明君躬節損之政，下寬恤之詔，即欲有司不爲駝醫可得耶？

這是一篇簡潔嚴謹的諷諫短文，敘事層層逼進，絲絲入扣，說理明切而精要。「駝醫」的笑話出自於《笑林・治傴者》，旨在諷刺庸醫本末不分，草菅人命；江盈科則援引爲說理的比方。在他巧妙的安排下，這則笑話與全文融合無間，既增加了趣味性，又使催收賦稅的酷吏，形象更爲鮮明，令人怵然警惕，是成功的譬喻。《文心雕龍・事類篇》說：「事得其要，雖小成績。」、「用舊合機，不啻自其口出。」笑話雖帶有滑稽佻巧的意味，但是由〈催科〉可見：只要剪裁合宜，即使置之嚴肅的議論文中，笑話仍能發揮無比的妙用。

除了議論之外，笑話還被借重來說禪，有的作爲公案的說明，有的則作爲經義的佐證，試看潘游龍《笑禪錄》所載：

舉：《楞嚴經》云：「縱滅一切見聞覺知，內守幽閑，猶爲法塵分別影事。」

說：一禪師教一齋公屏息萬緣，閉目靜坐。偶一夜坐至五更，陡然想起某日某人借了一斗大麥未還，遂喚醒齋婆曰：「果然禪師教我靜坐有益，幾乎被某人騙了一斗大麥。」

頌曰：「兀坐靜思陳麥帳，何曾討得自如如；若知諸相原非相，應物如同井覷驢。」

〈悟性論〉有言：「不憶一切法，乃名禪定。若了此言者，行住坐臥，皆是禪定。」反之，雖兀坐靜思，斷絕見聞覺知，亦非禪定。齋公閉目靜坐，所思卻是陳年麥帳，終究不能契悟自性之清淨自在。這一則笑話，將《楞嚴經》的奧義，生動而又具體地表露無遺，誠爲講經說禪的佳證。

以下再看藥山禪師的公案：

舉：或問藥山：「如何不被諸現惑？」山曰：「聽他何礙汝？」曰：「不會。」山曰：「何境惑汝？」

說：諸少年聚飲，歌妓侑酒，唯首席一長者閉目叉手，危坐不顧。酒畢，歌妓重索賞于長者，長者拂衣而起曰：「我未曾看汝。」歌妓以手扳之曰：「看的何妨？閉眼想的獨狠。」

頌曰：水澆鴨背風過樹，佛子宜作如是觀；何妨對境心數起，閉目不窺一公案。

《景德傳燈錄》記載：「隋開皇十二年壬子歲，有沙彌道信，年十四，來禮師（第三十祖僧璨大師）曰：願和尚慈悲，乞與解脫法門！師曰：誰縛汝？曰：無人縛！師曰：何用更求解脫乎？信於言下大悟。」道信因有煩惱，而求解脫，然而最究竟的解脫乃是體證圓明自在的自我生命。自我生命既清淨自在，則本無煩惱可言，一切的繫縛都來自於執著，能放下執著，便是解脫法門。藥山「不被諸現惑」的公案亦可作如是觀。《六祖壇經》云：「本來無一物，何處惹塵埃。」〔註10〕注云：「卓立無依，靈靈不昧，如鳥飛空，而不住空；似魚游水，而不滯水。」可見自性原是自由自在，無可染著，無可沾滯，能以「眞如自性起念，六根雖有見聞覺知，不染萬境。」〔註11〕是故，藥山道：「何境惑汝？」

然而，凡夫痴迷，欲求離境，反而著境。笑話中說：「看的何妨，閉眼想的獨狠。」正道出一意要割絕塵緣，避免六塵染著，實亦是另一種執著心。若能心如明鏡，隨緣映物，物像雖然紛紛擾擾，法體卻自然清淨，才可謂眞

〔註10〕見：《六經壇經箋註・行由品第一》，第78頁。
〔註11〕見：《六祖壇經箋註・定慧品第四》，第147頁。

正了悟。這一則通俗的笑話，在滑稽嘲弄中，由另一角度闡發了藥山公案的精義。以笑說禪，別有佳趣；相反的，禪理也豐富了這則笑話的意涵，提升了它的意境。

由以上的例證可見，笑話能創造生動鮮明的形象，將事理與禪意深入淺出地呈現出來。因此，趙南星認爲笑話「可以談名理，可以通世故。」〔註 12〕謝肇淛則說：「苟悟其趣，皆禪機也。」〔註 13〕然而無論是藉事言理；或由笑說禪，貴在剪裁自然，否則難免方枘而圓鑿，扞格而不入；此外，尤忌強加比附，以免既不能明理證道，甚至於又失去笑話博人一粲的功能。

第五節　染翰舒文之用

本章第一、三兩節已徵引了數則《紅樓夢》中的笑話。這些笑話，就作者而言或用來描寫小兒女調謔關愛的情懷，或作爲飲宴間熱絡氣氛的節目，適度的穿插使文章大爲生色。除此外，笑話還可以刻劃人物的性格，更可以烘托全書的氣氛，以下便分別舉例論述。

一、刻劃人物性格

文學作品中，對於人物的刻劃不一，有的只是平鋪直敍，有的則是婉轉鋪陳，讓人物在言行中，自行表露他獨特的性格。小說中對於喜劇人物的描摹，便常透過詼諧、調侃的語調來拱托。《水滸傳》第三回寫魯智深到五臺山出家：

> 回到叢林，選佛場中禪床上撲倒頭便睡。上下肩兩箇禪和子拍他起來，說道：「使不得，既要出家，如何不學坐禪？」智深道：「洒家自睡，干你甚事？」禪和子道：「善哉！」智深喝道：「團魚洒家也喫，甚麼鱔哉！」禪和子道：「卻是苦也。」智深便道：「團魚大腹，又肥又甜，那得苦也。」

魯智深不耐禪和子的囉唕，故意胡說歪纏，經由突梯滑稽的言辭，已可見他放浪率性，不拘禮法的個性。其後他喝酒、吃狗肉、棒打金剛、大鬧五臺山，結果被趕出山門。到了桃花村，見義勇爲，僞裝劉太公的女兒，脫得赤條條

〔註 12〕見：趙南星《笑贊》題詞。
〔註 13〕見：謝肇淛《五雜組》卷十六〈事部四〉引言。

的，在銷金帳中等待小霸王來成親，都是率性的表徵。

然而，若論中國小說中的喜劇傑作，則當首推《西遊記》。鄭明娳《西遊記探源》中說「喜劇中最不可缺少的是丑角，豬八戒在西遊記中扮演這個角色眞是淋漓盡致，他把我國插科打諢的傳統發揚光大。」豬八戒造形卑陋，貪吃、貪睡、而又好色，行動笨拙，說話憨氣十足，時而自我吹噓，時而自我嘲諷，作者爲他製造許多笑柄，讓他出醜、賣乖。第二十六回，福、祿、壽海上三仙到訪，作者寫道：

> 那八戒見了壽星，近前扯住，笑道：「你這肉老頭兒，許久不見，還是這般脫洒，帽兒也不帶個來。」遂把自家一個僧帽，撲的套在他頭上，撲著手呵呵大笑道：「好！好！好！眞是加冠進祿也。」那壽星將帽子摜了，罵道：「你這個夯貨，老大不知高低！」八戒道：「我不是夯貨，你等眞是奴才！」福星道：「你倒是個夯貨，反敢罵人是奴才！」八戒又笑道：「既不是人家奴才，好道叫做添壽、添福、添祿？」

在隨意調笑的筆鋒中，作者借著八戒來嘲弄世人貪壽、貪祿、貪福，以至於奴才都以福祿壽爲名。然除卻這一層，八戒愛瞎說胡扯的丑角性格，也由此而呼之欲出。

其次看第五十三回記載：到了女兒國，三藏和八戒吃了子母河的水，懷了鬼胎，滯留在一個老婆子家中。老婆婆警告他們，如果被年輕女子捉去，不能遂其所欲，就會被割了肉去做香袋。

> 八戒道：「若這等，我決無傷。他們都是香噴噴的，好做香袋。我是個臊豬，就割了肉去，也是臊的，故此可以無傷。」行者道：「你不要說嘴；省些力氣，好生產也。」

作者不但讓八戒自己出自己的醜，更時常借伶俐慧黠的悟空來調侃這個「獃子」。孟瑤《中國小說史》說：「作者把一個獃頭獃腦，卻又不時愛賣弄一點小聰明的人物，和無限機智、伶俐而又聰明的孫悟空放在一起，這對比無疑的收到極高的喜劇效果。」而由上面所舉的這二段諧謔的對話，八戒插科打諢、賣弄小聰明的丑角本色，已經栩栩動人了。

二、烘托全書氣氛

小說可以比擬於實際的人生，其中包含喜慶喪忌等各種不同的場合，在喜慶場合穿插一些笑話，可以使描寫更生動逼眞，而且能將喜慶宴會歡騰的氣氛推到高潮。《紅樓夢》第五十四回，榮國府元宵夜宴，折梅行令，賈母講完笑話後，眾人都期待聽王熙鳳的，鳳姐說了一個沒完的，大家都覺得沒趣：

> 鳳姐兒笑道：「再說一個正月節的：幾個人拿著房子大的炮仗城外放去，引了上萬的人跟著瞧去，有一個性急的人等不得，就偷著拿香點著了。只見『噗哧』的一聲，眾人哄然一笑，都散了。這擡炮仗的人抱怨賣炮仗的捍的不結實，沒等放就散了。」湘雲道：「難道本人沒聽見？」鳳姐兒道：「本人原是個聾子。」眾人聽說，想了一回，不覺失聲都大笑起來。

除了這一回外，第七十五回中秋夜宴，折桂行令，也是以說笑話爲主。作者藉著笑話，以及大大小小聽笑話的反應，將歡樂的氣氛寫得熱鬧非凡。

至於劉姥姥進大觀園更鬧了不勝枚舉的笑話，其筆法與鄉下人進城，不識文明事體的笑話雷同。第四十一回眾人帶劉姥姥閒逛：

> 一時來至省親別墅的牌坊底下，劉姥姥道：「噯呀！這裏還有大廟呢！」說著，便爬下磕頭。眾人笑彎了腰。劉姥姥道：「笑什麼？這牌樓上的字我都認得。我們那裏這樣廟宇最多，都是這樣的牌坊，那字就是廟的名字。」眾人笑道：「你認得這是什麼廟？」劉姥姥便擡頭指那字道：「這不是：玉皇寶殿！」眾人笑的拍手打掌。

這一個笑柄，若從原書抽離出來，幾乎不必經過任何改寫，便是一則笑話了。劉姥姥在曹雪芹筆下也是一個喜劇的人物，作者藉他所鬧的笑話，使大觀園洋溢著無數的歡笑。其後寫他到了怡紅院：

> 只見一個老婆子也從外面迎著進來。劉姥姥詫異，心中恍惚：莫非是他親家母？因問道：「你也來了！想是見我這幾日沒家去。虧你找我來！那位姑娘帶進來的？」又見他戴著滿頭花，便笑道：「你好沒見世面！見這裏的花好，你就沒死活戴了一頭！」說著，那老婆子只是笑，也不答言。劉姥姥便伸手去羞他的臉，他也拿手來擋，兩個對鬧著。劉姥姥一下子卻摸著了，但覺那老婆子的臉冰涼挺硬的，倒把劉姥姥唬了一跳。

這一段描寫，活脫便是「不識鏡」笑話的翻版。〔註 14〕總之劉姥姥進了大觀園，眼花撩亂，目不暇給。王熙鳳看他可逗賈母開心，把他打扮得滿頭花朵，

〔註 14〕參見：本書第四章第二節之十四「孤陋寡聞」。

又安排他鬧一些笑話；不但爲賈府上下憑添樂趣，更爲全書帶來一股淳樸、風趣的氣氛。這當然是作者刻意渲染的結果。

《西遊記》中，作者除了應用笑話的筆法刻劃人物性格外，每每涉筆成趣，使喜劇角色浸潤在喜劇的氣氛中。胡適《西遊記考證》說：「《西遊記》有一點特別長處，就是他的滑稽意味。拉長了面孔，整日說正經話，那是聖人菩薩的行爲，不是人的行爲。《西遊記》所以能成爲世界的一部絕大神話小說，正因爲《西遊記》裏種種神話都帶著一點詼諧意味，能使人開口一笑。」〔註 15〕這種滑稽詼諧的意味，在書中眞是俯拾皆是。第二回悟空初學神通：

> 祖師道：「悟空，事成了未曾？」悟空道：「多蒙師父海恩，弟子功果完備，已能霞舉飛昇也。」祖師道：「你試飛舉我看。」悟空弄本事，將身一聳，打了個連扯跟頭，跳離地有五六丈，踏雲霞去勾有頓飯之時，返復不上三里遠近，落在面前，扠手道：「師父，這就是飛舉騰雲了。」祖師笑道：「這算不得騰雲，只算得爬雲而已。」

第四十二回，三藏、八戒被紅孩兒擄至紅雲洞，孫悟空不能取勝，乃往南海求助於觀音菩薩，準備用淨瓶甘露滅紅孩兒的三昧眞火。菩薩開玩笑要悟空留下當物，免得淨瓶血本無歸。悟空便隨口瞎說一氣：

> 菩薩道：「你好自在呵！我也不要你的衣服鐵棒、金箍；只將你腦袋後救命的毫毛拔一根與我作當罷！」行者道：「這毫毛也是你老人家與我的，但恐拔下一根，就拆破群了，又不能救我性命。」菩薩罵道：「你這猴子！你便一毛也不拔，教我這善財也難捨。」

第四十九回，八戒在通天河與妖怪大戰：

> 八戒道：「好乖兒子！正在這等說！仔細看鈀！」妖邪道：「你原來是個半路出家的和尚。」八戒道：「我的兒，你眞個有些靈感！怎麼就曉得我是半路出家的？」妖邪道：「你會使鈀，想是雇在那裡種園，把他釘鈀拐將起來也。」八戒道：「兒子，我這鈀，不是那築地之鈀。」（下略）
>
> 那個妖怪那裏肯信，舉銅鎚劈頭就打。八戒使釘鈀架住道：「你這潑物，原來也是半路上成精的邪魔！」那怪道：「你怎麼認得我是半路上成精的？」八戒道：「你會使銅鎚，想是雇在那個銀匠家扯爐，被

〔註 15〕見：《胡適文存》第二集，第 387 頁。

你得了手，偷將出來的。」

上面三段文字雖然也有刻劃人物性格的功能，然而釀造全書氣氛的意義更爲重大。祖師隨口戲謔，菩薩在鼎力相助前，不忘以言語調侃悟空；至於八戒和妖怪邊戰邊鬥嘴，本不合情理，但卻更能烘托喜劇的氣氛。《西遊記》中，上自仙佛，下至妖邪，幾乎無不具有這種幽默的性格，作者借著笑話的筆法，使全書都帶有滑稽的意味與玩世的精神，《西遊》乃成爲我國滑稽小說的瑰寶。

雖然笑話可以用來刻劃人物的性格，烘托全書的氣氛，然而在此並非認定《水滸傳》、《西遊記》、《紅樓夢》等書的詼諧成分必定受到笑話的影響。本文所要強調的是，文學創作者可依文章性質的需要，將滑稽詼諧的趣味融入作品中；滑稽幽默或來自於天性、氣質，但笑話無疑是值得取擷的寶藏。在第二章中，曾論及笑話對於滑稽戲以及雜劇中的科諢多所取資；反之，戲曲小說的作者又何嘗不能由笑話觸發靈感？《笑贊》題詞有言：「染翰舒文者能知其解，其爲機鋒之助，良非淺鮮。」更可見笑話可以作爲文學創作之用，殆無疑義。

結　語

孔子說：「詩可以興，可以觀，可以群，可以怨。」而笑話可以用來談玄說理，醒世諷俗，興頑立懦；可以觀政治之隆污，民情之風尚及人性之缺失；應對酬酢之際，可以妙語解頤，增進情誼；愁悶悒鬱之時，可以遣愁卻悶，借他人之酒杯澆自己之壘塊；豈不亦可興，可觀，可群，可怨乎？

除此之外，作者透過笑話所顯露的玩世精神，對讀者的情性恐怕亦有陶染之效。馮夢龍《廣笑府・序》道：「我笑那湯與武，你奪天子，他道是沒有個旁人兒覷，覷破了這意思兒也不過是個十字街頭小經紀。還有什麼龍逢、比干、伊和呂，也有什麼巢父、許由、夷與齊，只這般唧唧噥噥的，我也那裏功夫笑著你。我笑那李聃五千言的道德，我笑那釋迦佛五千卷的文字，乾惹得那些道士們打雲鑼，和尚們去打木魚，弄兒窮活計；那曾有什麼青牛的道理，白象的滋味？怪的又惹出那達摩老臊胡來，把這些乾屎橛的渣兒，嚼了又嚼，洗了又洗。又笑那孔子的老頭兒，你絮叨叨說什麼道學文章，也平白地把好些活人都弄死。」這種態度，全盤否定了聖賢、三教的意義，視一切道德、眞理爲虛幻，更否定了人類高尚的情操與理想。笑話中調侃聖人、經義，彼此相互嘲弄的作品，不免洋溢這種滑稽玩世的意味。若專取法於此，恐將流於遊戲人間，玩世不恭了。

笑話還可以開啓幽默豁達的胸懷。江盈科《雪濤諧史》引言：「達者坐空萬象，恣玩太虛，深不隱機，淺不觸的，猶夫竹林森峙，外直中通，清風忽來，枝葉披亞，有無窮之笑焉！」這種胸懷，在笑話中亦所在多有。若能深體其意，對於人性的貪婪、虛妄，在了解之餘，當有一分同情，而能以哀矜的態度給予溫和的調侃；對於自己的失意，乃至於死生病痛，也都能付諸一笑，而邁向幽默豁達的境域。

第七章　結　論

中國的文學以詩爲主流，自三百篇以下，楚辭、漢賦、樂府、唐詩、宋詞、元曲，無不是詩的文學。戲劇與小說向來被視爲難登大雅之堂的民間藝術，至於笑話更難免爲繁富的文學類型所淹沒。邯鄲淳的《笑林》，原是《世說》等志人小說的權輿；〔註 1〕但是後人雖看重《世說》，卻認爲《笑林》、《啓顏》等書，鄙俚浮淺，甚至不免流於荒誕不經、尖酸刻露，有違詩教溫柔敦厚之旨。其中無所爲而爲的諧謔作品，由載道觀點視之，不但無益於時用，反而足以亂德，因此鮮能爲文人雅士所見重。

林語堂〈論幽默〉一文曾說：「中國人對於幽默之本質及其作用沒有了解。常人對於幽默滑稽，總是取鄙夷態度，道學先生甚至取嫉忌或恐懼態度，以爲幽默之風一行，生活必失其嚴肅，而道統必爲詭辯所傾覆。」〔註 2〕然而，當深入探討古代笑話的形式與內涵，傳統的偏頗觀點不禁爲之一變。如前所論，笑話雖有粗鄙不文之作，但是成功的作品，無不構思穎巧，形式簡潔，實是極爲精緻的藝術，可視爲小說中的「絕句」。就其思想內容而論，絕大多數的作品以人事爲題材，嘲弄人性的貪婪、愚妄，有針砭人心的功效。至於純屬逗趣的笑話，雖然不能醒世諷俗，卻能博得歡笑，對個人以及社會的功能，良非鮮淺。以下更由不同的層面總括古代笑話存在的意義與價值。

〔註 1〕葉慶炳《中國文學史》第十四講〈魏晉南北朝小說〉曾論及《笑林》及《啓顏錄》。他認爲《笑林》「實啓《語林》、《世說》等志人小說之端緒。」第 259 頁。

〔註 2〕見：林語堂《幽默諷頌集》，第 63 頁。

一、滑稽藝術的根芽

笑話是一種滑稽的藝術。作品中常利用矛盾、悖理的原理，誇飾、襯托、雙關、反諷的手法，由對比中製造新奇的意外感，從而滋生滑稽的意趣。於是令人拊掌解頤、破顏一笑。就其體製而論，笑話乃是殘叢小語式的軼事體筆記小說，在形式上尤偏重於對話的描寫，可視為滑稽故事的一種。周作人《苦茶庵笑話選・序》即認為：「當作文學看，這是故事之一，是滑稽小說的根芽，也或是其枝葉，研究與賞鑒者均可於此取資。」

滑稽小說之外，喜劇也是滑稽藝術的一種。西人將戲劇分為悲劇與喜劇兩大類，而且具備完善的理論。其中關於「笑與滑稽」的探討，泰半是因喜劇而作。為了解析喜劇如何引人發噱，美學家常以笑話為例，研究笑與喜劇的原理。笑話和喜劇的基本精神本自相通。

中國所謂的喜劇，除了悲喜劇中的喜劇成分外，還有一類以滑稽耍笑為主要內容的戲劇。唐代的滑稽戲、宋金的雜劇院本，都以滑稽為本質。此外，明代過錦戲所裝扮的，無非是世間的騙局俗態，以及拙婦騃男的言行，而其「結局有趣」的特色，更和笑話雷同。〔註 3〕其中詼諧逗趣的成分，經常以孤立的笑料或噱頭出現，與形式簡短的笑話相同。藝術家經由特定的人物或情節，將這些孤立的笑料或噱頭結合起來，便構成形式完整的滑稽戲。由此可見笑話亦是喜劇的基礎。

西人麥烈蒂斯認為：「喜劇與俳調之發達與否，是一國文化極好的衡量標準。」〔註 4〕林語堂則說：「沒有幽默滋潤的國民，其文化必日趨虛偽，生活必日趨欺詐，思想必日趨迂腐，文學必日趨乾枯，而人的心靈必日趨頑固。」〔註 5〕笑話既是滑稽藝術的根芽，當笑話文學蓬勃發展，喜劇與滑稽小說自然發達，進而可以調適文化上的偏失，並滋潤國民日趨於乾枯的心靈。

二、諷刺文學的尖兵

先秦寓言奠定了中國最早的諷刺文學傳統，諷刺性的笑話淡化了寓言中的哲理成分，而承繼其諷刺的精神和誇張的手法，與先秦寓言的傳統遙相契合。笑話中所記載的是人物片段的言行，其描繪的對象是人，由於在滑稽逗

〔註 3〕參見：曾永義〈中國古典戲劇的形式和類別〉，曾永義《中國古典戲劇論集》。
〔註 4〕轉引自林語堂《幽默諷頌集》，第 59 頁。
〔註 5〕見：林語堂《幽默諷頌集》，第 70 頁。

笑之外，常含有嘲諷的目的，是故它所指向的目標，偏重於人性的弱點。貪、嗔、愚、癡，酒、色、財、氣，名韁利鎖的牽引，貧富貴賤的執著，虛僞矯詐的情態，構成古代笑話主要的內容。笑話中融合了冷雋與誇張的筆法，運筆如刀，將人性中芒昧、癡迷的一面，刻鏤得格外鮮明。雖然世代更迭，但是人性卻萬古如一，古代笑話對人性的嘲弄，可視爲後世諷刺文學中，批評人性缺失的先聲。

除了嘲弄人性外，古代笑話還具有批判社會與反映時政的功能。周樹人曾稱美《儒林外史》爲中國諷刺小說獨一無二的傑作。他說：「迨吳敬梓儒林外史出，乃秉持公心，指擿時弊，機鋒所向，尤在士林；其文慼而能諧，婉而多諷；于是說部中乃始有足稱諷刺之書。」又說：「是後亦尠有以公心諷世之書如《儒林外史》者。」〔註6〕然而《儒林外史》所指責的時弊及其所諷刺的儒林現象，笑話中已多所描繪。舉業中人之利慾熏心，秀才道學之酸臭迂腐，落魄文人之窮途潦倒，官場文士之不學無品、貪贓枉法，乃至於顢頇昏瞶，都是《儒林外史》批評的主題，也是古代笑話中諷刺的對象。

吳敬梓是否曾吸收笑話的題材，或者模擬其寫作手法，在此姑且不作論斷。值得注意的是，笑話的作者以敏銳的心靈，淋漓盡致的快筆，筆鋒所向，遍及人性中卑微、鄙陋的一面；又由於形式簡潔方便，對於社會的問題、政治的缺失，笑話都能率先提出針砭，實可視爲諷刺文學的尖兵。

三、民俗研究的資料

中國民俗研究的風氣，首倡於北大歌謠研究會。《歌謠週刊》曾刊登如下的宣言：「歌謠本是民俗學中之一部分，我們要研究他是處處離不開民俗學的；但是我們現在只管歌謠，旁的一切屬于民俗學的範圍以內的全都拋棄了，不但可惜，而且頗感困難。所以我們先注重在民俗文藝中的兩部分：一是散文的：童話，寓言，笑話，英雄故事，地方傳說等……。」從此以後，笑話被視爲中國民俗研究的重要資料，廣爲專家學者所重視；進而公開徵集、整理、發表，並作爲學術研究的對象。

的確，古代笑話中保存了豐富的民間習尚和民俗信仰。先民對鬼神的崇仰與懷疑，對卜卦、算命、求籤、看風水的迷信，以及避諱、禁忌的思想，都在笑話中不自覺流露。此外，如貪吃的習性，好面子的行徑，小腳的嗜好，

〔註 6〕見：周樹人《中國小說史略》第二十三篇〈清之諷刺小說〉，第 230、237 頁。

婚喪的儀俗、禳祓的方法，以及民間醫學的觀念等等，都一一在古代笑話中出現。

總之，由古代笑話中，民俗研究者可以鉤稽許多可貴的民俗素材，作爲進一步分析、研究之用。是故周作人認爲：笑話最值得重視的，乃是其民俗學上的價值。他說：「與歌謠、諺語、故事相同，笑話是人民所感的表示，凡生活情形，風土習慣，性情好惡，皆自然流露，而尤爲直截透徹。」〔註7〕由此可見，古代笑話的確是民俗研究絕好的資料。透過整理、分析的工作，可以進一步掌握古人生活的實況，以及民間源遠流長的風俗習尚。

四、改善社會美化人生的妙品

笑話既是一種滑稽藝術，又是一種諷刺文學，實即說明了它兼有嚴肅與輕鬆兩種截然不同的特質。一方面，它以嘲弄代替指責，以詼諧的言辭表達諷勸的意旨，寄嚴肅於滑稽之中，不論談玄說理，或者批評譏刺，無不妙趣橫生，令人心開意解。由此立論，笑話乃是度世的金針，匡正社會的良藥。另一方面，它是消遣的聖品，無論是嚴冬溽暑，或者獨坐群居，一則笑話，即可令人拊掌解頤，怡然稱快。當此時，胸中之鬱結頓泄，寵辱偕忘，豈不快哉！笑話又可以弛緩人際間緊張的情緒，幽默雋永的作品，不但能博得歡聲滿座，教人拍案叫絕，還能增進情誼，甚至有化干戈爲玉帛的功效。人世難逢開口笑，然而笑話卻能使人轉愁爲喜、破涕成歡，令世間盡成爲歡笑場。由此可知，笑話的確是改善社會、美化人生的妙品！尤其是今日社會中，世人工作繁忙，生活遂日趨於緊張；是故，對於笑聲的渴求也格外殷切。雖然書肆中充斥著五花八門的笑話集，但是其水準良莠不齊，而翻譯的西洋笑話，更不完全合乎國人的品味。因此搜集、整理、乃至於適度地改寫中國的古代笑話，仍有其特定的意義。總之，無論是就文學的角度、社會的功能、或民俗文化的觀點來考察，古代笑話都具有不可磨滅的價值。

〔註7〕見：周作人《苦茶庵笑話選・序》。

參考書目

一、笑話集

1. 魏・邯鄲淳，《笑林》，馬國翰《玉函山房輯佚書》，文海出版社，1967 年。
2. 魏・邯鄲淳，《笑林》，周樹人《古小說鉤沈》，盤庚出版社，1978 年。
3. 隋・侯白，《啓顏錄》，斯坦因劫經六一〇號微捲影印，國家圖書館。
4. 隋・侯白，《啓顏錄》，《續百川學海》第四冊，新興書局，1970 年。
5. 隋・侯白，《啓顏錄》，《類說》卷十四，藝文印書館，1970 年。
6. 隋・侯白，《啓顏錄》（輯《太平廣記》本），《中國笑話書》，世界書局，1977 年。
7. 隋・侯白，《啓顏錄》（輯《廣滑稽》本），《中國笑話書》，世界書局，1977 年。
8. 唐・朱揆，《諧噱錄》，《說庫》，新興書局，1973 年。
9. 宋・高懌，《群居解頤》，《筆記小說大觀》第二十五編，新興書局。
10. 宋・蘇軾，《艾子雜說》（陽山顧氏文房本），《百部叢書集成》之三第一函，藝文印書館。
11. 宋・蘇軾，《艾子雜說》，《五朝小說大觀》，廣文書局，1979 年。
12. 宋・蘇軾語、王世貞編，《調謔編》，《明刊善本雪濤諧史》卷六，國家圖書館。
13. 宋・蘇軾，《調謔編》，《五朝小說大觀》，廣文書局，1979 年。
14. 宋・呂居仁，《軒渠錄》，《筆記小說大觀》第二十五編，新興書局。
15. 宋・天和子，《善謔集》，《中國笑話書》，世界書局，1977 年。
16. 宋・周文玘，《開顏錄》，《筆記小說大觀》第二十五編，新興書局。
17. 宋・羅燁，《醉翁談錄》，世界書局，1962 年。

18. 宋・吳取善，《籍川笑林》，《類說》卷四十九，藝文印書館，1970 年。
19. 宋・邢居實，《拊掌錄》，《明刊善本雪濤諧史》卷八，國家圖書館。
20. 宋・仁興堂刊，《笑海叢珠》，《民俗叢書》之六《宋人笑話》，東方文化書局。
21. 宋・仁興堂刊，《笑苑千金》，《民俗叢書》之六《宋人笑話》，東方文化書局。
22. 元・仇遠，《稗史》，《叢書集成》三編，藝文印書館。
23. 元・佚名，《群書通要》，商務印書館，1981 年。
24. 明・耿定向，《權子》，《明刊善本雪濤諧史》卷三，國家圖書館。
25. 明・李贄，《山中一夕話》，臺灣大學圖書館善本書，明梅墅石渠閣刊本。
26. 明・陸灼，《艾子後語》，《剪燈新話》等九種，世界書局，1962 年。
27. 明・屠本畯，《艾子外語》，《剪燈新話》等九種，世界書局，1962 年。
28. 明・屠本畯，《憨子雜俎》，《剪燈新話》等九種，世界書局，1962 年。
29. 明・姚旅，《露書諧篇》，《中國笑話書》，世界書局，1977 年。
30. 明・劉元卿，《應諧錄》，《明刊善本雪濤諧史》卷五，國家圖書館。
31. 明・謝肇淛，《五雜組》，新興書局，影印明萬曆戊午年刻本。
32. 明・郭子章，《諧語》，《中國笑話書》，世界書局，1977 年。
33. 明・浮白齋主人，《雅謔》，《中國笑話書》，世界書局，1977 年。
34. 明・浮白主人，《笑林》，《中國笑話書》，世界書局，1977 年。
35. 明・張夷令，《迂仙別記》，《古今譚概》專愚部第四，新興書局，1977 年。
36. 明・江盈科，《雪濤小說》，《明刊善本雪濤諧史》卷一，國家圖書館。
37. 明・江盈科，《雪濤諧史》，國學珍本文庫《雪濤小書》，中央書店，1948 年。
38. 明・郁履行，《謔浪》，《中國笑話書》，世界書局，1977 年。
39. 明・鍾惺，《諧叢》，《中國笑話書》，世界書局，1977 年。
40. 明・趙南星，《笑贊》，《明清笑話四種》，香港太平書局，1976 年。
41. 明・潘游龍，《笑禪錄》，《五朝小說大觀》，廣文書局，1979 年。
42. 明・馮夢龍，《笑府》，《明清笑話四種》，香港太平書局，1976 年。
43. 明・馮夢龍，《笑府》，《苦茶庵笑話選》，里仁書局，1982 年。
44. 明・馮夢龍，《笑府》，《中國笑話書》，世界書局，1977 年。
45. 明・馮夢龍，《廣笑府》，《中國笑話書》，世界書局，1977 年。
46. 明・馮夢龍，《古今譚概》，新興書局，1977 年。
47. 明・醉月子，《精選雅笑》，《中國笑話書》，世界書局，1977 年。

48. 明・佚名，《時尚笑談》，《中國笑話書》，世界書局，1977 年。
49. 明・佚名，《華筵趣樂談笑酒令》，《中國笑話書》，世界書局，1977 年。
50. 清・張貴勝，《遣愁集》，《中國笑話書》，世界書局，1977 年。
51. 清・佚名，《三山笑史》，《中國笑話書》，世界書局，1977 年。
52. 清・趙吉士，《寄園寄所寄》，廣文書局，1981 年。
53. 清・咄咄夫，《笑倒》，筆記五編《一夕話》卷三，廣文書局，1976 年。
54. 清・石成金，《笑得好》，《中國笑話書》，世界書局，1977 年。
55. 清・石成金，《笑得好》，《明清笑話四種》，香港太平書局，1977 年。
56. 清・獨逸窩退士，《笑笑錄》，新文豐出版公司，1980 年。
57. 清・小石道人，《嘻談錄》，《中國笑話書》，世界書局，1977 年。
58. 清・遊戲主人，《眞正笑林廣記》，《民俗叢書》影印上海沈鶴記書局本，東方文化書局。
59. 清・俞樾，《一笑》，《春在堂全書・俞樓雜纂》卷四十八，中國文獻出版社。
60. 民・周作人編，《明清笑話四種》，香港太平書局，1976 年。
61. 民・周作人選，《苦茶庵笑話選》，里仁書局，1982 年。
62. 民・楊家駱編，《中國笑話書》，世界書局，1977 年。

二、專書

1. 丁福保，《六祖壇經箋註》，文津出版社，1978 年。
2. 于大成，《文字文學文化》，貫雅出版社，1993 年。
3. 王國維，《宋元戲曲考等八種》，純眞出版社，1982 年。
4. 王弼注，《老子》，河洛圖書出版社，1980 年。
5. 王夢鷗，《文藝美學》，遠行出版社，1976 年。
6. 王驥德，《曲律》，《中國古典戲曲論著集成》，中國戲劇出版社，1980 年。
7. 司馬遷，《史記》，藝文印書館影印乾隆武英殿刊本。
8. 史瓦茲撰、劉紉尼等譯，《中國思想與制度論集》，聯經出版社，1976 年。
9. 朱光潛，《文藝心理學》，臺灣開明書局，1978 年。
10. 朱熹，《四書集注》，學海出版社，1979 年。
11. 李亦園編，《中國人的性格》，全國出版社，1981 年。
12. 李汝珍，《鏡花緣》，聯經出版事業公司，1983 年。
13. 李昉等編，《太平御覽》，新興書局，1959 年。
14. 李昉等編，《太平廣記》，新興書局影印乾隆乙亥刻本，1969 年。

15. 李奕定，《中國歷代寓言選集》，商務印書館，1982 年。
16. 李嘉寶，《官場現形記》，世界書局，1975 年。
17. 李樹青，《蛻變中的中國社會》，里仁書局，1982 年。
18. 呂坤，《呻吟語》，河洛圖書出版社，1975 年。
19. 吳自牧，《夢粱錄》，《百部叢書集成》之四十六《學津討原叢書》，藝文印書館。
20. 吳承恩，《西遊記》，三民書局，1972 年。
21. 吳敬梓，《儒林外史》，聯經出版事業公司，1978 年。
22. 佛斯特著、李文彬譯，《小說面面觀》，志文出版社，1984 年。
23. 周貽白，《中國戲劇發展史》，學藝出版社，1977 年。
24. 周樹人，《中國小說史略》，出版社、年月俱缺。
25. 東方朔，《神異經》，《百部叢書集成》之十九《漢魏叢書》，藝文印書館。
26. 林惠祥，《民俗學》，商務印書館，1968 年。
27. 林惠祥，《文化人類學》，商務印書館，1971 年。
28. 林語堂，《幽默諷頌集》，綜合出版社，1975 年。
29. 林語堂等，《幽默與東西方文學》，光啓出版社，1979 年。
30. 姚一葦，《詩學箋註》，中華書局，1966 年。
31. 姚一葦，《藝術的奧秘》，臺灣開明書局，1976 年。
32. 姚一葦，《美的範疇論》，臺灣開明書局，1982 年。
33. 施耐庵，《水滸傳》，三民書局，1970 年。
34. 范煙橋，《中國小說史》，漢京文化事業公司，1983 年。
35. 胡士瑩，《話本小說概論》，丹青圖書公司，1983 年。
36. 胡山源編，《幽默筆記》，河洛圖書出版社，1974 年。
37. 胡適，《胡適文存》，洛陽圖書公司，年月缺。
38. 唐君毅，《人生之體驗續編》，學生書店，1978 年。
39. 徐復觀等，《知識份子與中國》，時報文化出版事業，1981 年。
40. 晏嬰，《晏子春秋》，《百部叢書集成》之廿八《經訓堂叢書》，藝文印書館。
41. 班固，《漢書》，中華書局據乾隆武英殿本校刊。
42. 郝懿行，《山海經箋疏》，中華書局據郝氏遺書本校刊，1982 年。
43. 馬幼垣，《中國小說史集稿》，時報文化出版事業，1983 年。
44. 張亮采，《中國風俗史》，商務印書館，1968 年。
45. 張華，《博物志》，《百部叢書集成》之五十四《指海叢書》，藝文印書館。
46. 張耀翔，《情緒心理》，商務印書館，1980 年。

47. 婁子匡，《巧女和獃娘的故事》，《民俗叢書》之九，東方文化書局。
48. 婁子匡，《笑話群》，《民俗叢書》之二七、二八，東方文化書局。
49. 婁子匡校纂，《民俗學集鐫》，東方文化書局，1974 年。
50. 婁子匡，《五十年來的中國俗文學》，正中書局，1975 年。
51. 康來新，《從滑稽到梨香院》，文史哲出版社，1980 年。
52. 曹雪芹著、啓功等校注，《紅樓夢校注》，里仁書局，1983 年。
53. 梁柏傑譯，《文學理論》，大林出版社，年月缺。
54. 梁漱溟，《中國文化要義》，里仁書局，1982 年。
55. 郭箴一，《中國小說史》，商務印書館，1981 年。
56. 郭慶藩，《莊子集釋》，河洛圖書出版社，1980 年。
57. 陳光垚，《中國民眾文藝論》，商務印書館，1935 年。
58. 陳奇猷，《韓非子集釋》，漢京文化事業公司，1983 年。
59. 曾永義，《中國古典戲劇論集》，聯經出版事業公司，1975 年。
60. 葉慶炳，《中國文學史》，弘道文化事業公司，1970 年。
61. 葉慶炳，《漢魏六朝小說選》，弘道文化事業公司，1977 年。
62. 賀昌群等，《魏晉思想》，里仁書局，1983 年。
63. 項退結，《中國民族性研究》，商務印書館，1983 年。
64. 黃慶萱，《修辭學》，三民書局，1978 年。
65. 黑格爾著、朱光潛譯，《美學》，里仁書局，1983 年。
66. 楊勇，《世說新語校箋》，明倫出版社，1971 年。
67. 葛賢寧，《中國小說史》，中華文化事業出版委員會，1956 年。
68. 貫文仁，《古典小說大觀園》，丹青圖書公司，1983 年。
69. 僧伽斯那，《百喻經》，《大正新脩大藏經》，新文豐出版公司，1974 年。
70. 劉大杰，《中國文學發展史》，華正書局，1970 年。
71. 劉若愚，《明宮史》，《百部叢書集成》之四十六《學津討原叢書》，藝文印書館。
72. 劉葉秋，《歷代筆記概述》，木鐸出版社，年月缺。
73. 劉勰，《文心雕龍》，文史哲出版社，1979 年。
74. 劉獻廷，《廣陽雜記》，《叢書集成簡編》之一三七，商務印書館，1966 年。
75. 歐陽詢編，《藝文類聚》，新興書局，1969 年。
76. 鄭玄注，《儀禮》，《十三經注疏》阮刻本，藝文印書館，1979 年。
77. 鄭玄箋，《詩經》，《十三經注疏》阮刻本，藝文印書館，1979 年。
78. 鄭玄注，《周禮》，《十三經注疏》阮刻本，藝文印書館，1979 年。

79. 鄭玄注，《禮記》，《十三經注疏》阮刻本，藝文印書館，1979年。
80. 鄭明娳，《儒林外史研究》，商務印書館，1982年。
81. 鄭明娳，《西遊記探源》，臺灣師範大學國文研究所博士論文，1981年。
82. 鮑家麟，《中國婦女史論集》，牧童出版社，1979年。
83. 顏元叔譯，《西洋文學術語叢刊》，黎明文化事業，1977年。
84. 顏崑陽，《莊子的寓言世界》，尚友出版社，1982年。
85. 羅宗濤，《敦煌變文社會風俗事物考》，文史哲出版社，1974年。
86. 羅錦堂，《錦堂論曲》，聯經出版事業公司，1977年。
87. 譚達先，《中國民間寓言研究》，木鐸出版社，1982年。
88. 譚達先，《中國民間文學概論》，木鐸出版社，1983年。
89. 關漢卿等著，《元人雜劇選》，西南書局，1983年。
90. 龔鵬程，《新編笑林廣記》，聯亞出版社，1980年。
91. A. A. Brill，*The Basic Writings of Sigmund Freud*（Random House INC. 1938）
92. Christopher P. Wilson，*Jokes*（Academic Press 1979）
93. Thomas Hobbes，*Leviathan*（Encyclopedia Britannica INC. 1952）

三、單篇論文

1. 吳世昌，〈打趣的歌謠〉，《歌謠週刊》第2卷第4期。
2. 汪志勇，〈古代笑話研究〉，高雄師範學院國文學系教師論文發表會，1984年。
3. 汪惠敏，〈先秦寓言的考察〉，《文學評論》第5集，1980年。
4. 阮昌銳，〈民俗中的吉句與理想人生〉，《邊政研究所年報》第13期，1982年。
5. 戚宜君，〈中國古典文學的幽默面〉，《國魂》第397期，1978年。
6. 陳紀實，〈漫談中國的笑話文學〉，《今日中國》第83期，1978年。
7. 齊如山，〈談整理笑話〉，《中國一周》第610至621期，1962年。
8. 賴芳伶〈閱微草堂筆記中的觀念世界〉，《文學評論》第3集，1978年。
9. 鍾越娜，〈官場現形記中的官吏造型〉，《文學評論》第5集，1980年。